罗勇 编著

中国诗词大汇　品读醉美

友谊诗词

中国言实出版社

图书在版编目（CIP）数据

品读醉美友谊诗词 / 罗勇编著. —— 北京：中国言
实出版社, 2021.11

　ISBN 978-7-5171-3898-3

　Ⅰ.①品… Ⅱ.①罗… Ⅲ.①诗词—作品集—中国—
当代 Ⅳ.①I227

　中国版本图书馆CIP数据核字(2021)第192325号

品读醉美友谊诗词

责任编辑：郭江妮
责任校对：敖　华

出版发行：中国言实出版社
　　　　地　址：北京市朝阳区北苑路180号加利大厦5号楼105室
　　　　邮　编：100101
　　　　编辑部：北京市海淀区花园路 6 号院 B 座 6 层
　　　　邮　编：100088
　　　　电　话：64924853（总编室）　64924716（发行部）
　　　　网　址：www.zgyscbs.cn　E-mail：zgyscbs@263.net

经　销：新华书店
印　刷：北京市兴怀印刷厂
版　次：2022 年 8 月第 1 版　2022 年 8 月第 1 次印刷
规　格：850毫米×1168毫米　1/32　7.5印张
字　数：224千字

定　价：42.80元
书　号：ISBN 978-7-5171-3898-3

前言

　　优秀的诗词是我们中华民族传统文化的精粹，也是中华儿女引以为豪的瑰宝。我们伟大的祖国在悠久的历史长河中，造就了一个闻名世界的诗国。从《诗经》《楚辞》到汉乐府民歌，从魏晋诗歌到唐诗、宋词、元曲，无数诗人在祖国灵山秀水的孕育下，写下了一首首脍炙人口的诗篇。

　　看那优美的词句、听那和谐的音韵，或激励人奋发图强，或诉说爱情的悲欢离合，或追忆流金岁月，或赞美清幽的田园生活、山川田野的秀美景色；时而悲壮苍凉，时而清新优美，时而幽默风趣，时而沉郁激愤……内容五彩缤纷，情感细腻真挚。一首首诗词就像夜空中璀璨的星儿不断把光明洒向人间，驱散我们内心的迷惘，照亮我们的前程，这怎能不让我们为之震撼？怎能不让我们为之心动？

诵读经典诗词是中华民族的优良传统，对陶冶情操，开拓视野，继承古代优秀的文化遗产，提高文化修养、审美能力、想象能力和读写能力，都具有相当重要的作用。为此，我们在浩如烟海的中国诗词中精心选录了千余首，并按爱国、励志、怀古、思乡、登临、田园、言情、友谊、童趣等9个主题分为9册，更方便读者有针对性的选读。每册除了将诗词原汁原味地呈献给大家外，还增设了注释、作者名片、译文、赏析等四个板块，旨在让读者更准确、更深入地掌握这些诗词的内涵和特色。

友谊是生命中最重要的情感支柱之一。人人都渴望天空般高远、大海般深邃的友谊。真正的友谊光辉动人、纯洁而美好，使人奋发、使人欢欣。友谊是雨季里的一把伞，撑起了一片晴天；友谊是寒夜里的一盏灯，摇曳着热情火焰……诗歌中的友谊更加形象、更加凝练，将其与现实生活中丰富多彩的交友经历结合起来，一定能够让你对友谊世界产生更加深刻的认识。本册将为您展现这个感人的友谊世界。

目录

赠汪伦①

【唐】李白

李白乘舟将欲行，
忽闻岸上踏歌②声。
桃花潭③水深千尺④，
不及汪伦送我情。

注 释

①汪伦：李白的朋友。
②踏歌：唐代一种广为流行的民间歌舞形式，一边唱歌，一边用脚踏地打拍子，可以边走边唱。
③桃花潭：在今安徽泾县西南一百里。
④深千尺：用潭水深千尺比喻汪伦与他的友情，运用了夸张的手法。

作者名片

李白（701—762），字太白，号青莲居士，唐朝浪漫主义诗人，被后人誉为"诗仙"。祖籍陇西成纪（待考），出生于西域碎叶城，4岁再随父迁至剑南道绵州。李白存世诗文千余篇，有《李太白集》传世。其墓在今安徽当涂，四川江油、湖北安陆有纪念馆。

译 文

我正乘上小船，刚要解缆出发，忽听岸上传来悠扬踏歌之声。看那桃花潭水，纵然深有千尺，怎能比得上汪伦送我之情。

赏 析

李白游泾县桃花潭时，常在村民汪伦家做客。临走时，汪伦来送行，于是李白写这首诗留别。诗中表达了李白对汪伦这个普通村民的深情厚谊。

诗的前半是叙事，描写的是送别的场面。起句先写离去者，展示了李白在正要离岸的小船上向人们告别的情景。"乘舟"表明是循水道。"将欲行"表明是在轻舟待发之时。次句继写送行者。此句不像首句那样直叙，而用了曲笔，只说听见"踏歌声"。一群村人踏地为节拍，边走边唱前来送行了。这似出乎李白的意料，所以说"忽闻"而不用"遥闻"。这句诗虽说得比较含蓄，只闻其声，不见其人，但人已呼之欲出。汪伦的到来，确实是不期而至的。人未到而声先闻。这样的送别，侧面表现出李白和汪伦这两位朋友同是不拘俗礼、快乐自由的人。

诗的后半是抒情。第三句遥接起句，进一步说明放船地点在桃花潭。"深千尺"既描绘了潭的特点，又为结句预伏一笔。桃花潭水是那样深，更触动了离人的情怀，难忘汪伦的深情厚谊，水深情深自然地联系起来。结句迸出"不及汪伦送我情"，以比物手法形象地表达了真挚纯洁的深情。潭水已"深千尺"，那么汪伦送李白的情谊必定更深，此句耐人寻味。这里妙就妙在"不及"二字，好就好在不用比喻而采用比物手法，变无形的情谊为生动的形象，空灵而有余味，自然而又情真。诗人很感动，所以用"桃花潭水深千尺，不及汪伦送我情"两行诗来极力赞美汪伦对诗人的敬佩和喜爱，也表达了李白对汪伦的深厚情谊。

送友人

【唐】李白

青山横北郭①，
白水②绕东城。
此地一为别，
孤蓬③万里征④。
浮云⑤游子⑥意，

注释

①郭：古代在城外修筑的一种外墙。
②白水：清澈的水。
③蓬：古书上说的一种植物，干枯后根株断开，遇风飞旋，也称"飞蓬"。人用"孤蓬"喻指远行的朋友。
④征：远行。
⑤浮云：飘动的云。
⑥游子：离家远游的人。

落日故人情。

挥手自兹⑦去，

萧萧⑧班马⑨鸣。

⑦兹：声音词。此。
⑧萧萧：马的呻吟嘶叫声。
⑨班马：离群的马，这里指载人远离的马。班：分别；离别，一作"斑"。

译文

青翠的山峦横卧在城墙的北面，波光粼粼的流水围绕着城的东边。

在此地我们相互道别，你就像孤蓬那样随风飘荡，到万里之外远行去了。

浮云像游子一样行踪不定，夕阳徐徐下山，似乎有所留恋。

挥挥手从此分离，友人骑的那匹将要载他远行的马萧萧长鸣，似乎不忍离去。

赏析

这是一首充满诗情画意的送别诗，诗人与友人策马辞行，情意绵绵，动人肺腑。

首联"青山横北郭，白水绕东城"，点出告别的地点。诗人已经送友人来到了城外，然而两人仍然并肩缓辔，不愿分离。只见远处，青翠的山峦横亘在外城的北面，波光粼粼的流水绕城东潺潺而过。这两句，"青山"对"白水"，"北郭"对"东城"，首联即写成工丽的对偶句，的确是别开生面；而且"青""白"相间，色彩明丽。"横"字勾勒青山的静姿，"绕"字描画白水的动态。诗笔挥洒自如，描摹出一幅寥廓秀丽的图景。

中间两联切题，写离别的深情。颔联"此地一为别，孤蓬万里征"。此地一别，离人就要像蓬草那样随风飞转，到万里之外去了。此二句表达了对朋友漂泊生涯的深切关怀。落笔如行云流水，舒畅自然，不拘泥于对仗，别具一格。颈联"浮云游子意，落日故人情"，却又写得十分工整，"浮云"对"落日"，"游子意"对"故人情"。同时，诗人又巧妙地用"浮云""落日"作比，来表明心意。天空中一抹白云，随风飘浮，象征着友人行踪不定，任意东西；远处一轮红彤彤的夕阳徐徐而下，似乎不忍遽然离开大地，隐喻诗人对朋友依依惜别的心情。在这山明水秀、红日西照的背景下送别，特别令人留恋而感到难舍难分。这里既有景，又有情，情景交融，扣人心弦。

尾联两句，情意更切。"挥手自兹去，萧萧班马鸣。"送君千里，终须一别。"挥手"，是写了分离时的动作，那么内心的感觉如何呢？诗人没有直说，只写了"萧萧班马鸣"的动人场景。这一句出自《诗经·车攻》"萧萧马鸣"。诗人和友人马上挥手告别，频频致意。那两匹马仿佛懂得主人心情，也不愿脱离同伴，临别时禁不住萧萧长鸣，似有无限深情。马犹如此，人何以堪！李白化用古典诗句，著一"班"字，便翻出新意，烘托出缱绻情谊，可谓鬼斧神工。

这首送别诗写得新颖别致，不落俗套。诗中青翠的山岭、清澈的流水、火红的落日、洁白的浮云，相互映衬，色彩璀璨。班马长鸣，形象新鲜活泼。自然美与人情美交织在一起，写得有声有色，气韵生动。诗的节奏明快，感情真挚热诚而又豁达乐观，毫无缠绵悱恻的哀伤情调。这正是评家深为赞赏的李白送别诗的特色。

送友人入蜀

【唐】李白

见说①蚕丛路，
崎岖②不易行。
山从人面起③，

注释

①见说：唐代俗语，即"听说"。
②崎岖：道路不平状。
③山从人面起：人在栈道上走时，紧靠峭壁，山崖好像从人的脸侧突兀而起。

云傍马头生④。

芳树⑤笼秦栈，

春流⑥绕蜀城。

升沉⑦应已定，

不必问君平⑧。

④云傍马头生：云气依傍着马头而上升翻腾。

⑤芳树：开着香花的树木。

⑥春流：春江水涨，江水奔流。或指流经成都的郫江、流江。

⑦升沉：进退升沉，即人在世间的遭遇和命运。

⑧君平：西汉严遵，字君平，隐居不仕，曾在成都以卖卜为生。

译文

听说从这里去蜀国的道路，自古以来都崎岖艰险不易通行。

人在栈道上走时，山崖好像从人的脸旁突兀而起，云气依傍着马头上升翻腾。

花树笼罩着从秦入蜀的栈道，春江碧水绕流蜀地的都城。

你的进退升沉都已命中注定，用不着去询问擅长卜卦的君平。

赏析

这是一首以描绘蜀道山川的奇美而著称的抒情诗。此诗以写实的笔触，精练、准确地刻画了蜀地虽然崎岖难行，但具备别有洞天的景象，劝勉友人不必过多地担心仕途沉浮，重要的是要热爱生活。诗中既有劝导朋友不要沉溺于功名利禄中之意，又寄寓诗人在长安政治上受人排挤的深层感慨。全诗首联平实，颔联奇险，颈联转入舒缓，尾联低沉，语言简练朴实、分析鞭辟入里，笔力开阖顿挫，风格清新俊逸，后世誉为"五律正宗"。

全诗从送别和入蜀这两方面落笔描述。首联写入蜀的道路，先从蜀道之难开始："见说蚕丛路，崎岖不易行。"

临别之际，李白亲切地叮嘱友人：听说蜀道崎岖险阻，路上处处是层峦叠嶂，不易通行。语调平缓自然，恍若两个好友在娓娓而谈，感情显得诚挚而恳切。它和《蜀道难》以饱含强烈激情的感叹句"噫吁嚱，危乎高哉，蜀道之难难于上青天"开始，写法迥然不同，这里只是平静地叙述，而且还是"见说"，显得很委婉，浑然无迹。首联入题，提出送别意。颔联就"崎岖不易行"的蜀道作进一步的具体描画："山从人面起，云傍马头生。"

蜀道在崇山峻岭上迂回盘绕，人在栈道上走，山崖峭壁宛如迎面而来，从人的脸侧重叠而起，云气依傍着马头而升起翻腾，像是腾云驾雾一般。"起""生"两个动词用得极好，生动地表现了栈道的狭窄、险峻、高危，想象诡异，境界奇美，写得气韵飞动。

蜀道一方面显得峥嵘险阻，另一方面也有优美动人的地方，瑰丽的风光就在秦栈上："芳树笼秦栈，春流绕蜀城。"

此联中的"笼"字是评家所称道的"诗眼"，写得生动、传神、含意丰满，表现了多方面的内容。

它包含的第一层意思是：山岩峭壁上突出的林木枝叶婆娑，笼罩着栈道。这正是从远处观看到的景色。秦栈便是由秦（今陕西省）入蜀的栈道，在山岩间凿石架木建成，路面狭隘，道旁长满树木。"笼"字准确地描画了栈道林荫是由山上树木朝下覆盖而成的特色。

第二层的意思是：与前面的"芳树"相呼应，形象地表达了春林长得繁盛茂密的景象。最后，"笼秦栈"与对句的"绕蜀城"，字凝语炼，恰好构成严密工整的对偶句。前者写山上蜀道景致，后者写山下春江环绕成都而奔流的美景。远景与近景上下配合，相互映衬，风光旖旎，犹如一幅瑰玮的蜀道山水画。诗人以浓彩描绘蜀道胜景，这对入蜀的友人来说，无疑是一种抚慰与鼓舞。尾联忽又翻出题旨："升沉应已定，不必问君平。"

李白了解他的朋友是怀着追求功名富贵的目的入蜀，因而临别赠言，便意味深长地告诫：个人的官爵地位，进退升沉都早有定局，何必再去询问善卜的君平呢！西汉严遵，字君平，隐居不仕，曾在成都卖卜为生。李白借用君平的典故，婉转地启发他的朋友不要沉迷于功名利禄之中，可谓循循善诱，凝聚着深挚的情谊，而其中又不乏自身的身世感慨。尾联写得含蓄蕴藉、语短情长。

这首诗风格清新俊逸。诗的中间两联对仗非常精工严整，而且，颔联语意奇险，极言蜀道之难；颈联忽描写纤丽，又道风景可乐。笔力开阖顿挫，变化万千。最后，以议论作结，体现主旨，更富有韵味。

江南逢李龟年①

【唐】杜甫

岐王宅里寻常②见，
崔九堂前几度闻。
正是江南③好风景，
落花时节又逢君。

作者名片

杜甫（712—770），字子美，自号少陵野老，世称"杜工部""杜少陵"等，汉族，河南府巩县（今河南省巩义市）人，唐代伟大的现实主义诗人，杜甫被世人尊为"诗圣"，其诗被称为"诗史"。杜甫与李白合称"李杜"，为了跟另外两位诗人李商隐与杜牧即"小李杜"区别开来，杜甫与李白又合称"大李杜"。他忧国忧民、人格高尚，他的1400余首诗被保留了下来，诗艺精湛，在中国古典诗歌中备受推崇，影响深远。

译 文

当年在岐王宅里，常常见到你的演出；在崔九堂前，也曾多次听到你的歌唱。

现在正好是江南风景秀美的时候，在这暮春季节再次遇见了你。

赏析

"岐王宅里寻常见，崔九堂前几度闻。"当年在岐王宅里，常常见到你的演出；在崔九堂前，也曾多次欣赏你的艺术。开头二句虽然是在追忆昔日与李龟年的接触，流露的却是对开元全盛日的深情怀念。下语似乎很轻，含蕴的情感却很重。当年出入其间，接触李龟年这样的艺术明星，是很寻常的，可是现在回想起来，却已是可望而不可即的梦境了。两句诗在送唱和咏叹中，好像是要拉长回味的时间。这里蕴含的天上人间之感，需要结合下两句才能品味出来。

"正是江南好风景，落花时节又逢君。"眼下正是江南暮春的大好风光，没有想到落花时节能巧遇你这位老相识。昔日不再，梦一样的回忆，改变不了眼前的无奈。如今真正置身其间，面对的却是满眼凋零的落花和皤然白首的流落艺人。"落花时节"，既是即景书事，也是有意无意之间的寄兴。熟悉时代和杜甫身世的读者，定会从中联想起世运的衰颓、社会的动乱和诗人的衰病漂泊，而丝毫不觉得诗人在刻意设喻。因而，这种写法显得浑成无迹。"正是"和"又"这两个虚词，一转一跌，更在字里行间，蕴藏着无限感慨。

四句诗，从岐王宅里、崔九堂前的"闻"歌，到落花江南的重"逢"，"闻""逢"之间，联结着四十年的时代沧桑、人生巨变。尽管诗中没有一笔正面涉及时事身世，但透过诗人的追忆感喟，却表现出了给唐代社会物质财富和文化繁荣带来浩劫的那场大动乱的阴影，以及它给人们造成的巨大灾难和心灵创伤。可以说"世运之治乱，华年之盛衰，彼此之凄凉流落，俱在其中"（孙洙评）。正如同旧戏舞台上不用布景，观众通过演员的歌唱表演，可以想象出极广阔的空间背景和事件过程；又像小说里往往通过一个人的命运，反映一个时代一样。这首诗的成功创作表明：在具有高度艺术概括力和丰富生活体验的大诗人那里，绝句这样短小的体裁可以具有很大的容量，而在表现如此丰富的内容时，又能达到举重若轻、浑然无迹的艺术境界。

送杜少府之任蜀州

【唐】王勃

城阙①辅②三秦③，
风烟望五津④。
与君⑤离别意，
同是宦游⑥人。
海内⑦存知己，
天涯⑧若比邻⑨。
无为在歧路⑩，
儿女共沾巾⑪。

注 释

①城阙：指唐代都城长安。
②辅：护卫。
③三秦：现在陕西省一带；辅三秦即以三秦为辅。
④五津：四川省境内长江的五个渡口。
⑤君：对人的尊称，相当于"您"。
⑥宦游：出外做官。
⑦海内：四海之内，即全国各地。
⑧天涯：天边，这里比喻极远的地方。
⑨比邻：并邻，近邻。
⑩歧路：岔路。古人送行常在大路分岔处告别。
⑪沾巾：泪水沾湿衣服和腰带。意思是挥泪告别。

作者名片

王勃（649—676），字子安，绛州龙门（今山西河津）人，唐代诗人。麟德初应举及第，曾任虢州参军。后往海南探父，因溺水，受惊而死。少时即显露才华，与杨炯、卢照邻、骆宾王以文辞齐名，并称"初唐四杰"。他和卢照邻等皆企图改变当时"争构纤微，竟为雕刻"的诗风（见杨炯《王子安集序》）。其诗偏于描写个人生活，也有少数抒发政治感慨、隐寓对豪门世族不满之作，风格较为清新，但有些诗篇流于华艳。其散文《滕王阁序》颇有名。

作者名片

王昌龄（698—756），字少伯，河东晋阳（今山西太原）人。盛唐著名边塞诗人，后人誉为"七绝圣手"。早年贫贱，困于农耕，年近不惑，始中进士。初任秘书省校书郎，又中博学宏辞，授汜水尉，因事贬岭南。与李白、高适、王维、王之涣、岑参等交厚。开元末返长安，改授江宁丞。被谤谪龙标尉。安史乱起，为刺史闾丘晓所杀。其诗以七绝见长，尤以登第之前赴西北边塞所作边塞诗最著，有"诗家夫子王江宁"之誉。

译文

迷蒙的烟雨，连夜洒遍吴地江天；清晨送走你，孤对楚山离愁无限！

朋友啊，洛阳亲友若是问起我来；就说我依然冰心玉壶，坚守信念！

赏析

此诗为一首送别诗。

"寒雨连江夜入吴"，迷蒙的烟雨笼罩着吴地江天，织成了一张无边无际的愁网。夜雨增添了萧瑟的秋意，也渲染出了离别的黯淡气氛。那寒意不仅弥漫在满江烟雨之中，更沁透在两个离别友人的心头上。"连"字和"入"字写出雨势的平稳连绵，江雨悄然而来的动态能为人分明地感知，则诗人因离情萦怀而一夜未眠的情景也自可想见。 但是，这一幅水天相连、浩渺迷茫的吴江夜雨图，正好展现了一种极其高远壮阔的境界。中晚唐诗和婉约派宋词往往将雨声写在窗下梧桐、檐前铁马、池中残荷等等琐物上，而王昌龄却并不实写如何感知秋雨来临的细节，他只是将听觉、视觉和想象概括成连江入吴的雨势，以大片淡墨染出满纸烟雨，这就用浩大的气魄烘托了"平明送客楚山孤"的开阔意境。

后两句，"洛阳亲友如相问，一片冰心在玉壶"。是指作者与友人分手之际，对友人的嘱托。洛阳，指的是今河南省洛阳市，唐朝时是政治、经济、文化的著名城市，那里有作者的亲朋好友。"相问"如同说"问你"，冰心是形容人的心地清明，如同冰块儿；玉壶，玉石制成的壶。六朝时期，诗人鲍照曾用"清如玉壶冰"（《代白头吟》），来比喻高洁清白的品格，此处的玉壶也是用来比喻纯正的品格。这两句话的意思是：你到达洛阳以后，那里的亲友如果问起你我的情况，你就这样告诉他们王昌龄的一颗心，仍然像一块纯洁清明的冰盛在玉壶中。作者托辛渐给洛阳友人，带去这样一句话，是有背景的。当时作者因不拘小节，遭到一般平庸人物的议论，几次收到贬谪。这里，显然是作者在对那些污蔑之词做出回击，也是对最了解自己的友人们做出的告慰，表现了不肯妥协的精神。

即景生情，情蕴景中，本是盛唐诗的共同特点，而深厚有余、优柔舒缓。此诗那苍茫的江雨和孤峙的楚山，不仅烘托出诗人送别时的孤寂之情，更展现了诗人开朗的胸怀和坚毅的性格。屹立在江天之中的孤山与冰心置于玉壶的比象之间又形成一种有意无意的照应，令人自然联想到诗人孤介傲岸、冰清玉洁的形象，使精巧的构思和深婉的用意融化在一片清空明澈的意境之中，所以浑然天成，不着痕迹，含蓄蕴藉，余韵无穷。

送元二使安西

【唐】王维

渭城①朝雨浥②轻尘，
客舍③青青柳色④新。
劝君更尽一杯酒，
西出阳关⑤无故人。

注释

①渭城：在今陕西省西安市西北，即秦代咸阳古城。
②浥（yì）：润湿。
③客舍：旅舍。
④柳色：柳树象征离别。
⑤阳关：在今甘肃省敦煌西南，为自古赴西北边疆的要道。

作者名片

王维（701—761），字摩诘，号摩诘居士。河东蒲州（今山西运城）人，祖籍山西祁县。唐朝诗人、画家。王维参禅悟理，学庄信道，精通诗、书、画、音乐等，以诗名盛于开元、天宝间，尤长五言，多咏山水田园，与孟浩然合称"王孟"，有"诗佛"之称。书画特臻其妙，后人推其为南宗山水画之祖。

译 文

清晨的微雨湿润了渭城地面的灰尘，空气清新，旅舍更加青翠。

真诚地奉劝我的朋友再干一杯美酒，向西出了阳关就难以遇到故旧亲人。

赏 析

"渭城朝雨浥轻尘，客舍青青柳色新。"生动形象地写出了诗人对将要去荒凉之地的友人元二的深深依恋和牵挂。诗的前两句明写春景，暗寓离别。其中不仅"柳"与"留"谐音，是离别的象征，"轻尘""客舍"也都暗示了旅行的目的，巧妙地点出了送别的时间、地点和环境。后两句点明了主题是以酒饯别，诗人借分手时的劝酒，表达对友人深厚的情意。友人此行要去的安西，在今天的新疆库车县境，同时代的王之涣有"春风不度玉门关"的形容，何况安西更在玉门之外，其荒凉遥远可想而知。

绝句在篇幅上受到严格限制。这首诗，对如何设宴饯别、宴席上如何频频举杯、殷勤话别，以及启程时如何依依不舍、登程后如何瞩目遥望，等等，一概舍去，只剪取饯行宴席即将结束时主人的劝酒辞：再干了这一杯吧，出了阳关，可就再也见不到老朋友了。诗人像高明的摄影师，摄下了最富表现力的镜头。宴席已经进行了很长一段时间，酿满别情的酒已经喝过多巡，殷勤告别的话已经重复过多次，朋友上路的时刻终于要来临，主客双方的惜别之情在这一瞬间都到达了顶点。主人的这句似乎脱口而出的劝酒辞就是此刻强烈、深挚的惜别之情的集中表现。

三、四两句是一个整体。要深切理解这临行劝酒中蕴含的深情，就不能不涉及"西出阳关"。处于河西走廊尽西头的阳关和它北面的玉门关相对，从汉代以来，一直是内地出向西域的通道。唐代国势强盛，内地与西域往来频繁，在盛唐人心目中从军或出使阳关之外是令人向往的壮举。但当时阳关以西还是穷荒绝域，风物与内地大不相同。朋友"西出阳关"虽是壮举，却又不免经历万里长途的跋涉，备尝独行穷荒的艰辛寂寞。因此，这临行之际"劝君更尽一杯酒"，就像是浸透了诗人全部丰富深挚情谊的一杯浓郁的感情琼浆。这里面，不仅有依依惜别的情谊，而且包含着对远行者处境、心情的深情体贴，包含着前路珍重的殷勤祝愿。对于送行者来说，劝对方"更尽一杯酒"，不只是让朋友多带走自己的一份情谊，而且有意无意地延宕分手的时间，好让对方再多留一刻。

这首诗所描写的是一种最有普遍性的离别。它没有特殊的背景，而自有深挚的惜别之情，这就使它适合于绝大多数离筵别席演唱，后来编入乐府，成为最流行、传唱最久的歌曲。

闻王昌龄①左迁龙标②遥有此寄

【唐】李白

杨花③落尽子规④啼，
闻道龙标过五溪。
我寄愁心与⑤明月，
随君直到夜郎西。

注　释

①王昌龄：唐代人，天宝（唐玄宗年号，742—756）年间被贬为龙标县尉。
②龙标：古地名，唐朝置县，今湖南省洪江市。
③杨花：柳絮。
④子规：即杜鹃鸟，相传其啼声哀婉凄切。
⑤与：给。

译文

在杨花落完，子规啼鸣的时候，我听说您被贬为龙标尉，龙标地方偏远要经过五溪。

我把我忧愁的心思寄托给明月，希望能一直陪着你到夜郎以西。

赏析

首句写景兼点时令。于景物独取漂泊无定的杨花，叫着"不如归去"的子规，即含有飘零之感、离别之恨在内，切合当时情事，也就融情入景。因首句已于景中见情，所以次句便直叙其事。"闻道"，表示惊措。"过五溪"，见迁谪之荒远，道路之艰难。不着悲痛之语，而悲痛之意自见。

后两句抒情。人隔两地，难以相从，而月照中天，千里可共，所以要将自己的愁心寄予明月，随风飘到夜郎。这两句诗所表现的意境，已见于此前的一些名作中。如谢庄《月赋》："美人迈兮音尘缺，隔千里兮共明月。临风叹兮将焉歇，川路长兮不可越。"曹植《杂诗》："愿为南流景，驰光见我君。"张若虚《春江花月夜》："此时相望不相闻，愿逐月华流照君。"都与之相近。而细加分析，则两句之中，又有三层意思，一是说自己心中充满了愁思，无可倾诉，无人理解，只有将这种愁心托之于明月；二是说惟有明月分照两地，自己和朋友都能看见她；三是说，因此也只有依靠她才能将愁心寄予，别无他法。

诗人李白通过丰富的想象，用男女情爱的方式以抒写志同道合的友情，给予抽象的"愁心"以物的属性，它竟会随风逐月到夜郎西。本来无知无情的明月，竟变成了一个了解自己、富于同情的知心人，她能够而且愿意接受自己的要求，将自己对朋友的怀念和同情带到辽远的夜郎之西，交给那不幸的迁谪者。

这种将自己的感情赋予客观事物，使之同样具有感情，也就是使之人格化，乃是形象思维所形成的巨大的特点和优点之一。当诗人们需要表现强烈或深厚的情感时，常常用这样一种手段来获得预期的效果。

折杨柳①

【唐】杨巨源

水边杨柳曲尘丝②，
立马烦君折一枝。
惟有春风最相惜③，
殷勤④更向⑤手中吹。

注 释

①折杨柳：乐府歌曲，属横吹曲。
②曲尘丝：指色如酒曲般细嫩的柳叶。尘：一作"烟"。
③相惜：指有才能的人互相仰慕、欣赏、爱惜。
④殷勤：巴结、讨好。
⑤向：一作"肯"。

作者名片

杨巨源（755—？），字景山，后改名巨济。河中治所（今山西永济）人。唐代诗人。贞元五年（789）进士。初为张弘靖从事，由秘书郎擢太常博士，迁虞部员外郎。出为凤翔少尹，复召授国子司业。长庆四年（824），辞官退休，执政请以为河中少尹，食其禄终身。关于杨巨源生年，据方崧卿《韩集举正》考订。韩愈《送杨少尹序》作于长庆四年（824），序中述及杨有"年满七十""去归其乡"语。由此推断，杨当生于755年，卒年不详。

译 文

沿着河岸依依行走，河边的杨柳低垂着像酒曲那样细嫩的长条，这不禁勾起了我这个将行之人的依依不舍之意，于是我停下马来，请送行的您帮我折一枝杨柳吧。

只有春风最懂得珍惜，仍然多情地吹向我手中已经离开树干的杨柳枝吹拂。

赏　析

　　诗的开头两句在读者面前展现了这样的场景：初春，水边（可能指长安灞水之畔）的杨柳低垂着像酒曲那样微黄的长条。一对离人将要在这里分手，行者驻马，伸手接过送者刚折下的柳条，说一声："烦君折一枝！"此情此景，俨然是一幅"灞陵送别图"。

　　末两句"惟有春风最相惜，殷勤更向手中吹"，就语气看，似乎是行者代手中的柳枝立言。在柳枝看来，此时此地，万物之中只有春风最相爱惜，虽是被折下，握在行人手中，春风还是殷勤地吹拂着，可谓深情款款。柳枝被折下来，离开了根本，犹如行人将别。所以行者借折柳自喻，而将送行者比作春风。这层意思正是"烦君折一枝"所表现的感情之情的深化和发展。诗人巧妙地以春风和柳枝的关系来比喻送者和行者的关系，生动贴切，新颖别致。

　　这首诗是从行者的角度来写，在行者眼里看来，春风吹柳似有"相惜"之意与"殷勤"之态，仿佛就是前来送行的友人。这是一种十分动情的联想和幻觉，行者把自己的感情渗透到物象之中，本来是无情的东西，看去也变得有情了。这种化无情之物为有情之物的手法，常用于中国古典诗歌中，如唐元稹《第三岁日咏春风凭杨员外寄长安柳》云："三日春风已有情，拂人头面稍怜轻。"宋刘攽《新晴》诗曰："惟有南风旧相识，偷开门户又翻书。"都是移情于物，中国古代文学评论称为"物色带情"（《文镜秘府论·南·论文意》）。这不是一般的拟人化，不是使物的自然形态服从人的主观精神，成了人的象征，而是让人的主观感情移入物的自然形态，保持物的客观形象，达到物我同一的境地。

　　末两句之所以耐人寻味，主要是因为采用了巧妙的比喻和物色带情的艺术手法，这正是此诗的成功之处。

送　别

【唐】王之涣

杨柳东风①树，

注　释

①东风：一作东门。东门即长安青门，唐朝时出京城多东行者，多

青青②夹御河③。

近来攀折苦④，

应为别离⑤多。

用于送别。
②青青：指杨柳的颜色。
③御河：指京城护城河。
④苦：辛苦，这里指折柳不方便。
⑤别离：离别，分别。

作者名片

王之涣（688—742），字季凌，汉族，绛州（今山西新绛县）人，是盛唐时期的著名诗人。豪放不羁，常击剑悲歌，其诗多被当时乐工制曲歌唱。名动一时，他常与高适、王昌龄等相唱和，以善于描写边塞风光著称。其代表作有《登鹳雀楼》《凉州词》等。

译文

春风中一株株杨柳树随风摇曳，沿着御河两岸呈现出一片绿色。最近攀折起来不是那么方便，应该是因为离别人儿太多。

赏析

"杨柳东风树，青青夹御河。"写景，不仅点明了送别的时间和地点，还渲染出浓厚的离别情绪。"东门"点名了送别的地点在长安青门，"青青"表明杨柳的颜色已经很绿，表明时间是在暮春时节。"杨柳"是送别的代名词，于是一见杨柳，就让人想到离别。绿色的杨柳树夹杂在御河两岸，看似恬静的环境反衬出诗人与友人离别的不舍。且首句是远望所见，第二句是近观所见。在远与近的距离感中，诗人送友的踽踽长街的身影得以体现，衬托出舍不得惜别却又不得不分别的心情。

"近来攀折苦，应为别离多。"这两句是抒情，通过侧面描写出送别人多。一个"苦"字，既是攀折杨柳而不便之苦，也是离别的愁苦。至于诗人自己是否折了杨柳却只字未提，更衬托出了诗人送别的深情。后两句看似平淡，仔细咀嚼，意味深长，诗人折或者不折杨柳，内心的悲楚恐怕都已到了无以复加的地步。

这首送别诗短小精悍，言浅意深，依依惜别之意跃然纸上。纵观全诗，字字未提送别却字字点题，其中的描写言简意赅，给人留下深刻印象。

哭晁卿衡

【唐】李白

日本晁卿辞帝都①，
征帆一片绕蓬壶②。
明月③不归沉碧海④，
白云愁色满苍梧。

注释

①帝都：指唐朝京城长安。
②蓬壶：指蓬莱、方壶，都是神话传说中东方大海上的仙山。此指晁衡在东海中航行。
③明月：喻品德高洁才华出众之士，一说是月明珠，此喻晁衡。
④沉（chén）碧海：指溺死海中。

译文

日本友人晁卿衡辞别长安帝都回家乡，乘一片风帆远去东方飘过蓬莱方壶。

一去不归的友人啊，像明月沉入了碧海，天上的白云也带着哀愁笼罩着青山。

赏析

诗的标题"哭"字，表现了诗人失去好友的悲痛和两人超越国籍的真挚感情，使诗歌笼罩着一层哀婉的气氛。

"日本晁卿辞帝都"，帝都即唐代京都长安，诗用赋的手法，一开头就直接点明人和事。诗人回忆起不久前欢送晁衡返国时的盛况：唐玄宗亲自题诗相送，好友们也纷纷赠诗，表达美好的祝愿和殷切的希望。晁衡也写诗答赠，抒发了惜别之情。

"征帆一片绕蓬壶",紧承上句。作者的思绪由近及远,凭借想象,揣度着晁衡在大海中航行的种种情景。"征帆一片"写得真切传神。船行驶在辽阔无际的大海上,随着风浪上下颠簸,时隐时现,远远望去,恰如一片树叶漂浮在水面。"绕蓬壶"三字放在"征帆一片"之后更是微妙。"蓬壶"即传说中的蓬莱仙岛,这里泛指海外三神山,以扣合晁衡归途中岛屿众多的特点,与"绕"字相应。同时,"征帆一片",漂泊远航,亦隐含了晁衡的即将遇难。

"明月不归沉碧海,白云愁色满苍梧"。这两句,诗人运用比兴的手法,对晁衡作了高度评价,表达了他的无限怀念之情。前一句暗指晁衡遇难,明月象征着晁衡品德的高洁,而晁衡的溺海身亡就如同皓洁的明月沉沦于湛蓝的大海之中,含意深邃,艺术境界清丽幽婉,同上联中对征帆远航环境的描写结合起来,既显得自然而贴切,又令人无限惋惜和哀愁。末句以景写情,寄兴深微。苍梧指郁洲山,据《一统志》,郁洲山在淮安府海州朐山东北海中。晁衡的不幸遭遇,不仅使诗人悲痛万分,连天宇也好似愁容满面。层层白色的愁云笼罩着海上的苍梧山,沉痛地哀悼晁衡的仙去。诗人这里以拟人化的手法,通过写白云的愁来表达自己的愁,使诗句更加迂曲含蓄,这就把悲剧的气氛渲染得更加浓厚,令人回味无穷。

诗忌浅而显。李白在这首诗中,把友人逝去、自己极度悲痛的心情用优美的比喻和丰富的联想,表达得含蓄、丰富而又不落俗套,体现了非凡的艺术才能。李白的诗歌素有清新自然、浪漫飘逸的特色,在这首短诗中,读者也能体味到他所特有的风格。虽是悼诗,却是寄哀情于景物,借景物以抒哀情,显得自然而又潇洒。李白用"明月"比喻晁衡品德非常纯净;用"白云愁色"表明他对晁衡的仙去极度悲痛。他与晁衡的友谊,不仅是盛唐文坛的佳话,也是中日两国人民友好交往历史的美好一页。

金陵酒肆①留别②

【唐】李白

风吹③柳花满店香，
吴姬压酒④唤客尝。
金陵子弟⑤来相送，
欲行⑥不行⑦各尽觞⑧。
请君试问⑨东流水，
别意与之谁短长。

注 释

①酒肆：酒店。
②留别：临别留给送行者。
③风吹：一作"白门"。
④压酒：压槽取酒。
⑤子弟：指李白的朋友。
⑥欲行：将要走的人，指诗人自己。
⑦不行：不走的人，即送行的人，
　指金陵子弟。
⑧尽觞（shāng）：喝尽杯中的
　酒。觞，酒杯。
⑨试问：一作"问取"。

译 文

春风吹起柳絮，酒店满屋飘香，侍女捧出美酒，劝我细细品尝。金陵的年轻朋友纷纷赶来相送。

欲走还留之间，各自畅饮悲欢。请你问问东流江水，别情与流水哪个更为长远？

赏 析

这首诗是作者即将离开金陵东游扬州时留赠友人的一首话别诗，篇幅虽短，却情意深长。此诗由写仲夏胜景引出逸香之酒店，铺就其乐融融的赠别场景；随即写吴姬以酒酬客，表现吴地人民的豪爽好客；最后在觥筹交错中，主客相辞的动人场景跃然纸上，别意长于流水般的感叹水到渠成。全诗热情洋溢，反映了李白与金陵友人的深厚友谊及其豪放性格；流畅明快，自然天成，清新俊逸，情韵悠长，尤其结尾两句，兼用拟人、比喻、对比、反问等手法，构思新颖奇特，有强烈的感染力。

"风吹柳花满店香，吴姬压酒唤客尝。"和风吹着柳絮，酒店里溢满芳香；吴姬捧出新压的美酒，劝客品尝。"金陵"点明地属江南，"柳花"说明时当暮春。这是柳烟迷蒙、春风沉醉的江南三月，诗人一走进店里，沁人心脾的香气就扑面而来。这一"香"字，把店内店外连成一片。金陵古属吴地，遂称当地女子为"吴姬"，这里指酒家女。她满面春风，一边压酒（即压酒糟取酒汁），一边笑语殷勤地招呼客人。置身其间，真是如沐春风，令人陶醉，让人迷恋。

这两句写出了浓浓的江南味道，虽然未明写店外，而店外"杂花生树，群莺乱飞"，杨柳含烟的芳菲世界，已依稀可见。此时，无论是诗人还是读者，视觉、嗅觉、听觉全都调动起来了。

"柳花"即柳絮，本来无所谓香，但一些诗人却闻到了，如传奇"莫唱踏阳春，令人离肠结。郎行久不归，柳自飘香雪"。"香"字的使用，一则表明任何草木都有它微妙的香味，二则这个"香"字代表了春之气息，这不但活画出一种诗歌意境，而且为下文的酒香埋下伏笔。其实，对"满店香"的理解完全不必拘泥于"其柳花之香"，那当是春风吹来的花香，是泥土草木的清香，是美酒飘香，大概还有"心香"，所谓心清闻妙香。这里的"店"，初看不知何店，凭仗下句始明了是指酒店。实在也唯有酒店中的柳花才会香，不然即使是最雅致的古玩书肆，在情景的协调上，恐怕也还当不起"风吹柳花满店香"这七个字。所以这个"香"字初看似觉突兀，细味却又感到是那么妥帖。

"金陵子弟来相送，欲行不行各尽觞。"金陵的一群年轻人来到这里，为诗人送行。饯行的酒啊，你斟我敬，将要走的和不走的，个个干杯畅饮。也有人认为，这是说相送者殷勤劝酒，不忍遽别；告别者要走又不想走，无限留恋，故"欲行不行"。李白此行是去扬州。他后来在《上安州裴长史书》说："曩昔东游维扬，不逾一年，散金三十余万，有落魄公子，悉皆济之。此则白之轻财好施也。"李白性格豪爽、喜好交游，当时既年轻富有，又仗义疏财，朋友自是不少。在金陵时也当如此。一帮朋友喝酒话别，少年刚肠，兴致盎然，没有伤别之意，这也很符合年轻人的特点。"尽觞"，意思是喝干杯中酒。

"请君试问东流水，别意与之谁短长？"便是事件的结局了。送君千里，终有一别，这离别之宴终归要散的，此时把手相送，心中的感伤便不能自已，诗人借水言情，寓情于物，表达了惜别之情——我和友人的离别的情义与东流之水相比哪个更长呢？其气魄体现了诗人浪漫豪放的一贯风格，也不能不让人想起诗人"桃花潭水深千尺，不及汪伦送我情"之句。

谢亭送别

【唐】许浑

劳歌①一曲解行舟，
红叶青山水急流②。
日暮酒醒人已远，
满天风雨下西楼。

注释

①劳歌：本指在劳劳亭送客时唱的歌，泛指送别歌。劳劳亭，在今南京市南面，李白有"天下伤心处，劳劳送客亭"。
②水急流：暗指行舟远去，与"日暮酒醒""满天风雨"共同渲染无限别意。

作者名片

许浑（约791—约858），字用晦（一作仲晦），润州丹阳（今江苏丹阳）人。晚唐最具影响力的诗人之一。其一生不作古诗，专攻律体；题材以怀古、田园诗为佳，艺术则以偶对整密、诗律纯熟为特色。唯诗中多描写水、雨之景，后人拟之与诗圣杜甫齐名，并以"许浑千首诗，杜甫一生愁"评价之。

译 文

唱完了一曲送别的歌儿，你便解开了那远别的行舟，两岸是青山，满山是红叶，水呀在急急地东流。

当暮色降临，我醒来了，才知道人已远去，而这时候满天风雨，只有我一个人的身影独自离开了那西楼。

赏 析

"劳歌一曲解行舟"，写友人乘舟离去。古代有唱歌送行的习俗。"劳歌"原本指在劳劳亭（旧址在今南京市南面，也是一个著名的送别之地）送客时唱的歌，后来遂成为送别歌的代称。劳歌一曲，缆解舟行，从送别者眼中写出一种匆遽而无奈的情景气氛。

"红叶青山水急流"，写友人乘舟出发后所见江上景色。时值深秋，两岸青山霜林尽染，满目红叶丹枫映衬着一江碧绿的秋水，显得色彩格外鲜艳。这明丽之景乍看似与别离之情不大协调，实际上前者恰恰是对后者的有力反衬。景色越美，越显出欢聚的可恋，别离的难堪，大好秋光反倒成为添愁增恨的因素了。江淹《别赋》说："春草碧色，春水绿波，送君南浦，伤如之何！"借美好的春色反衬别离之悲，与此同一机杼。这也正是王夫之所揭示的"以乐景写哀，以哀景写乐，一倍增其哀乐"（《姜斋诗话》）中的艺术辩证法。

这一句并没有直接写到友人的行舟。但通过"水急流"的刻画，读者可以想见舟行的迅疾，诗人目送行舟穿行于夹岸青山红叶的江面上的情景也生动地表现了出来。"急"字暗透出送行者"流水何太急"的心理状态，也使整个诗句所表现的意境带有一点逼仄忧伤、骚屑不宁的意味。这和诗人当时那种并不和谐安闲的心境是相一致的。

"日暮酒醒人已远，满天风雨下西楼"，则是表明诗的前后联之间有一个较长的时间间隔。朋友乘舟走远后，诗人并没有离开送别的谢亭，而是在原地小憩了一会。别前喝了点酒，微有醉意，朋友走后，心绪不佳，竟不胜酒力睡着了。一觉醒来，已是薄暮时分。天色变了，下起了雨，四望一片迷蒙。眼前的江面、两岸的青山红叶都已经笼罩在蒙蒙雨雾和沉沉暮色之中。而朋友的船此刻更不知道随着急流驶到云山雾嶂之外的什么地方去了。暮色的苍茫黯淡、风雨的迷蒙凄清、酒醒后的朦胧、追忆别时情景所感到的怅惘空虚，使诗人此刻的情怀特别凄黯孤寂，感到无法承受这种环境气氛的包围，于是默默无言地独自从风雨笼罩的西楼（西楼即指送别的谢亭，古代诗词中"南浦""西楼"都常指送别之处。）上走了下来。

　　第三句极写别后酒醒的怅惘空寂，第四句却并不接着直抒离愁，而是宕开写景。但由于这景物所特具的凄黯迷茫色彩与诗人当时的心境正相契合，因此读者完全可以从中感受到诗人的萧瑟凄清情怀。这样借景寓情，以景结情，比起直抒别情的难堪来，不但更富含蕴，更有感染力，而且使结尾别具一种不言而神伤的情韵。

　　此诗主要表达了诗人送别友人时的惆怅。前两句以青山红叶的明丽景色反衬别绪，后两句以风雨凄凄的黯淡景色正衬离情，以描写景色作为反衬的手法表达情感，笔法富于变化。

送友人南归

【唐】王维

万里春应尽，
三江①雁亦稀。
连天汉水广，
孤客郢城②归。
郧国③稻苗秀④，
楚人菰米⑤肥。

注　释

①三江：指流经岳阳城外的沅江、澧（lǐ）江、湘江。
②郢（yǐng）城：春秋时楚国都城，即今湖北江陵一带。
③郧（yún）国：春秋时位于楚国附近的小国。
④秀：庄稼开花。
⑤菰（gū）米：一种水生植物的果实，一称"雕胡米"。
⑥悬知：遥知。
⑦倚门望：战国时王孙贾外出求仕，

悬知⑥倚门望⑦，

遥识老莱衣。

其母说：你早出晚归，我将每天倚门而望，盼你归来。这里用此典提醒友人应知家人盼其回归。

译 文

江南万里，春光已过三江原野，大雁纷纷向北飞去。汉水浩渺，无边无际，与天相连，老友归去，回到故乡郧地。

郧国的稻田苗壮秀颀，楚地的菰米收获在即。我在北方将你牵挂，常常倚门南望，好像远远地看到你穿着孝敬父母的老莱衣。

赏 析

这首诗从眼前之春意阑珊联想到万里春尽、鸿雁北归、友人旅程邈远、故乡富饶、慈母望归等一系列内容，以送归为构思线索、以惜别为核心，内容是很清楚的，做到了含蓄而不隐晦，尽谢点染而又情思萧然。

首联描写了万里大地春已去，雁也北归，而友人却要南去的景象。似乎与春暖北上的大雁不相和谐，但它写出了辽阔的高空景观，场面雄伟。

颔联写水波辽阔的汉江连着天，这种景象给人带来物大人小的感觉，人处水上，有漂泊不定之意，故说"孤"客。全诗写得流畅，毫无生硬感。想象丰富，行笔自然，语气舒缓，用字考究。除了写景之外，一些字的力度颇大，感情也极其鲜明，如"尽"是春去夏来，"稀"是雁阵北飞，"广"是辽远阔大。

颈联写了稻田的笔直、菰米收获，通过运用景物描写，渲染了对友人的依依不舍之情。

尾联运用了老莱衣的典故，表达诗人希望友人孝敬父母。

综观全诗，既未明言送别之事，又无送别场景的刻意描绘，更无送别诗中所常见的诸如思念、忧伤、凄凉等感情色彩强烈的词语出现。

然而，诗人在送别时的复杂心绪——理解、担忧、伤感、劝勉等还是隐伏予作品之中，只要细心寻绎，便不难发现它。最后两句，"悬知倚门望，遥识老莱衣"，一写诗人，一写友人，活脱脱地反映出二人形象。

送友人寻越中①山水

【唐】李白

闻道②稽山去，
偏宜③谢客④才。
千岩泉洒落，
万壑⑤树萦回⑥。
东海横秦望，
西陵⑦绕越台⑧。
湖⑨清霜镜晓，
涛白雪山来。
八月枚乘⑩笔，
三吴张翰杯。
此中多逸兴⑪，
早晚⑫向天台⑬。

注释

① 越中：指越州会稽郡治（今浙江绍兴），春秋时期越国曾建都于此。
② 闻道：听说。
③ 偏宜：最宜，特别合适。
④ 谢客：即谢灵运，乳名客儿，故称。此处借指友人。
⑤ 万壑（hè）：形容峰峦、山谷极多。
⑥ 萦（yíng）回，曲折环绕，盘旋往复。汉应场《驰射赋》："尔乃萦回盘厉，按节和旋。"
⑦ 西陵：春秋越国范蠡所筑固陵城遗址，在今浙江省杭州市萧山区西。
⑧ 越台：即越王台，越王勾践所建，在会稽山上。
⑨ 湖：指绍兴镜湖。
⑩ 枚乘（chéng）：西汉辞赋家。
⑪ 逸兴：超逸豪放的意兴。
⑫ 早晚：何日，几时。
⑬ 天台（tāi）：即天台山，在今浙江台州。

译文

听说你将去游览会稽山，那里最适合你这样才比谢灵运的人。
会稽山有千岩竞秀与飞瀑悬泉之奇景，峰峦、山谷在绿荫之中曲折环绕。

高峻的秦望山遥对着茫茫东海，古老的西陵城环绕着巍巍越王台。

八百里镜湖的水面明澈如镜，汹涌澎湃的潮水打来好似雪山倾倒。

你可以拿起枚乘之笔及张翰之杯，以抒发越中山水间的兴致感慨。

或早或晚再往天台山一游，那里的仙境诗趣更适合你的豪情逸怀。

赏析

《送友人寻越中山水》是一首送别诗，但此诗并非重在表现送者与行者的离别之情，而是赞美了越中的山水之美和友人的诗才逸兴。

开篇"闻道稽山去，偏宜谢客才"，作者夸赞友人的才干比肩山水诗鼻祖谢灵运，毫不掩饰对友人的赞赏。

接着"千岩泉洒落，万壑树萦回"两句化用南朝宋刘义庆《世说新语》中的语句，以描述会稽山水之美。李白另一首诗《送王屋山人魏万还王屋》也有类似的句子："万壑与千岩，峥嵘镜湖里。""东海横秦望"至"涛白雪山来"四句高度概括了越中美景。作者在选景上既选择有代表性的胜地，如"东海横秦望，西陵绕越台"；又注重捕捉真切的山水画面，如"湖清霜镜晓，涛白雪山来"。尤其是"湖清"两句，一方面写小舟前行，另一方面写大浪像雪山倾倒一般从对面排空而来，相向而动，强化了大浪的动感，给人以很强的视觉冲击力。

"八月枚乘笔，三吴张翰杯"两句，运用枚乘笔、张翰杯两个典故赞美友人的文才与逸兴。这两个典故主人公都是江南籍文学家，很贴合诗意。这里的用典不仅为江南山光水色增彩，而且使之增加了悠久文明的意韵。最后"此中多逸兴，早晚向天台"，点出作者对越中美景的独特感受。

整首诗里表现出了李白对大自然有着强烈的感受力，他善于把自己的个性融化到自然景物中去，使他笔下的山水丘壑也无不具有理想化的色彩。他用胸中之豪气赋予山水以崇高的美感，他对自然伟力的讴歌，也是对高瞻远瞩、奋斗不息的人生理想的礼赞，超凡的自然意象是和傲岸的英雄性格浑然一体的。

在诗中，诗人灵动飞扬、豪气纵横，像天上的云气；他神游八极、自由驰骋，像原野上奔驰的骏马。诗人一扫世俗的尘埃，完全恢复了他仙人的姿态：上穷碧落下黄泉。他的浪漫、癫狂、爱恨情仇，他的寂寞与痛苦、梦与醒，他的豪情义气，他的漂泊，表现得淋漓尽致。他的诗歌创作带有强烈的主观色彩，主要侧重抒写豪迈气概和激昂情怀，很少对客观事物和具体时间做细致的描述。充斥在字里行间的是洒脱不羁的气质、傲视独立的人格、易于触动而又易爆发的强烈情感。

送魏万①之京

【唐】李颀

朝闻游子唱离歌，
昨夜微霜②初渡河③。
鸿雁不堪愁里听，
云山况是客中过④。
关城树色催寒近⑤，
御苑砧声向晚多⑥。
莫见长安行乐处⑦，
空令岁月易蹉跎⑧。

作者名片

李颀（690—751），东川（今四川三台）人（有争议）。少年时曾寓居河南登封。开元十三年进士，做过新乡县尉的小官，诗以写边塞题材为主，风格豪放，慷慨悲凉，七言歌行尤具特色。

译文

清晨听到游子高唱离别之歌，昨夜才下过薄霜，你今天一早就渡过黄河。

怀愁之人实在不忍听那鸿雁哀鸣，何况是那与故乡遥隔千山万水、身在旅途的异乡客。

潼关晨曦寒气越来越重，天气愈来愈冷，京城深秋捣衣声愈接近傍晚愈多。

请不要以为长安是行乐所在，以免白白地把宝贵时光消磨。

赏析

这是一首送别诗，被送者为诗人晚辈。此诗意在抒发别离的情绪。首联用倒戟法落笔，点出出发前的微霜初落、深秋萧瑟；颔联写离秋，写游子面对云山，黯然神伤；颈联介绍长安秋色，暗喻此地不可长留；末联以长者风度，嘱咐魏万，长安虽乐，不要虚掷光阴，要抓紧成就一番事业。诗人把叙事、写景、抒情融合在一起，以自己的心情来设想、体会友人跋涉的艰辛，表现了诗人与友人之间深切的友情，抒发了诗人的感慨，并及时对友人进行劝勉。全诗自然真切，情深意长，遣词炼句尤为后人所称道。

首联"朝闻游子唱离歌"，先说魏万的走，后用"昨夜微霜初渡河"，点出前一夜的景象，用倒戟而入的笔法，极为得势。"初渡河"，把霜拟人化了，写出深秋时节萧瑟的气氛。

"鸿雁不堪愁里听"，紧接第二句，渲染氛围。"云山况是客中过",接写正题,照应第一句。大雁,秋天南去,春天北归,飘零不定,有如旅人。嘹唳的雁声从天末飘来,使人觉得怅惘凄切。而抱有满腹惆怅的人,当然就更难忍受了。云山,一般是令人向往的风景,而对于落寞失意的人,坐对云山,便会感到前路茫茫,黯然神伤。他乡游子,于此为甚。这是李颀以自己的心情来体会对方。"不堪""况是"两个虚词前后呼应,往复顿挫,情切而意深。

"关城树色催寒近,御苑砧声向晚多。"是诗人对远行客作了充满情意的推想。从洛阳西去要经过古函谷关和潼关,凉秋九月,草木摇落,一片萧瑟,标志着寒天的到来。本来是寒气使树变色,但寒不可见而树色可见,好像树色带来寒气,见树色而知寒近,是树色把寒催来的。一个"催"字把平常景物写得有情有感,十分生动。傍晚砧声之多,为长安特有,"长安一片月,万户捣衣声"。然而诗人不用城关雄伟、御苑清华这样的景色来介绍长安,却只突出了"御苑砧声",发人深想。魏万此前大概没有到过长安,而李颀已多次到过京师,在那里曾"倾财破产",历经辛酸。两句推想中,诗人平生感慨,尽在不言之中。"催寒近""向晚多"六个字相对,暗含着岁月不待,年华易老之意,顺势引出了结尾二句。

"莫见长安行乐处,空令岁月易蹉跎",纯然是长者的语气,予魏万以亲切的嘱咐。这里用"行乐处"三字虚写长安,与上两句中的"御苑砧声"相应,一虚一实,恰恰表明了诗人的旨意。他谆谆告诫魏万:长安虽是"行乐处",但不是一般人可以享受的。不要把宝贵的时光,轻易地消磨掉,要抓紧时机成就一番事业。可谓语重心长。

这首诗以长于炼句而为后人所称道。诗人把叙事、写景、抒情交织在一起。如次联两句用了倒装手法,加强、加深了描写。先出"鸿雁""云山"——感官接触到的物象,然后写"愁里听""客中过",这就由景生情,合于认识规律,容易唤起人们的共鸣。同样,第三联的"关城树色"和"御苑砧声",虽是记忆中的形象,联系气候、时刻等环境条件,有声有色,非常自然。而"催"字、"向"字,更见推敲之功。

峡口①送友人

【唐】司空曙

峡口花飞欲尽春②，
天涯去住③泪沾巾。
来时万里④同为客，
今日翻成送故人⑤。

注 释

①峡口：两山夹水的地方，这里指长江出蜀的险隘。
②欲尽春：春欲尽。
③去住：指走的人和留的人。
④万里：意指路途遥远。
⑤故人：老朋友。

作者名片

司空曙（720—790），字文初（《唐才子传》作文明，此从《新唐书》），广平府（今河北省永年县。唐时广平府辖区为现在的广平县和永年县等。依《永年县志》记载，广平府为今天的永年县）人，约唐代宗大历初前后在世。司空曙为人磊落有奇才，与李约为至交。他是大历十才子之一，同时期作家有卢纶、钱起、韩翃等。他的诗多幽凄情调，间写乱后的心情。诗中常有好句，如后世传诵的"乍见翻疑梦，相悲各问年"，像是不很着力，却是常人心中所有。

译 文

峡口的花随风降落，春天快要过去了，想到彼此将要分别万里，不禁泪水沾湿了巾帕。

来的时候（我们）是同路的旅伴，今天我这个"客人"倒变成主人来送别自己的朋友了。

赏析

这首《峡口送友》，它不同于一般的送别诗，客中送客，自难为情，况又"万里"之远，"同为客"呢？作者身为客人却反客为主，淋漓尽致地表露了自已送客惆怅心情。

首句写眼前景物，点明时间、地点。这句中"峡口"表示地点。"花飞"就是意象，也就是飞花。"欲尽春"则直接表明季节是暮春，"去住"形象地描述"客""主"双方。该诗词采用了正面烘托的手法，烘托本是中国画的一种技法，用水墨或色彩在物象的轮廓外面渲染衬托，使物象明显突出。用于艺术创作，是一种从侧面渲染来衬托主要写作对象的表现技法。写作时先从侧面描写，然后再引出主题，使要表现的事物鲜明突出。第三句转写"来时"，为下句铺陈，第四句用"今日翻成送故人"作结，写出彼此间的惆怅心情。选材一般，写法却比较别致。可见，作者匠心独用，想象力较为丰富。表达出作者用伤春之景正面烘托离别之情。

该诗使用一个或多个意象来描摹景物特征，渲染氛围，营造意境，并蕴含作者的思想感情。峡口花已飞落，知道春将逝去，惜春之情奠定了全文悲的情调。"天涯"二字让人自然而然地想到了思念或是生离，"泪沾巾"将更多的可能留给了生离。别情总是最伤感最缠绵的，而客中送客更是悲苦深刻。寄身是客本已凄凉，又遇别客情，则比一般的送别更加的悲凄。哀伤自己异乡为客，无论是物质和精神都没有寄托和依靠，缺乏安全感和安定感，总感觉人在虚里飘。难得结交一挚友，可是如今却要话别，别情可谓凄凉入骨。作者将别情融入自己的身世处境，情感更加深刻复杂。

别范安成①

【南北朝】沈约

生平②少年日，

注释

①范安成：范岫（440—514），字懋宾。曾为齐安成内史，故称

分手易③前期④。

及尔同衰暮，

非复⑤别离时。

勿言一樽酒，

明日难重持。

梦中不识路⑥，

何以慰相思？

范安成。

②生平：平生。

③易：以之为易。

④前期：后会的日期。

⑤非复：不再像。

⑥梦中不识路：这是用战国时张敏和高惠的典故。张敏与高惠二人为友，每相思不能得见，敏便于梦中往寻。但行至半道，即迷，不知路，遂回。"梦中"与"何以"两句是说，你和我离别之后，即使像古人那样梦中寻访，也会迷路，又怎能安慰相思之情呢？

作者名片

沈约（441—513），字休文，汉族，吴兴武康（今浙江湖州德清）人，南朝史学家、文学家。出身于门阀士族家庭，历史上有所谓"江东之豪，莫强周、沈"的说法，家族社会地位显赫。祖父沈林子，宋征虏将军。父亲沈璞，宋淮南太守，于元嘉末年被诛。沈约孤贫流离，笃志好学，博通群籍，擅长诗文。历仕宋、齐、梁三朝。在宋仕记室参军、尚书度支郎。著有《晋书》《宋书》《齐纪》《高祖纪》《迩言》《谥例》《宋文章志》，并撰《四声谱》。作品除《宋书》外，多已亡佚。

译文

追忆人生少年离别日，后会有期看得很容易。

世事沧桑你我同衰老，再也不像当初握别时。

不要推辞小小一杯酒，分手后恐怕更难重持。

梦中寻你不知在何方，如何安慰我这相思意。

赏析

　　这是一首写好友老年时离别伤情的诗，是一首别具一格的送别诗。

　　写送别，既不写送别的时间和地点，又不通过写景抒情达意，而是从年轻时的分别写起，用一"易"字，说年轻时不把离别当成一回事，总觉得再会是很容易的。这里既是对从前分别的追忆，又是对过去把离别不当成一回事的追悔。

　　"生平少年日，分手易前期。"起句自然，平平叙来，而眼前依依不舍的感情隐含其间。"黯然伤魂者，唯别而已矣。"离别，毕竟是人生中伤痛的事情。"及尔同衰暮，非复别离时。"年轻时不在乎，因为来日方长，而年老时就不一样了，因为所剩日子无多，不能再轻易离别了。作者把老年时对待别离的感情和态度与年轻时相比，不但使诗意深入一层，而且把一别之后难得再见的痛苦而沉重的心情，充分表达出来。

　　"勿言"二句起承转作用，是从离别写到别时的酒宴。说明此次饯别不同以往，眼前的一杯薄酒，不要再以为不算什么，因为到明日分别以后，恐怕再难于一起把杯共饮了。"一樽酒"，形容其少。"难重持"，很难再一同共饮，而且"明日"就在眼前。这是多么令人心酸而又遗憾的事情。小小一杯酒，寄托了依依难舍之情以及知己间相知相惜的无限情意，语调低沉，伤感不已。

　　最后，作者则驰骋丰富的想象，想到古人梦中寻友的动人事迹，他想模仿古人，在与范安成分别后，梦里去寻他以慰相思之苦。但是，梦中寻访也会迷路，寻不见好友，因而相思之苦仍无法消除。作者用了"何以慰相思"进行反问，把"相见时难别亦难"的酸楚的心理状态，精细地刻画了出来。这两句诗，把深厚的友情表达无余，把不忍离别之情推向高潮，是感情的升华，是痛苦的倾诉，含蓄蕴藉，有画龙点睛之妙。

　　这首诗在沈约的诗作中很有特色，不但句句言别，句句言友情、别情，气脉贯注，波澜起伏，而且通篇率尔直言，语言通畅流利，说话的语气、情感的表达均突出了老年人分别时的心理状态，依依惜别的深情厚谊以及凄怆酸楚的痛苦心情。而感情的抒发，来自内心深处，毫无造作之感。另外，诗的风格朴素、气骨遒劲，不事雕琢，不用对仗句子，有平易亲切之感。

送友人

【唐】薛涛

水国^①蒹葭^②夜有霜，
月寒山色共苍苍^③。
谁言千里自今夕^④，
离梦^⑤杳^⑥如关塞^⑦长。

注 释

①水国：犹水乡。
②蒹葭（jiān jiā）：水草名。
③苍苍：深青色。
④今夕：今晚，当晚。
⑤离梦：离人的梦。
⑥杳（yǎo）：无影无声。
⑦关塞：一作"关路"。

作者名片

薛涛（约768—832），字洪度，长安（今陕西西安）人，唐代女诗人。因父亲薛郧做官而来到蜀地，父亲死后薛涛居于成都。居成都时，成都的最高地方军政长官剑南西川节度使前后更换十一届，大多与薛涛有诗文往来。韦皋任节度使时，拟奏请唐德宗授薛涛以秘书省校书郎官衔，但因格于旧例，未能实现，但人们却称之为"女校书"。曾居浣花溪（今有浣花溪公园）上，制作桃红色小笺写诗，后人仿制，称"薛涛笺"。成都望江楼公园有薛涛墓。

译 文

水乡之夜的水边，笼罩在月色之中的蒹葭好似染上秋霜，月色与夜幕下的深青山色浑然一体，苍苍茫茫。

谁说朋友之情能在一夕之间完结呢？可离别后连相逢的梦也杳无踪迹，它竟像迢迢关塞那样遥远。

赏析

这是送别诗中的名篇。全诗四句，前两句写别浦晚景句，第三句是对友人的慰勉，末句抒写离情之苦。此诗的最大特点是隐含了《诗经》名篇《秦风·蒹葭》的意境，运用引用的修辞手法，以景开篇，以情点题，层层推进，处处曲折，可谓兼有委曲、含蓄的特点。

"水国蒹葭夜有霜，月寒山色共苍苍。"这首小诗的前两句是说，水国之夜是笼罩在凄寒的月色之中的，寒冷的月色与夜幕笼罩中的深青山色浑为一体，苍苍茫茫。

前两句写别浦晚景"蒹葭苍苍，白露为霜"，可知是秋季，这时节相送，当是格外难堪。诗人登山临水，一则见"水国蒹葭夜有霜"，一则见月照山前明如霜，这一派蒹葭与山色"共苍苍"的景象，令人凛然生寒。值得注意的是，此处不尽是写景，句中暗暗兼用了"蒹葭苍苍"两句以下"所谓伊人，在水一方。溯洄从之，道阻且长；溯游从之，宛在水中央"的诗意，以表达一种友人远去，思而不见的怀恋情绪，运用这种引用的修辞手法，就使诗句的内涵大为深厚了。

"谁言千里自今夕，离梦杳如关塞长。"诗的后两句是说，谁说友人千里之别从今晚就开始了？可离别后连相逢的梦也杳无踪迹，它竟像迢迢关塞那样遥远。

"千里自今夕"一语，使人联想到李益"千里佳期一夕休"（《写情》）的名句，从而体会到诗人无限的深情和遗憾。这里却加"谁言"二字，似乎要一反那遗憾之意，不欲作"从此无心爱良夜"（李益《写情》）的苦语。似乎意味着"海内存知己，天涯若比邻"，知己也可以"隔千里兮共明月"，是一种慰勉的话语。这与前两句隐含离伤构成一个曲折，表现出相思情意的执着。

末句提到"关塞"，大约友人是去边关了，那再见自然是难了，除非相遇在梦中。不过美梦也难以求得，行人又远在塞北，"关塞长"使梦魂难以度越，已自不堪。一句之中含层层曲折，将痛苦之情推向高潮，此等的苦语，相对于第三句的慰勉，又是一大曲折。

此诗化用了前人一些名篇成语，使内涵更丰富；诗意又层层推进、处处曲折、愈转愈深，可谓兼有委曲、含蓄的特点。诗人用语既能翻新又不着痕迹，娓娓道来，不事藻绘，便显得"清"。又善"短语长事"，得吞吐之法，又显得"空"。清空与质实相对立，却与充实无矛盾，故耐人玩味。

送梓州①李使君②

【唐】王维

万壑③树参天，
千山响杜鹃④。
山中一夜雨⑤，
树杪⑥百重泉。
汉女⑦输橦布，
巴人讼芋田⑧。
文翁翻⑨教授，
不敢倚先贤⑩。

注 释

①梓州：《唐正音》作"东川"。梓州是隋唐州名，治所在今四川三台。
②李使君：李叔明，先任东川节度使、遂州刺史，后移镇梓州。
③壑（hè）：山谷。
④杜鹃：鸟名，一名杜宇，又名子规。
⑤一夜雨：一作"一半雨"。
⑥树杪（miǎo）：树梢。
⑦汉女：汉水的妇女。
⑧芋田：蜀中产芋，当时为主粮之一。
⑨翻：翻然改变，通"反"。
⑩先贤：已经去世的有才德的人。这里指汉景帝时蜀郡守。

译 文

万壑古树高耸云天，千山深处杜鹃啼啭。山中春雨一夜未停，树丛梢头流淌百泉。

汉女辛劳织布纳税，巴人地少诉讼争田。望你发扬文翁政绩，奋发有为不负先贤。

赏析

赠别之作多从眼前景物写起，即景生情，抒发惜别之意。王维此诗，立意则不在惜别，而在劝勉，因而一上来就从悬想着笔，遥写李使君赴任之地梓州的自然风光，形象逼真，气韵生动，令人神往。

开头两句互文见义，起得极有气势：万壑千山，到处是参天的大树，到处是杜鹃的啼声。既有视觉形象，又有听觉感受，读来使人恍如置身其间，大有耳目应接不暇之感。这两句气象阔大，神韵俊迈，被后世诗评家引为律诗工于发端的范例。"万壑树参天，千山响杜鹃"，以如椽大笔，淋漓泼墨，勾勒出巴蜀层峦叠嶂的群山、无数险峻深邃的岩壑、高耸云天的林木，同时还有一片杜鹃热闹如沸的啼鸣，使万壑千岩为之振响。如同展开一卷气势磅礴的山水画，令人为之一振。紧接着的"山中一夜雨，树杪百重泉"，更扣紧蜀地山高林密、雨水充沛的特点，先描绘深山冥晦、千岩万壑中晴雨参半的奇景，再绘出雨中山间道道飞泉悬空而下。诗人远远望去，泉瀑就如同从树梢上倾泻下来似的。这里生动地表现出远处景物互相重叠的错觉。诗人以画家的眼睛观察景物，运用绘法入诗，将三维空间的景物叠合于平面画幅的二维空间，将最远处、高处的泉瀑画在稍近、稍低的树梢上。

由此，就表现出山中景物的层次、纵深、高远，使画面富于立体感，把人带入一个雄奇、壮阔而又幽深、秀丽的境界。这一联的"山中"承首联的"山"，"树杪"承应首联的"树"，连接紧凑，天然工巧。无怪乎清代诗人王士禛击节称赞这四句诗，"兴来神来，天然入妙，不可凑泊"（《带经堂诗话》卷十八）。

作者以欣羡的笔调描绘蜀地山水景物之后，诗的后半首转写蜀中民情和使君政事。梓州是少数民族聚居之地，那里的妇女按时向官府交纳用橦木花织成的布匹；蜀地产芋，那里的人们又常常会为芋田发生诉讼。"汉女""巴人""橦布""芋田"，处处紧扣蜀地特点，而征收赋税、处理讼案，又都是李使君就任梓州刺史以后所掌管的职事，写在诗里，非常贴切。最后两句运用了有关治蜀的典故。"文翁"是汉景帝时的蜀郡太守，他曾兴办学校，教育人才，使蜀郡"由是大化"（《汉书·循吏传》）。王维以此勉励李使君，希望他效法文翁，翻新教化，而不要倚仗文翁等先贤原有的政绩，泰然无为。联系上文来看，既然蜀地环境如此之美，民情风土又如此之淳，到那里去当刺史，自然更应当恪尽职事，有所作为。寓劝勉于用典之中，寄厚望于送别之时，委婉而得体。

诗写送别，不写离愁别恨，不作浮泛客套之语，却有对于国家大事、民生疾苦、友人前途的深切关心。格调高远，爽利明快，在唐人送别诗中，堪称是一首构思别开生面、思想境界高远、读后令人振奋的佳作。

送綦毋潜①落第还乡

【唐】王维

圣代②无隐者，
英灵③尽来归。
遂令东山客④，
不得顾采薇⑤。
既至君门远⑥，
孰云吾道非。
江淮⑦度寒食⑧，
京洛⑨缝春衣。
置酒临长道⑩，

注释

①綦毋潜：綦毋为复姓，潜为名，字季通，荆南人（治所在今湖北江南），王维好友。
②圣代：政治开明、社会安定的时代。
③英灵：有德行、有才干的人。
④东山客：东晋谢安曾隐居会稽东山，借指綦毋潜。
⑤采薇：商末周初，伯夷、叔齐兄弟隐于首阳山，采薇而食，后世遂以采薇指隐居生活。
⑥君门远：指难以见到皇帝。君门，一作"金门"。金门，金马门，汉代宫门名。汉代贤士等待皇帝召见的地方。
⑦江淮：指长江、淮水，是綦毋潜所必经的水道。

同心⑪与我违⑫。

行当⑬浮桂棹⑭，

未几⑮拂荆扉。

远树带行客，

孤村⑯当落晖。

吾谋适不用，

勿谓知音稀⑰。

⑧寒食：古人以冬至后一百○五天为寒食节，断火三日。
⑨京洛：指东京洛阳。
⑩临长道：一作"长安道"。
⑪同心：志同道合的朋友、知己。
⑫违：分离。
⑬行当：将要。
⑭桂棹：桂木做的船桨。
⑮未几：不久。
⑯孤村：一作"孤城"。
⑰知音稀：语出《古诗十九首》："不惜歌者苦，但伤知音稀。"

译文

政治清明时代绝无隐者存在，有才者纷纷出来为朝政服务。
连你这个像谢安的山林隐者，也不再效法伯夷叔齐去采薇。
你应试落第不能待诏金马门，那是命运不济谁说吾道不对？
去年寒食时节你正经过江淮，滞留京洛又缝春衣已过一载。
我们又在长安城外设酒饯别，同心知己如今又要与我分开。
你行将驾驶着小船南下归去，不几天就可把自家柴门扣开。
远山的树木把你的身影遮盖，夕阳余辉映得孤城艳丽多彩。
你暂不被录用纯属偶然的事，别以为知音稀少而徒自感慨！

赏析

这是一首送别诗。此诗围绕送友还乡，层层深入，娓娓道来。诗人对綦毋潜参加科举考试落第一事反复地进行慰勉，鼓励友人不要灰心懊丧，落第只是暂时的失意，要相信世上还会有知音，如今政治清明，有才能的人最终是不会被埋没的，表达了对朋友怀才不遇的同情和劝慰，写得委婉尽致。

　　开头四句言当今正是太平盛世，人们不再隐居，而是纷纷出山应考，走向仕途。"圣代"一词充满了对李唐王朝的由衷信赖和希望。"尽来归"，是出仕不久、意气风发的诗人对天下举子投身科考的鼓励，规劝綦毋潜不应归隐，而要振作精神、树立信心、争取再考。五、六句是对綦毋潜的安慰：尽管这一次未能中第入仕，但选择科举之路是没有错的，只要坚持下去，总会有希望的。七至十句是劝綦毋潜暂回家去。"度寒食""缝春衣"，是从时令上提醒对方，含有关切之情。"江淮""京洛"，从路线的选择上提出建议，含有送别之意。"置酒"相送、"同心"相勉，足见诗人对綦毋潜的深情厚谊与殷殷期望。十一至十四句设想对方回乡的快捷与沿途风光，给人以温暖之感，意在安慰对方，不要背上落第的包袱，要开心起来。最后两句规劝对方，这次落第只是自己的才华恰好未被主考官赏识，切不要因此怪罪于开明的"圣代"，不要怨天尤人，切莫以为朝中赏识英才的人稀少。这一恳切安慰之辞很能温暖人心，激励綦毋潜继续仕进。

　　这一首送别诗不仅写出了对朋友的关心、理解、慰勉与鼓励，也表现出诗人积极入世的思想。全诗感情真挚而亲切，诗人为友人的落第而惋惜，对友人的遭遇深表同情，但全诗的格调并不流于感伤，相反显得奋发昂扬。这样的送别诗自然会给友人以慰藉和鼓舞。读这样一首送别诗，会让人有一波感动，有一份温暖，不仅被诗人对朋友的谆谆告别语所感动，更被诗人对朋友的殷殷慰勉情所温暖。

黄鹤楼①送孟浩然之广陵

【唐】李白

故人西辞②黄鹤楼，
烟花③三月下扬州。
孤帆远影碧空尽④，
唯见长江天际流。

注 释

①黄鹤楼：故址在今湖北武汉市武昌蛇山的黄鹤矶上，属于长江下游地带。
②辞：辞别。
③烟花：形容柳絮如烟、鲜花似锦的春天景物，指艳丽的春景。
④碧空尽：消失在碧蓝的天际。

译 文

老朋友告别了黄鹤楼向东而去，在这柳絮如烟、繁花似锦的阳春三月去扬州远游。

友人的孤船帆影渐渐消失在碧空的尽头，只见滚滚长江水向邈远的天际奔流。

赏 析

这是一首送别诗。孟浩然从湖北到广陵去，李白在黄鹤楼给他送行，作了这首诗。时间应当在李白出蜀漫游以后。李白从27岁到35岁的将近十年之间，虽然也到处漫游，但却比较固定地居住在今湖北安陆境外，这时，他认识了当时著名的诗人孟浩然，孟浩然比他大11岁，本是襄阳（今属湖北省）人，隐居鹿山门，常在吴、越、湘、闽等地漫游。这时他正想出游吴、越一带，两位大诗人在黄鹤楼分别，留下著名诗篇。诗题中"之广陵"的"之"就是至的意思。

"故人西辞黄鹤楼"，意思是老朋友要告别黄鹤楼向东远行了。因为黄鹤楼在广陵之西，所以说西辞那么去的地方也就必然是在东面了。"烟花三月下扬州"，扬州既广陵，由武汉乘船到扬州是由长江下行，所以说"下扬州"。这句说孟浩然在阳春三月的时节去那景如烟花的扬州。扬州本来就以风景美丽而著称，特别是春天花木繁盛、景色艳丽，所以李白用烟花来形容孟浩然即将去到的地方，也多少透露了对孟浩然此行的羡慕之意。以上两句写送别情况，还没有写离别之情。

"孤帆远影碧空尽，唯见长江天际留"写作者送走了好友，独自在黄鹤楼遥望风帆远去的情景，江面上一只载着故人东去的船渐行渐远，终于在水天相接的碧空中消失，能够看到的只剩下滔滔不绝的长江流水，作者的感情随着视线远去，直望到船儿都已经在碧空中消失。他还伫立着凝望天边的长江流水，可见他对好友的惜别之情了。这种离别之情，倘不是在知音之间，是不会如此深刻的。而写离别之情的手法也只取离别之地的眼前的景物，把感情藏在景物之中；并不直接抒写感情，却越发使人体会到真味情切。

这首诗中的第三句，在宋朝人编的《万首唐人绝句》中写成"孤帆远影碧山尽"，在陆游的《入蜀记》中则写成"孤帆远映碧山尽"，并且竭力称赞他描写入微。此后不同的版本往往就出现不同的写法，不过无论是何者，都不失为绝佳诗句。

夏日南亭怀辛大

【唐】孟浩然

山光①忽西落，

池月②渐东上③。

散发乘夕凉，

开轩④卧闲敞⑤。

荷风送香气，

竹露滴清响。

欲取鸣琴弹，

恨⑥无知音赏。

感此⑦怀故人，

中宵⑧劳⑨梦想⑩。

注 释

①山光：傍山的日影。
②池月：池边的月色。
③东上：从东面升起。
④开轩：开窗。
⑤卧闲敞：躺在幽静宽敞的地方。
⑥恨：遗憾。
⑦感此：有感于此。
⑧中宵：整夜。
⑨劳：苦于。
⑩梦想：想念。

译 文

傍山的日影忽然西落了，池塘上的月亮从东面慢慢升起。
披散着头发在夜晚乘凉，打开窗户躺卧在幽静宽敞的地方。

一阵阵的晚风送来荷花的香气，露水从竹叶上滴下发出清脆的响声。

正想拿琴来弹奏，可惜没有知音来欣赏。

感慨良宵，怀念起老朋友来，整夜在梦中也苦苦地想念。

赏析

孟浩然诗的特色是"遇景入咏，不拘奇抉异"（皮日休），虽只就闲情逸致作清描淡写，往往能引人渐入佳境。《夏日南亭怀辛大》就是有代表性的名篇。

诗的内容可分两部分，即写夏夜水亭纳凉的清爽闲适，同时又表达对友人的怀念。

"山光忽西落，池月渐东上。"山光：山上的日光。池月：即池边月色。开篇两句是说，夕阳忽然间落下了西山，东边池角明月渐渐东上。

开篇就是遇景入咏，细味却不止是简单写景，同时写出诗人的主观感受。"忽""渐"二字运用之妙，在于他们不但传达出夕阳西下与素月东升给人的实际感觉（一快一慢）；而且，"夏日"可畏而"忽"落，明月可爱而"渐起"，对此表现出一种纳凉时满足的心理快感。"池"字表明"南亭"傍水，亦非虚设。

"散发乘夕凉，开轩卧闲敞。"这句是说，披头散发在夜晚乘凉，开窗闲卧多么清静舒畅。

近水亭台，不仅"先得月"，而且是先退暑热的。诗人沐浴之后，洞开亭户，散发不梳，靠窗而卧，享受着清凉的感觉。三、四句不但写出一种闲情，同时也写出一种适意——来自身心两方面的快感。

"荷花送香气，竹露滴清响。"这两句是说，清风徐徐送来荷花幽香，竹叶轻轻滴下露珠发出清响。

进而，诗人从嗅觉、听觉两方面继续写这种快感。荷花的香气清淡细微，所以"风送"时闻；竹露滴在池面其声清脆，所以是"清响"。滴水可闻，细香可嗅，使人感到此外更无声息。诗句表达的境界

"一时叹为清绝"（清沈德潜《唐诗别裁集》）。写"荷"以气，写竹以"响"，而不及视觉形象，恰恰是夏夜给人的真切感受。

"欲取鸣琴弹，恨无知音赏。"这两句是说，心想取来鸣琴轻弹一曲，只恨眼前没有知音欣赏。

在如此悦耳清心的夏夜，对诗人有所触动，使他想到了音乐，"欲取鸣琴弹"了。琴是一种古雅平和的乐器，适宜在恬淡闲适的心情中弹奏。据说，古人弹琴，先得沐浴焚香，摒去杂念。而南亭纳凉的诗人，此刻已自然进入这种状态，正宜操琴。"欲取"而未取，舒适而不拟动弹，但想想自有一番乐趣。不料却因鸣琴而牵惹起一阵淡淡的怅惘，像平静的水面起了一阵微澜。由境界的清幽绝俗想到弹琴，由弹琴想到"知音"，而生出"恨无知音赏"的缺憾来，这就自然而然地由水亭纳凉过渡到对友人的怀念上来。

"感此怀故人，中宵劳梦想。"这两句是说，想到这里不免怀念起故友，只能在半夜里梦想一场。

诗人是多么希望有朋友在身边，闲话清谈，共度良宵。可友人不在，自然会生出许多惆怅。这种怀念故人的情绪一直延续到睡下以后，进入梦乡，居然在梦中会见了自己的好友。诗以有情的梦境结束，极有余味。

山中送别

【唐】王维

山中相送罢，
日暮①掩②柴扉③。
春草明年④绿，
王孙⑤归不归⑥。

注 释

①日暮：酉时。太阳快要落山的时候。
②掩：关闭。
③柴扉：柴门。
④明年：一作"年年"。
⑤王孙：贵族的子孙，这里指送别的友人。
⑥归：返，回来。

译文

在深山中送走了好友，夕阳落下把柴门半掩。
春草到明年催生新绿，朋友啊你能不能回还？

赏析

全诗含蓄深厚，曲折别致，独具匠心，耐人寻味。这首送别诗，不写离亭饯别的依依不舍，却更进一层写冀望别后重聚，这是超出一般送别诗的所在。开头隐去送别情景，以"送罢"落笔，继而写别后回家，寂寞之情更浓更稠，为望其再来的题意作了铺垫，于是想到春草再绿自有定期，离人回归却难定。惜别之情，自在话外。意中有意，味外有味，真是匠心别运，高人一筹。

诗的首句"山中相送罢"，在一开头就告诉读者相送已罢，把送行时的话别场面、惜别情怀，用一个看似毫无感情色彩的"罢"字一笔带过。这里，从相送到送罢，跳跃了一段时间。而次句从白昼送走行人一下子写到"日暮掩柴扉"，则又跳跃了一段更长的时间。诗人在把生活接入诗篇时，剪去了在这段时间内送行者的所感所想，将其当作暗场处理了。

对离别有体验的人都知道，行人将去的片刻固然令人黯然魂销，但一种寂寞之感、怅惘之情往往在别后当天的日暮时会变得更浓重、更稠密。在这离愁别恨最难排遣的时刻，要写的东西也必定是千头万绪的；可是，诗只写了一个"掩柴扉"的举动。这是山居的人每天到日暮时都要做的极其平常的事情，看似与白昼送别并无关连。而诗人却把这本来互不关联的两件事连在了一起，使这本来天天重复的行动显示出与往日不同的意味，从而寓别情于行间，见离愁于字里。读者自会从其中看到诗中人的寂寞神态、怅惘心情；同时也会想：继日暮而来的是黑夜，在柴门关闭后又将何以打发这漫漫长夜呢？这句外留下的空白，更是使人低回想象于无穷的。

"春草明年绿，王孙归不归"从《楚辞·招隐士》"王孙游兮不归，春草生兮萋萋"句化来。但赋是因游子久去而叹其不归，这两句诗则在与行人分手的当天就惟恐其久去不归。唐汝询在《唐诗解》中概括这首诗的内容为："扉掩于暮，居人之离思方深；草绿有时，行人之归期难必。"而"归期难必"，正是"离思方深"的一个原因。"归不归"，作为一句问话，照说应当在相别之际向行人提出，这里却让它在行人已去、日暮掩扉之时才浮上居人的心头，成了一个并没有问出口的悬念。这样，所写的就不是一句送别时照例要讲的话，而是"相送罢"后内心深情的流露，说明诗中人一直到日暮还为离思所笼罩，虽然刚刚分手，已盼其早日归来，又怕其久不归来了。前面说，从相送到送罢，从"相送罢"到"掩柴扉"，中间跳跃了两段时间；这里，在送别当天的日暮时就想到来年的春草绿，而问那时归不归，这又是从当前跳到未来，跳跃的时间就更长了。

王维善于从生活中拾取看似平凡的素材，运用朴素、自然的语言，来显示深厚、真挚的感情，令人神远。这首《山中送别》诗就是这样的。

赋得①古原草送别

【唐】白居易

离离②原上草，
一岁一枯荣③。
野火烧不尽，
春风吹又生。
远芳④侵⑤古道，
晴翠⑥接荒城。
又送王孙⑦去，
萋萋⑧满别情。

注 释

①赋得：借古人句或成语命题作诗。
②离离：青草茂盛的样子。
③一岁一枯荣：枯，枯萎。荣，茂盛。野草每年都会茂盛一次，枯萎一次。
④远芳：草香远播。
⑤侵：侵占，长满。
⑥晴翠：草原明丽翠绿。
⑦王孙：本指贵族后代，此指远方的友人。
⑧萋萋：形容草木长得茂盛的样子。

作者名片

白居易（772—846），字乐天，号香山居士，又号醉吟先生，祖籍太原，到其曾祖父时迁居下邽，生于河南新郑。是唐代伟大的现实主义诗人，唐代三大诗人之一。白居易与元稹共同倡导新乐府运动，世称"元白"，与刘禹锡并称"刘白"。白居易的诗歌题材广泛，形式多样，语言平易通俗，有"诗魔"和"诗王"之称。官至翰林学士、左赞善大夫。公元846年，白居易在洛阳逝世，葬于香山。有《白氏长庆集》传世，代表诗作有《长恨歌》《卖炭翁》《琵琶行》等。

译文

长长的原上草是多么茂盛，每年秋冬枯黄春来草色浓。无情的野火只能烧掉干叶，春风吹来大地又是绿茸茸。

野草野花蔓延着淹没古道，在艳阳下的草地尽头是你要开始的征程。我又一次送走知心的好友，茂密的青草代表我的深情。

赏析

《赋得古原草送别》即是通过对古原上野草的描绘，抒发送别友人时的依依惜别之情。

诗的首句"离离原上草"，紧紧扣住题目"古原草"三字，并用叠字"离离"描写春草的茂盛。第二句"一岁一枯荣"，进而写出原上野草秋枯春荣，岁岁循环，生生不已的规律。第三、四句"野火烧不尽，春风吹又生"，一句写"枯"，一句写"荣"，是"枯荣"二字意思的发挥。不管烈火怎样无情地焚烧，只要春风一吹，又是遍地青青的野草，极为形象生动地表现了野草顽强的生命力。第五、六句"远芳侵古道，晴翠接荒城"，用"侵"和"接"刻画春草蔓延、绿野广阔的景象，"古道""荒城"又点出友人即将经历的处所。最后两句"又送王孙去，萋萋满别情"，点明送别的本意。用绵绵不尽的萋萋春草比喻充塞胸臆、弥漫原野的惜别之情，真正达到了情景交融，韵味无穷。

此二句不但写出"原上草"的性格，而且写出一种从烈火中再生的理想典型，一句写枯，一句写荣，"烧不尽"与"吹又生"是何等唱叹有味，对仗亦工致天然，故卓绝千古。

如果说这两句是承"古原草"而重在写"草"，那么五、六句则继续写"古原草"而将重点落到"古原"，以引出"送别"题意，故是一转。上一联用流水对，妙在自然；而此联为的对，妙在精工，颇觉变化有致。"远芳""晴翠"都写草，而比"原上草"意象更具体、生动。芳曰"远"，古原上清香弥漫可嗅；翠曰"晴"，则绿草沐浴着阳光，秀色如见。"侵""接"二字继"又生"，更写出一种蔓延扩展之势，再一次突出那生存竞争之强者野草的形象。"古道""荒城"则扣题面"古原"极切。虽然道古城荒，青草的滋生却使古原恢复了青春。比较"乱蓬鸣古堑，残日照荒台"（僧古怀《原上秋草》）的秋原，就显得生气勃勃。

作者并非为写"古原"而写古原，同时又安排一个送别的典型环境：大地春回，芳草芊芊的古原景象如此迷人，而送别在这样的背景上发生，该是多么令人惆怅，同时又是多么富于诗意呵。"王孙"二字借自楚辞成句，泛指行者。"王孙游兮不归，春草生兮萋萋"说的是看见萋萋芳草而怀思行游未归的人。而这里却变其意而用之，写的是看见萋萋芳草而增送别的愁情，似乎每一片草叶都饱含别情，那真是："离恨恰如春草，更行更远还生"（李煜《清平乐》）。这是多么意味深长的结尾啊！诗到此点明"送别"，结清题意，关合全篇，"古原""草""送别"打成一片，意境极浑成。

于易水送别

【唐】骆宾王

此地①别燕丹，

注　释

①此地：原意为这里，这个地方。这里指易水岸边。

壮士②发冲冠。

昔时③人已没，

今日水④犹⑤寒。

②壮士：意气豪壮而勇敢的人；
　勇士。
③昔时：往日；从前。
④水：指易水之水。
⑤犹：仍然。

作者名片

骆宾王（约619—687），字观光，汉族，婺州义乌人（今浙江义乌）。唐初诗人，与王勃、杨炯、卢照邻合称"初唐四杰"。又与富嘉谟并称"富骆"。高宗永徽中为道王李元庆府属，历武功、长安主簿，仪凤三年，入为侍御史，因事下狱，次年遇赦，调露二年除临海丞，不得志，辞官。武则天光宅元年，骆宾王为起兵扬州反武则天的徐敬业作《代李敬业传檄天下文》，敬业败，亡命不知所之，或云被杀，或云为僧。

译文

在这个地方荆轲告别燕太子丹，壮士悲歌壮气，怒发冲冠。
昔日的英豪已经长逝，今天的易水还是那样的寒冷。

赏析

此诗描述作者在易水送别友人时的感受，并借咏史以喻今。前两句通过咏怀古事，写出诗人送别友人的地点；后两句是怀古伤今之辞，抒发了诗人的感慨。全诗寓意深远，笔调苍凉。

"此地别燕丹，壮士发冲冠"，道出诗人送别友人的地点。"壮士发冲冠"用来概括那个悲壮的送别场面和人物激昂慷慨的心情，表达了诗人对荆轲的深深崇敬之意。此时在易水边送别友人，想起了荆轲的故事，这是很自然的。但是，诗的这种写法却又给人一种突兀之感，它舍弃了那些朋友交往、别情依依、别后思念，等等一般送别诗的常见的内容，而是芟夷枝蔓，直入史事。这种破空而来的笔法，反映了诗人心中蕴蓄着一股难以遏止的愤激之情，借怀古以慨今，把昔日之易水壮别和此刻之易水送人融为一体。从而为下面的抒情准备了条件，酝酿了气氛。

"昔时人已没，今日水犹寒"，是怀古伤今之辞，抒发了诗人的感慨。这首诗的中心在第四句，尤其是诗尾的"寒"字，更是画龙点睛之笔，寓意丰富，深刻表达了诗人对历史和现实的感受。"寒"字，寓情于景，以景结情，因意构象，用象显意。景和象，是对客观事物的具体描绘；情和意，是诗人对客观对象在审美上的认识和感受。诗人在自然对象当中，读者在艺术对象当中，发现了美的客观存在，发现了生命和人格的伟大表现，从而把这种主观的情和意，转移到客观的景和象上，给自然和艺术以生命，给客观事物赋予主观的灵魂，这就是诗歌创作和欣赏当中的"移情作用"。"寒"字正是这种移情作用的物质符号，这是此诗创作最为成功之处。

诗人于易水岸边送别友人，不仅感到水冷气寒，而且更加觉得意冷心寒。诗人在"前不见古人，后不见来者"的伟大孤独中，只好向知心好友倾诉难酬的抱负和无尽的愤懑。诗人感怀荆轲之事，既是对自己的一种慰藉，也是将别时对友人的一种激励。这首诗题为送别，可又没有交代所别之人和所别之事，但"慷慨倚长剑，高歌一送君"的壮别场景如在眼前。所咏的历史本身就是壮别，这同诗人送友在事件上是相同的。而古今送别均为易水河岸，在地点上也是相同的。

这两句诗是用对句的形式，一古一今，一轻一重，一缓一急，一明一暗，两条线索，同时交代，易水跨越古今，诗歌超越了时空，最后统一在"今日水犹寒"的"寒"字上，全诗融为一体。既是咏史又是抒怀，充分肯定了古代英雄荆轲的人生价值，同时也倾诉了诗人的抱负和苦闷，表达了对友人的希望。诗的构思是极为巧妙的。

赤壁歌送别

【唐】李白

二龙①争战决雌雄②，
赤壁楼船扫地空③。
烈火张天照云海，
周瑜于此破曹公。
君去沧江④望⑤澄碧，
鲸鲵⑥唐突留馀迹。
一一书来报故人，
我欲因之壮心魄。

注 释

①二龙：指争战之双方。此指曹操和孙权。

②雌雄：指输赢。

③"赤壁"句：建安十二年（208年），刘备与孙权联合与曹操在赤壁作战。周瑜用黄盖诈降计，"盖放诸船同时发火，时风威猛，悉延烧岸上营落。顷之，烟炎涨天，人马烧溺死者甚众"。（见《三国志·吴书·周瑜传》）

④沧江：指长江，因古时长江较清澈呈青苍色，故称。

⑤望：一作"弄"。

⑥鲸鲵：大鱼名，比喻吞食小国的不义之人。

译 文

犹如二龙争战以决雌雄，赤壁一战，曹操的楼船被一扫而空。

烈火熊熊硝烟冲天，照耀云海，周瑜在此地大破曹公。

君去长江观看青碧澄明的江水，曹操倚仗权势，想吞食东吴时争斗的遗迹。

请你一定要将实地的观感写信告诉我，使我看过信后大壮心胆与气魄。

赏 析

此诗前四句讲的是赤壁之战，突出周瑜的事迹；后四句则是送别时有感而发，希望友人经常来信报告佳音。全诗把歌咏赤壁和送别友人这两个内容艺术地统一起来，并突出前者。作品风格慷慨雄壮，蕴含了作者济世救民的思想感情。

从此诗题目可以看出，诗人的创作意图在于把歌咏赤壁和送别友人这两个内容艺术地统一起来，并突出前者。

全诗八句，前四句讲的是赤壁之战的事迹，后四句则是送别时的有感而发，形式上组成两个相对独立的段落。使人惊异的是，李白在前半短短四句中，就成功地完成了咏史的任务。

"二龙争战决雌雄，赤壁楼船扫地空。"赤壁之战，曹操用大量军队，深入东吴国土，一心要同周瑜"决"战，"争"雌雄。周瑜虽处于劣势，但能化不利为有利，以火攻取胜，曹操只落得全军溃败的下场。上述内容在这两句诗里艺术地得到表现。

上句化用《周易》里"龙战于野"的典故。"二龙争战"是魏吴相持的象征。下句以突如其来之笔，直接写出了赤壁之战曹操水师以失败告终的结局。"楼船扫地空"五字颇见妙思。曹军楼船云集江面，构成庞大的水上阵地，自谓坚如金城。不料这阵"地"顷刻间就被横"扫"一"空"。诗人不说楼船在水上安营，而说在"地"上扎寨，这既是对曹操水师在吴地彻底溃败的如实刻画，也是对他吞并东吴土地梦想落空的含蓄讽刺。

"烈火张天照云海，周瑜于此破曹公。"前面诗人用"楼船扫地空"五字预示了战争的结局。这两句才把造成这结局的缘由具体说出。但"烈火"句绝不仅仅是对"楼船扫地空"的原因的说明，更重要的是对古战场上赤焰烧天、煮水蒸云、一片火海的景象的真实写照。

上句"张""照"二字，极大地渲染了吴军的攻势。诗人把因果关系颠倒处理，既起到了先声夺人的作用，也显示了诗人对稳操胜券者辉煌战果的深情赞许。赤壁之战的胜败，成因固然是吴方采用火攻法，但归根到底取决于两军统帅在战略战术上的水平。下句诗人以凝重之笔指出：善于决战决胜的周瑜，就是这样从容不迫地在赤壁山下击破曹操几十万大军的。这句虽然加入了议论成分，但周瑜的儒将风度却朴实自然地表现出来了。

后半的送别，是在咏史的基础上进行的。字数虽与前半相等，实则等于前半的附庸。"君去沧江望澄碧",这位友人就要离他而去,望着清澄碧绿的江波,少不了要兴起南浦送别的感伤。但古战场上"二龙争战"的"馀迹"还在脑际留存。"鲸鲵唐突留馀迹。""鲸鲵",是由《左传》上的典故引起的联想。"鲸鲵"是大鱼名,以喻那"吞食小国"的"不义之人"。"唐突"义同触犯。这里李白大概是喻指曹操倚仗权势,想吞食东吴。李白在送别的诗行中,并没有完全割裂咏史的情感线索。

但诗人又立即回到现实中来,"一一书来报故人",希望友人走后经常来信报告佳音。这友人想必是一位有功业抱负的人物。所以诗人在结尾写道:"我欲因之壮心魄。"诗人能从友人那里得到鼓舞人心的信息,可以因之而大"壮"自己的"心"胆与气"魄"。

江亭夜月送别二首

【唐】王勃

其一

江送巴南①水,
山横②塞北③云。
津亭④秋月夜,
谁见泣⑤离群⑥?

其二

乱烟⑦笼⑧碧砌⑨,
飞月⑩向南端。
寂寞离亭掩⑪,
江山⑫此夜寒。

注 释

①巴南:地名,在今重庆市。
②横:横亘。
③塞北:指长城以北。亦泛指我国北边地区。
④津亭:古在渡口建亭,供旅客休息。津,渡口。
⑤泣:哭泣。
⑥离群:离开同伴。

⑦乱烟:凌乱的烟雾。
⑧笼:笼罩。
⑨碧砌:青石台阶。
⑩飞月:悬在高空的月亮。
⑪掩:掩盖,掩映。
⑫江山:江水和高山。

56

译 文

其一

长江远远地送走了从巴南来的流水，大山横亘，仿佛嵌入了塞北的云层。

秋天明月夜，在这渡口亭子里，谁见过在离别时哭哭啼啼的呢？

其二

凌乱的烟雾笼罩着青绿的台阶，高高的月亮照耀着江亭的南门。

离亭的门关闭着，周围寂静无声；今夜里大江与高山都显得那么凄凉。

赏 析

这首组诗作品，以江、山、亭、月、夜为主要意象，描绘了江边月夜送别的情景，把送别的孤寂怅惘之情融化入景色的描写之中，句句透露着离别的伤感与痛苦，表达了作者独有的内心感受。

两诗合看，大致可知写诗的背景，即送客之地是巴南，话别之所是津亭，启行之时是秋夜，分手之处是江边，而行人所去之地则可能是塞北，此一去将有巴南、塞北之隔。

沈德潜在《唐诗别裁》中选录了两首中的第一首，但就两诗比较而言，以第二首为胜。第一首诗最后用"谁见泣离群"一句来表达离情，写得比较平实浅露，缺乏含蓄深婉、一唱三叹的韵味，沈德潜也不得不指出其用意"未深"；而在写景方面，"山横塞北云"一句写的是千里外的虚拟景，没有做到与上下两句所写的当前实景水乳交融，形成一个完美和谐的特定境界，因而也不能与诗篇所要表达的离情互为表里，收到景与情会的艺术效果。而在艺术上达到了这一要求的，应当推第二首。在这诗中，诗人的离情不是用"泣离群"之类的话来直接表达的，而是通过对景物的描绘来间接表达。诗人在江边送走行人后，环顾离亭，仰望明月，远眺江山，感怀此夜，就身边眼前的景色描绘出一幅画面优美、富有情味的江边月夜图。通首诗看来都是写景，而诗人送别后的流连顾望之状、凄凉寂寞之情，自然浮现纸上，是一首寓情于景、景中见情的佳作，兼有耐人寻味的深度和美感。

　　黄叔灿在《唐诗笺注》中还称赞这首诗末句中的"寒"字之妙，指出："一片离情，俱从此字托出。"这个"寒"字是一个画龙点睛的字，正如王国维在《人间词话》中所说，着此一字而"境界全出"。但诗中的任何一个字，都不可能离开句和篇而孤立地起作用。这个"寒"字在句内还因"此夜"两字而注入离情，说明这不是通常因夜深感觉到的肤体寒冷，而是在这个特定的离别之夜独有的内心感受。而且，这首诗中可以拈出的透露离情的字眼，还不止一个"寒"字。第二首首句写烟而曰"乱"烟，既是形容夜烟弥漫，也表达了诗人心情的迷乱。次句写月而曰"飞"月，既是说明时间的推移，也暗示诗人伫立凝望时产生的聚散匆匆之感。第三句写离亭掩而加了"寂寞"二字，既是写外界的景象，也是写内心的情怀。从整首诗看，诗人就是运用这样一些字眼把画面点活，把送别后的孤寂怅惘之情融化入景色的描写之中。而这首诗的妙处更在于这融化的手法运用得浑然无迹，从而使诗篇见空灵蕴藉之美。

送　别

【唐】骆宾王

寒更①承夜永②，
凉夕向秋澄③。
离心④何以赠，
自有玉壶冰⑤。

注　释

①更：古代夜间计时单位，一夜分五更，一更约两小时。
②夜永：长夜。
③秋澄：澄净的秋色。
④离心：离别之心。
⑤玉壶冰：比喻清白和高洁。

译　文

　　寒夜的敲更声接续着这漫漫长夜，清凉的夜晚像秋天那般澄澈。

离别时难以割舍，拿什么赠送给你呢？我这自有如装在玉壶冰中一样的真心。

赏析

这首诗把离情表现得高洁纯真，不似前人作品般悲切哀伤，此种手法少见于初唐诗歌。前两句是写长长的秋夜寒冷，渲染离别时难舍的气氛。后两句用"玉壶冰"表明心情，体现了两位朋友之间坦诚相见的真正友谊。

俗话说：君子之交淡如水。既是指君子之交的恬淡，亦是指君子之间的友谊应该像清澈见底的水一样纯洁。这首诗正体现了这种纯洁的友谊。

诗的前两句运用了倒装句法，先说"夜永""更寒"，然后再倒转回去说：在秋高气爽的秋日黄昏，他和一位朋友已经促膝话别。这种章法的运用，改变了按照时间的先后顺序来叙述的方式，强调了"更寒""夜永"，突出了两位挚友之间依依惜别的心情。收到了化平铺直叙为起伏跌宕的艺术效果。"秋澄""夜永"中的"澄""永"，不只是点明节序的特征与时间，而且也映带出朋友之间的真诚相见与友谊长存；"凉夕""寒更"中的"凉""寒"也同样是不只说明环境的"凉""寒"，而且显示出一对朋友在临别之际心绪不佳。倒装、侧重、心与境谐等艺术手法被诗人糅合在两句诗中，显示出诗人高超的艺术造诣。

既然两人的友谊是那样的深长，在离别之际用什么赠给对方就值得思考了。"离心何以赠，自有玉壶冰"，这出人意表的两句诗体现了两位朋友之间坦诚相见的真正友谊。诗人赠给对方的，不是客套式的祝愿，而是一颗冰清玉洁的心。在这首诗中，诗人把自己的"离心"比作"玉壶冰"。其命意同于王勃的名句"海内存知己，天涯若比邻"。

暮春浐水①送别

【唐】韩琮

绿暗红稀②出凤城③，
暮云楼阁古今情④。
行人⑤莫听宫前水⑥，
流尽年光是此声。

注释

①浐水：亦称为产水，发源于蓝田县西南的秦岭。
②绿暗红稀：绿叶茂密，红花减少，是暮春初夏的自然景象。
③凤城：指京城长安。
④古今情：思今怀古之情。
⑤行人：指诗人送别的远行之人。
⑥宫前水：即指浐水。

作者名片

韩琮（约835年在世），字成封，里居及生卒年均不详，约唐文宗太和末前后在世。长庆四年（824年）登进士第。初为陈许节度判官，后历中书舍人。大中七年（853年）仕至湖南观察使。著有诗集一卷，《新唐书·艺文志》传于世。于唐宣宗时出为湖南观察使，大中十二年（858年）被都将石载顺等驱逐，之后，唐宣宗不但不派兵增援，支持韩琮消灭叛将，反而另派右金吾将军蔡袭代韩琮为湖南观察使，把韩琮这个逐臣抛弃了。此后失官，无闻。

译文

花飞卉谢，叶茂枝繁，朋友出了京城，暮云中的楼阁又映衬着帝京的繁华，古今之情都在其中。

远行之人切莫听这宫前的流水，流尽年华时光的正是此种声音。

赏析

　　送别，历来是文人骚客们吟咏良多，在不断求真、求情、求意的过程中常作常新的题材，就送别诗的整体情感内蕴而言，既有洒脱旷达之作，亦不乏深情绵邈之歌，但多针对一时一地所生之情慨然言之。韩琮此诗别具一格之处正在于其独具匠心，断然避开古已有之且渐成模式的豪情、悲情二途，从所有离愁别恨中提炼出送别时的共有情态。

　　"绿暗红稀出凤城"，"绿暗""红稀"紧扣诗题"暮春"二字。鹅黄明丽、远有近无的嫩绿，只属于东风轻拂中万木复苏的早春，晚春风光，便是诗人在红绿色调鲜明对比中拈出的"暗"和"稀"。两词一方面如实描画了诗人眼中的景物：时序推移，草木的绿意在渐浓的春气里变深变暗，繁花满枝的景象也因之而只能成为美好的回忆。

　　"暮云楼阁古今情"，送别，本就暗生愁绪，更何况是在最易触痛感伤的黄昏。送君千里，终须一别。此时此刻，在这繁华至极的帝都，无数高楼画阁沐浴在落霞暮云之中，眼前景象不经意间勾起了诗人无穷无尽的心中情。于是，契阔别离之情、壮志未酬之情、感怀伤时之情……跳跃着、翻滚着，一齐涌上心头，再融入生命体验中不可排遣的沧桑感，一时间，诗人恍然置身于历史的长河中，让古往今来的相似情感重逢、共鸣，似乎从中获得了一种可以超越时光的永恒。这大概就是韩琮所言的"古今情"了。

　　末尾两句，则由次句"古今情"牵引而来。面对不可回返的流水，人们总是抱以时光流逝中所有美好事物一去不再的无奈与遗憾。"逝者如斯夫，不舍昼夜"（《论语·子罕》）如此，"自是人生长恨水长东"（李煜《乌夜啼》）又何尝不是如此？诗人苦心告诫，让人"莫听"，却不曾言明其中缘由，是同于古人？异于古人？他将一个貌似平凡的悬念之花，选择在诗尾绽放。"流尽年光是此声"，原来"莫听"只是诗人情有所感之后对朋友发自内心的善意劝告。往日或许无妨，别人或许无妨，然行人不可听，别时不可听。只因送别的忧情，本就无法承受这潺潺水声惹起的无边之愁。

灞陵行送别

【唐】李白

送君灞陵亭①，
灞水流浩浩②。
上有无花之古树，
下有伤心之春草③。
我向秦人问路歧④，
云是王粲⑤南登之古道。
古道连绵走西京⑥，
紫阙⑦落日浮云生。
正当今夕断肠处，
骊歌⑧愁绝不忍听。

注 释

①灞陵亭：古亭名，据考在长安东南三十里处。灞陵，也作"霸陵"，汉文帝陵寝之地，因有灞水，遂称灞陵。
②浩浩：形容水势广大的样子。
③春草：此句用江淹《别赋》"春草碧色，春水绿波，送君南浦，伤如之何"意。
④路歧：一作"路岐"，即歧路，岔路。
⑤王粲：东汉末年著名文学家，"建安七子"之一。
⑥西京：即唐朝都城长安。
⑦紫阙：紫色的宫殿，此指帝王宫殿。一作"紫关"。
⑧骊歌：指《骊驹》，《诗经》逸篇名，古代告别时所赋的歌词。

译 文

送君送到灞陵亭，灞水浩荡似深情。

岸上古树已无鲜花，岸边有伤心的春草，萋萋蒉蒉。

我向当地的秦人问路，他说：这正是当初王粲南去走的古道。

古道的那头迤逦连绵通长安，紫色宫阙上浮云顿生，遮蔽了红日。

正当今夜送君断肠的时候，虽有黄鹂婉婉而啼，此心愁绝，怎么忍心听？

赏析

　　长安东南三十里处，原有一条灞水，汉文帝葬在这里，所以称为灞陵。唐代，人们出长安东门相送亲友，常常在这里分手。因此，灞上、灞陵、灞水等，在唐诗里经常是和离别联系在一起的。这些词本身就带有离别的色彩。"送君灞陵亭，灞水流浩浩。""灞陵""灞水"重复出现，烘托出浓郁的离别气氛。写灞水水势"流浩浩"是实写，但诗人那种惜别的感情，也正如浩浩的灞水。这是赋，而又略带比兴。

　　"上有无花之古树，下有伤心之春草。"这两句一笔宕开，大大开拓了诗的意境，不仅展现了灞陵道边的古树春草，而且在写景中透露了朋友临别时不忍分手，上下顾盼、瞩目四周的情态。春草萋萋，会增加离别的惆怅意绪，令诗人伤心不已；而古树枯而无花，对于春天似乎没有反映，那种历经沧桑、归于默然的样子，比多情的芳草能引起更深沉的人生感慨。这样，前面四句，由于点到灞陵、古树，在伤离、送别的环境描写中，已经潜伏着怀古的情绪了。于是五六句的出现就显得自然。

　　"我向秦人问路歧，云是王粲南登之古道。"王粲是建安（汉献帝年号，公元196—220）时代著名诗人，公元192年（汉献帝初平三年），董卓的部将李傕、郭汜等在长安作乱，他避难荆州，作了著名的《七哀诗》，其中有"南登灞陵岸，回首望长安"的诗句。这里说朋友南行之途，是当年王粲避乱时走过的古道，不仅暗示了朋友此行的不得意，而且隐括了王粲《七哀诗》中"回首望长安"的诗意。友人在离开灞陵、长别帝都时，也会像王粲那样，依依不舍地翘首回望。

　　"古道连绵走西京，紫阙落日浮云生。"这是回望所见。漫长的古道，世世代代负载过很多前往长安的人，好像古道自身就飞动着直奔西京。然而西京的巍巍宫殿上，太阳快要西沉，浮云升起，景象黯淡。这带有写实的成分，灞上离长安三十里，回望长安，暮霭笼罩着宫阙的景象是常见的。但在古诗中，落日和浮云联系在一起时，往往有指喻"谗邪害公正"的寓意。这里便是用落日浮云来象征朝廷中邪佞蔽主，谗毁忠良，透露朋友离京有着令人不愉快的政治原因。

从诗中来看，行者和送行者除了一般的离情别绪之外，还有着对于政局的忧虑。"正当今夕断肠处，骊歌愁绝不忍听。"骊歌指逸诗《骊驹》，是一首离别时唱的歌，因此骊歌也就泛指离歌。骊歌之所以愁绝，正因为诗人所感受的，并非单纯的离别，而是由此触发的更深广的愁思。

诗是送别诗，真正点明离别的只有收尾两句，但却始终围绕着送别，诗人抒发的感情也绵长而深厚。这首诗的语言节奏和音调，表现出诗人欲别而不忍别的绵绵情思和内心深处相应的感情旋律。诗以两个较短的五言句开头，但"灞水流浩浩"的后面三字，却把声音拖长了，仿佛临歧欲别时感情如流水般地不可控制。随着这种"流浩浩"的情感和语势，以下都是七言长句。三句、四句和六句用了三个"之"字，一方面造成语气的贯注，一方面又在句中把语势稍稍煞住，不显得过分流走，则又与诗人送别友人而又欲留住友人的那种感情相似。诗的一二句之间，有"灞陵"和"灞水"相递连；三四句"上有无花之古树，下有伤心之春草"，由于排比和用字的重叠，既相递连，又显得回荡。五六句和七八句，更是顶针直递而下，这就造成断而复续、回环往复的音情语气，从而体现了别离时内心深处的感情波澜。围绕离别，诗人笔下还展开了广阔的空间和时间：古老的西京，绵绵的古道，紫阙落日的浮云，怀忧去国、曾在灞陵道上留下足迹的前代诗人王粲，等等。由于思绪绵绵，向着历史和现实多方面扩展，因而给读者以世事浩茫的感受。

淮上①喜会梁州②故人

【唐】韦应物

江汉③曾为客，

相逢每醉还④。

浮云⑤一别后，

注　释

① 淮上：淮水边，现今江苏省淮安市淮阴区一带。

② 梁州：唐州名，在今陕西南郑县东。

③ 江汉：汉江，流经梁州。

④ 醉还：酒醉归来。

流水⑥十年间。

欢笑情如旧⑦，

萧疏⑧鬓已斑⑨。

何因不归去？

淮上有秋山⑩。

⑤浮云：飘荡的云彩。
⑥流水：喻岁月如流，又暗合江汉。
⑦如旧：如前，没有变化。
⑧萧疏：稀疏。
⑨斑：头发花白。
⑩淮上有秋山：言淮上风光可恋，伸足上"不归去"之意。

作者名片

韦应物（737—792），汉族，长安（今陕西西安）人。今传有10卷本《韦江州集》、两卷本《韦苏州诗集》、10卷本《韦苏州集》。散文仅存一篇。因出任过苏州刺史，世称"韦苏州"。诗风恬淡高远，以善于写景和描写隐逸生活著称。

译文

想当年客居他乡，飘零江汉；与你异乡聚首，携手醉还。

离别后如浮云漂流不定，岁月如流水一晃就已过了十年。

今日相见，欢笑融洽的情态一如从前，人已头发稀疏，两鬓斑白了。

为何我不与故人同归去？因为淮上风光可恋。

赏析

这首诗描写诗人在淮上（今江苏淮阴一带）喜遇梁州故人的情况和感慨。他和这位老朋友，十年前在梁州江汉一带有过交往。诗题曰"喜会"故人，诗中表现的却是"此日相逢思旧日，一杯成喜亦成悲"的一种悲喜交集的感情。

诗的开头，写诗人昔日在江汉作客期间与故人相逢时的乐事，概括了以前的交谊。那时他们经常欢聚痛饮，扶醉而归。诗人写这段往事，仿佛是试图从甜蜜的回忆中得到慰藉，然而其结果反而引起岁月蹉跎的悲伤。

颔联一跌，直接抒发阔别十年的伤感。颈联的出句又回到诗题，写这次相会的"欢笑"之态。久别重逢，确有喜的一面。他们也像十年前那样，有痛饮之事。

然而这喜悦，只能说是表面的，或者说是暂时的，所以对句又将笔宕开，写两鬓萧疏。十年的漂泊生涯使得人老了。这一副衰老的形象，不言悲而悲情溢于言表，漂泊之感也就尽在不言之中。一喜一悲，笔法跌宕；一正一反，交互成文。

末联以反诘作转，以景色作结。为何不归去，原因是"淮上有秋山"。诗人《登楼》诗云："坐厌淮南守，秋山红树多。"秋光中的满山红树，正是诗人耽玩留恋之处。这个结尾给人留下了回味的余地。

绘画艺术中有所谓"密不通风，疏可走马"之说。诗歌的表现同样有疏密的问题，有些东西不是表现的重点，就应从略，使之疏朗；有些东西是表现的中心，就应详写，使之细密。疏密相间，详略适宜，才能突出主体。这首诗所表现的是两人阔别十年的重逢，可写的东西很多，如果把十年的琐事絮絮叨叨地说来，不注意疏密详略，便分不清主次轻重，也就不成其为诗了。这就需要剪裁。

诗的首联概括了以前的交谊；颈联和末联抓住久别重逢的情景作为重点和主体，详加描写，写出了今日的相聚、痛饮和欢笑，写出了环境、形貌和心思，表现得很细密。颔联"浮云一别后，流水十年间"，表现的时间最长，表现的空间最宽，表现的人事最杂。这里却只用了十个字，便把这一切表现出来了。这两句用的是流水对，自然流畅，洗练概括。别后人世沧桑，千种风情，不知从何说起，诗人只在"一别""十年"之前冠以"浮云""流水"，便表现出来了。意境空灵，真是"疏可走马"。"浮云""流水"暗用汉代苏武李陵河梁送别诗意。李陵《与苏武诗三首》有"仰视浮云驰，奄忽互相逾。风波一失所，各在天一隅"，苏武《诗四首》有"俯观江汉流，仰视浮云翔"，其后常以"浮云"表示漂泊不定、变幻无常，以"流水"表示岁月如流、年华易逝。诗中"浮云""流水"不是写实，都是虚拟的景物，借以抒发诗人的主观感情，表现一别十年的感伤，由此可见诗人的剪裁功夫。

凉州①馆②中与诸判官③夜集

【唐】岑参

弯弯月出挂城头④，
城头月出照凉州⑤。
凉州七里⑥十万家，
胡人⑦半解⑧弹琵琶。
琵琶一曲肠堪断，
风萧萧⑨兮夜漫漫⑩。
河西⑪幕中多故人，
故人⑫别来三五春。
花门楼⑬前见秋草，
岂能贫贱⑭相看老。
一生大笑能几回，
斗酒相逢⑮须醉倒。

注 释

①凉州：唐朝河西节度府所在地，治所在今甘肃武威。
②馆：客舍。
③判官：唐代节度使、观察使下的属官。
④城头：城墙上。唐王昌龄《出塞》诗之二："城头铁鼓声犹振，匣里金刀血未干。"
⑤凉州：一作"梁州"。
⑥里：一作"城"。
⑦胡人：中国古代对北方边地及西域各民族人民的称呼。
⑧半解：半数人懂得。解，懂得，明白。
⑨萧萧：象声词。此处形容风声。
⑩漫漫：形容黑夜漫长。
⑪河西：汉唐时指今甘肃、青海两省黄河以西，即河西走廊与湟水流域。
⑫故人：旧交；老友。
⑬花门楼：这里即指凉州馆舍的楼房。
⑭贫贱：贫苦微贱。
⑮斗酒相逢：即相逢斗酒。斗酒，比酒量。

作者名片

岑参（约718—769），荆州江陵（今湖北江陵县）人或南阳棘阳（今河南南阳市）人，与高适并称"高岑"。文学创作方面，岑参工诗，长于七言歌行，对边塞风光、军旅生活以及异域的文化风俗有亲切的感受，边塞诗尤多佳作。

译文

弯弯的月儿升起悬挂在凉州城头，皎洁的月光照亮整个凉州。

凉州方圆七里住着数十万人家，这里的胡人半数懂得弹琵琶。

一首琵琶曲令人肝肠欲断，只觉得风声萧萧，长夜漫漫。

河西幕府里我有很多老朋友，老朋友分别以来已有三五春。

时光荏苒，又一年秋草黄。岁月催人，哪能互相看着在贫贱中老下去呢？

人生一世能有几回开怀大笑，今日相逢斗酒必须人人痛饮醉倒。

赏析

这首诗中所说的凉州，治所在今甘肃武威，唐河西节度府设于此地。从"河西幕中多故人，故人别来三五春"等诗句看，岑参此时在凉州作客。凉州河西节度使幕府中，诗人有许多老朋友，常欢聚夜饮。

此诗写作者赴北庭途经凉州在河西节度府作客，与老朋友欢聚宴饮的景况，同时写到了凉州的边境风格及民俗风情。全诗格调豪迈乐观，尤其把夜宴写得兴致淋漓，充满了盛唐的时代气象。

"弯弯月出挂城头，城头月出照凉州。"首先出现的是城头弯弯的明月。然后随着明月升高，银光铺泻，出现了月光照耀下的凉州城。首句"月出"指月亮从地平线升起，次句"月出"指月亮在城头上继续升高。

"凉州七里十万家，胡人半解弹琵琶。"这是随着月光的照耀，更清晰地呈现了凉州的全貌。"凉州"，有的本子作"梁州"（今陕西汉中市）。这是因为后人看到"七里十万家"，认为甘肃凉州没有这种规模而妄改的。其实，唐前期的凉州是与扬州、益州等城市并列的第一流大都市。"七里十万家"，正是大笔淋漓地勾画出这座西北重镇的气派和风光。而下一句，就更见出是甘肃凉州了。凉州在边塞，居民中少数民族很多。他们能歌善舞，多半会弹奏琵琶。不用说，在月光下的凉州城荡漾着一片琵琶声。这里写出了凉州城的歌舞繁华、和平安定，同时带着浓郁的边地情调。

"琵琶一曲肠堪断，风萧萧兮夜漫漫。"仍然是写琵琶声，但已慢慢向夜宴过渡了。这"一曲琵琶"已不是"胡人半解弹琵琶"的满城琵琶声，乃是指宴会上的演奏。"肠堪断"形容琵琶动人。"风萧萧兮夜漫漫"，是空旷而又多风的西北地区夜晚所给人的感受。这种感受由于"琵琶一曲"的演奏更加增强了。

以上六句主要写环境背景。诗人吸取了民歌的艺术因素，运用顶针句法，句句用韵，两句一转，构成轻快的、咏唱的情调，写出凉州的宏大、繁荣和地方色彩。最后一句"风萧萧兮夜漫漫"，用了一个"兮"字和迭字"萧萧""漫漫"，使节奏舒缓了下来。后面六句即正面展开对宴会的描写，不再句句用韵，也不再连续使用顶针句法。

"河西幕中多故人，故人别来三五春。"两句重复"故人"二字，见出情谊深厚。因为"多故人"，与各人离别的时间自然不尽相同，所以说"三五春"，下语是经过斟酌的。

"花门楼前见秋草，岂能贫贱相看老。""花门楼"在这里即指凉州馆舍的楼房。二句接"故人别来三五春"，意思是说：时光迅速，又到了秋天草黄的季节了。岁月催人，哪能互相看着在贫贱中老下去呢？言下之意是要赶快建立功业。

"一生大笑能几回，斗酒相逢须醉倒。"一个"笑"字，写出岑参和他朋友的本色。宴会中不时地爆发出大笑声，这样的欢会，这样的大笑，一生中也难得有几回，老朋友们端着酒杯相遇在一起，怎能不为之醉倒。

这首诗把边塞生活情调和强烈的时代气息结合了起来。全诗由月照凉州开始，在着重表现边城风光的同时，那种月亮照耀着七里十万家和城中荡漾的一片琵琶声，也鲜明地透露了当时凉州的阔大的格局、和平安定的气氛。

送友人归

【宋】郑思肖

年高雪满簪①，
唤渡浙江②浔③。
花落④一杯酒，
月明千里心。
凤凰⑤身宇宙⑥，
麋鹿⑦性山林。
别后空回首，
冥冥⑧烟树深。

注释

①雪满簪（zān）：即满头白发。簪，古人用以绾结长发的物件。
②浙江：水名，此指钱塘江。
③浔（xún）：水边。
④花落：指暮春时节。
⑤凤凰：传说中鸟名，品性高洁。
⑥身宇宙：即凤举，意举止高尚。
⑦麋鹿：俗称四不像，是中国传统中神奇吉祥的物种。
⑧冥冥：昏暗朦胧的样子。

作者名片

郑思肖（1241—1318），连江（今属福建）人，宋末诗人、画家。原名不详，宋亡后改名思肖，因肖是宋朝国姓赵的组成部分。字忆翁，表示不忘故国；号所南，日常坐卧，要向南背北。亦自称菊山后人、景定诗人、三外野人、三外老夫等。有诗集《心史》《郑所南先生文集》《所南翁一百二十图诗集》等。

译 文

你鬓发如雪，年事已高，呼唤渡船，在烟水迷离的浙江之滨。

正值落花时节，我们举杯惜别，别后看明月朗照，千里同心。

你像凤凰，志在腾身浩渺的太空；我似麋鹿，生性喜爱幽静的山林。

分手后我徒然回头远望，却只见幽暗的丛林笼罩着烟云。

赏 析

　　首联切合题目，写友人的形象和送别的地点。友人年事已高，有着满头如雪的白发，是一位皤然老叟。友人归去，取道水路，送行的地点是在浙江边，这两句各自构成一幅简单的画面，迎风飘拂的白发和烟水迷离的江面互相映衬，渲染出一种悲凉的气氛。

　　颔联作为首联的补充，点明送别的时节和情景：暮春时节，群芳凋零。花落花飞，红消香断，诗人本已感慨丛生，更何况在此落花时节，友人要千里归去。与友人就此握别，何日重逢、能否再见，均未可卜，此情此景，令人黯然神伤。只有这临别的一杯酒，也许能略壮行色，并可将恼人的离愁别绪冲淡些。对句即从眼前实景推开一层，虚写抒情，是劝慰朋友，也聊以自慰，不要为别离过分感伤，虽相隔千里，也可以共享皎洁的月光。语出谢庄《月赋》："美人迈兮音尘阙，隔千里兮共明月。"与苏轼"但愿人长久，千里共婵娟"同义。一二两联多系实写，故颈联纯从虚处着笔，避免了文情的板滞。这一联以两个精整的对句，写友人，也是写自己的抱负和志趣。诗人送别的友人是谁，这位友人的性格节操以及千里归去的缘由，一二联均阙而未提，但从作者送别的深情厚谊，隐然可见这位朋友的高尚人格。这两句便点明友人此行是归隐山林，因而可以推测这首诗写作的时间当在宋亡以后。上句以《庄子》中背负青天高飞九万里的大鹏来比友人放情江海作逍遥游，下句以山林麋鹿喻友人的疏野之性，两句既是赞友人，也是自喻。但是郑思肖心系家国，就在元兵已南下、南宋王朝濒临绝境之际，还以极大的义愤，叩阍上书太后、幼主（恭宗），激昂慷慨。所以他与友人此时的离世高蹈，绝不是性喜山林，而是表现了绝不向新朝俯首的气节。

尾联勒回，关合"送别"，在友人的归帆渐远渐隐之际，回眸凝望，只有烟雾萦绕的林木，昏黑幽暗，深不可测。"冥冥烟树深"是写景，也暗示作者在易代之际心情的沉重和迷乱。这是诗中写景之句，富于象征性。它深化了诗的意境，余音不尽，具唱叹之致。

醉赠刘二十八使君①

【唐】白居易

为我引②杯添酒饮，
与君把箸③击盘歌。
诗称国手徒为尔，
命压人头不奈何。
举④眼风光长寂寞，
满朝官职独蹉跎⑤。
亦知合被⑥才名⑦折，
二十三年折太多。

注 释

①刘二十八使君：即刘禹锡。
②引：本意为用力拉开弓。这里形容诗人用力拿过朋友的酒杯，不容拒绝。说明诗人的热情、真诚和豪爽。
③箸（zhù）：筷子。
④举：抬。
⑤蹉跎（cuō tuó）：不顺利，虚度光阴。
⑥合被：应该被。合，应该。是与命中注定相符合的应该。例：《说唐全传》：合当归位。
⑦才名：才气与名望。

译 文

你拿过我的酒杯斟满美酒同饮共醉，与你一起拿着筷子击打盘子吟唱诗歌。

虽然你诗才一流堪称国手也只是如此，但命中注定不能出人头地也没有办法。

抬眼看到的人都荣耀体面而你却长守寂寞，满朝官员都有了自已满意的位置而你却虚度光阴。

我深知你才高名重，却偏偏遭逢不公的对待，在这二十三年你失去的太多。

赏析

白居易有两个好友，年轻的时候跟元稹交往最深，两人并称"元白"。而晚年则跟刘禹锡的关系较近，并称"刘白"。如果没有二人深厚的友谊，没有白居易对刘禹锡的肯定与欣赏，是不会有这首诗的。

"为我引杯添酒饮，与君把箸击盘歌。"刘白二人相互赏识，也只有这样才有了无拘无束地把酒言欢、吟诗作乐。

"诗称国手徒为尔，命压人头不奈何！""国手"一词可以看出诗人对刘禹锡的极尽赏识，但是如此优秀的人才也没办法改变命运坎坷的局面。这句是抱怨刘禹锡的怀才不遇、壮志难酬。虽然写诗才华横溢，但命运始终让人无可奈何。表现了诗人对当权者的不满与愤怒。

"举眼风光长寂寞，满朝官职独蹉跎。"一个"国手"遭遇的却是"长寂寞"，不能不说刘禹锡的命运太"蹉跎"了。作为刘禹锡的好友，诗人感到愤怒、失望，为刘禹锡抱打不平。

"亦知合被才名折，二十三年折太多！"诗人一方面赞扬了刘禹锡的才情，另一方面对刘禹锡的曲折遭遇表示了同情，这种直率与坦诚绝不是写给一般人的，只有友谊深厚才有如此言语。该二句对当权者和无为者的讽刺，表达了对友人才能的赞赏，以及对友人遭遇的同情与愤懑；刘诗则抒发乐观的情绪、豁达的襟怀，表现出对世事变迁和宦海沉浮的乐观、豁达之情。

刘禹锡为回赠这首诗，写下了《酬乐天扬州初逢席上见赠》。有意思的是后人对刘禹锡的这首诗评价更高，尤其认为"沉舟侧畔千帆过，病树前头万木春"两句更能体现刘禹锡乐观、豁达的状态，相比该诗里白居易那副抱怨命运的状态更有意境。不可否认，刘禹锡的诗读来更加的坚韧与豪放，但白居易诗歌最主要的特点就是坦率、真诚，敢于直言，往往将各种问题写入诗中。

赠范晔①诗

【南北朝】陆凯

折花逢驿使②，
寄与陇头人③。
江南无所有，
聊赠一枝春④。

注 释

①范晔：字蔚宗，顺阳山阴（今河南省淅川县东）人，南朝宋史学家、散文家。
②驿使：古代递送官府文书的人。
③陇头人：即陇山人，在北方的朋友，指范晔。
④一枝春：指梅花，人们常常把梅花作为春天的象征。

作者名片

陆凯（？—约504）字智君，陆俟之孙，北魏代（今张家口涿鹿县山涧口村）人，鲜卑族。《魏书》有传。

译 文

遇见北去的驿使就去折梅花，托他带花给身在陇头的你。

江南没有好东西可以表达我的情感，姑且送给你一枝报春的梅花以表春天的祝福。

赏 析

陆凯这首诗不过二十个字，却包含无限的诗趣和感情。当陆凯怀念范晔的时候，为了表达高洁与纯挚的感情，特地折取一枝梅花，托传递书物的信使带给范晔。因为范晔时在陕西长安，陇山在陕西陇县，所以用陇头人以代。不言而喻，陆凯折花遥赠之地是江南，江南的梅花是驰名于世的。隐居西湖的林逋有咏梅诗："疏影横斜水清

浅，暗香浮动月黄昏。"正是江南梅花神韵的写照。江南是文物之邦，物丰文萃，但陆凯认为别的礼物不足以表达他对范晔的情感，所以说江南没有什么可贵的东西堪以相赠，唯有为报春讯先春而至的梅花是最适当的，因而遥遥千里，以寄思慕之情，而梅花也象征他们之间的崇高友谊。

"折花逢驿使，寄与陇头人。"写到了诗人与友人远离千里，难以聚首，只能凭驿使来往互递问候。"逢驿使"的"逢"字说明不期然而遇见了驿使，由驿使而联想到友人，于是寄梅问候，体现了对朋友的殷殷挂念，使全诗充满着天机自然之趣。

"江南无所有，聊赠一枝春。"则在淡淡致意中透出深深祝福。江南不仅不是一无所有，有的正是诗人的诚挚情怀，而这一切，全凝聚在小小的一枝梅花上。由此可见，诗人的情趣是多么高雅，想象是多么丰富。"一枝春"，是借代的手法，以一代全，象征春天的来临，也隐含着对相聚时刻的期待。联想友人睹物思人，一定能明了诗人的慧心。

艺术特色方面，诗中"一枝春"描写到眼前仿佛出现了春到江南，春光明媚、梅绽枝头的美好图景。梅花是江南报春之花，折梅寄友，礼轻情义重，它带给远方朋友的是江南春天的浓浓气息，是迎春吐艳的美好祝愿，也是诗人与远方挚友同享春意的最好表达。

这首诗构思精巧，清晰自然，富有情趣。用字虽然简单，细细品之，春的生机及情意如现眼前。它的艺术美在于朴素、自然而又借物寄喻，在特定的季节、特定的环境，把怀友的感情，通过一种为世公认具有高洁情操的梅花表达出来，把抽象的感情与形象的梅花结为一体。

别董大①

【唐】高适

千里黄云②白日曛③，

北风吹雁雪纷纷。

莫愁前路无知己，

天下谁人④不识君。

②黄云：天上的乌云，在阳光下，乌云是暗黄色，所以叫黄云。

③白日曛：即太阳黯淡无光。曛，昏暗。

④谁人：哪个人。

作者名片

高适（704—765），字达夫，一字仲武，渤海蓚（今河北景县）人，后迁居宋州宋城（今河南商丘睢阳）。安东都护高侃之孙，唐代大臣、诗人。曾任刑部侍郎、散骑常侍，封渤海县侯，世称高常侍。于永泰元年正月病逝，卒赠礼部尚书，谥号忠。作为著名边塞诗人，高适与岑参并称"高岑"，与岑参、王昌龄、王之涣合称"边塞四诗人"。

译文

千里黄云遮天蔽日，天气阴沉，北风送走雁群又吹来纷扬大雪。不要担心前路茫茫没有知己，天下还有谁不认识你呢？

赏析

在唐人赠别诗篇中，那些凄清缠绵、低回流连的作品，固然感人至深，但另外一种慷慨悲歌、出自肺腑的诗作，却又以它的真诚情谊、坚强信念，为灞桥柳色与渭城风雨涂上了另一种豪放健美的色彩。高适的《别董大》便是后一种风格的佳篇。

"千里黄云白日曛，北风吹雁雪纷纷。"开头两句描绘送别时的自然景色。黄云蔽天，绵延千里，日色只剩下一点余光。夜幕降临以后，又刮起了北风，大风呼啸。伴随着纷纷扬扬的雪花，一群征雁疾速地从空中掠过，往南方飞去。这两句所展现的境界阔远渺茫，是典型的北国雪天风光。"千里"，有的本子作"十里"，虽是一字之差，境界却相差甚远。北方的冬天，绿色植物凋零殆尽，残枝枯干己不足以遮目，所以视界很广，可目极千里。说"黄云"，亦极典型，那是阴云凝聚之状，有了这两个字，下文的"白日曛""北风""雪纷纷"便有了着落。如此理解，开头两句便见出作者并非轻率落笔，而是在经过了苦心酝酿之后，才自然流出的诗歌语言。这两句描写景物虽然比较客观，但也处处显示着送别的情调，以及诗人的气质心胸。日暮天寒，本来就容易引发人们的愁苦心绪，而眼下，诗人正在送别董大，其执手依恋之态，我们是可以想见的。所以，首二句尽管境界阔远渺茫，其实不无凄苦寒凉；但是，高适毕竟具有恢宏的气度、超然的禀赋，他并没有沉溺在离别的感伤之中不能自拔。他能以理驭情，另具一副心胸，写出慷慨激昂的壮伟之音。

"莫愁前路无知己，天下谁人不识君。"这两句是对董大的劝慰。说"莫愁"，说前路有知己，说天下人人识君，以此赠别，足以鼓舞、激励人之心志。据说，董大曾以高妙的琴艺受知于宰相房琯，崔珏曾写诗咏叹说："七条弦上五音寒，此艺知音自古难。惟有河南房次律，始终怜得董庭兰。"这写的不过是董大遇合一位知音，而且是官高位显，诗境未免狭小。高适这两句，不仅紧扣董大为名琴师，天下传扬的特定身份，而且把人生知己无贫贱，天涯处处有朋友的意思融注其中，诗境远比崔珏那几句阔远、深厚，堪称艺术珍品。

酬王维①春夜竹亭赠别

【唐】钱起

山月随客②来，
主人兴③不浅。
今宵竹林下，

注释
①王维：唐朝诗人、画家。
②客：即指作者。
③兴：兴致、雅兴。

谁觉花源④远。

惆怅⑤曙莺啼，

孤云还绝巘⑥。

④花源：即桃花源。
⑤惆怅：伤感、失意。
⑥巘：山峰。

作者名片

钱起（722？—780），字仲文，汉族，吴兴（今浙江湖州市）人。早年数次赴试落第，唐天宝十年（751）进士，大书法家怀素和尚之叔。初为秘书省校书郎、蓝田县尉，后任司勋员外郎、考功郎中、翰林学士等。曾任考功郎中，故世称"钱考功"。代宗大历中为翰林学士。他是大历十才子之一，也是其中杰出者，被誉为"大历十才子之冠"。又与郎士元齐名，称"钱郎"，当时称为"前有沈宋，后有钱郎。"

译文

山中明月随着客人的光临慢慢升上夜空，主人、客人觥筹交错，逸兴不浅。

在这明月当空的夜晚，在幽幽竹林之下，谁还会觉得桃花源遥不可及呢？

黄莺鸣啼，天色欲晓，宴席将散，心中不免怅然；抬眼望去，一朵白云正环绕于孤峰之上。

赏析

这是一首回赠诗，表现了诗人对王维亦官亦隐生活的羡慕，从

"今宵竹林下，谁觉花源远"中，可以体会诗人的隐退之思。全诗清新幽远、新颖别致、自然浑厚，读之回味无穷。

"山月随客来，主人兴不浅。"开头两句，一写客人，一写主人。起句实写客人，虚写主人。客人光临，主人自然要出来迎接。"山月"是实写，点题之"春夜"。月随客到，以助主人之兴。自然带出下句"主人兴不浅"，这句实写主人，虚写客人。主人兴不浅，客人自然也不会减半分，可见宾主之欢悦。起句说月随客到，"客"即诗人自己，大有反客为主的味道，显示了诗人与友人的亲密无间。

"今宵竹林下，谁觉花源远。"两句中"今宵"承"山月"，四句"谁觉花源远"照应"兴不浅"。春山夜月，幽幽修竹，月光朗照，一片朦胧，寂静安闲，而宾主逸兴不浅，远离尘世杂念，不能不让人想起世外桃源。此中暗含了诗人对主人生活的钦羡向往。

"惆怅曙莺啼，孤云还绝巘"写莺啼将晓，主宾各散，如彼孤云之还绝巘。这里，"还"字点明宴会将散，诗人将还。着一"孤"字，显见诗人别后之失落与孤单。复着"绝"字，语意更甚，更为怅然。全诗清新幽远，读之回味无穷，如品香茗，久尝愈觉其香。

题长安壁主人

【唐】张谓

世人[1]结交须黄金，
黄金不多交不深。
纵令[2]然诺[3]暂相许，
终是悠悠[4]行路心[5]。

注 释

[1] 世人：指世俗之人。
[2] 纵令：纵然，即使。
[3] 然诺：许诺。然，答应，信守。
[4] 悠悠：平淡隔膜、庸俗不堪的样子。
[5] 行路心：路上行人的心理。

作者名片

张谓（生卒年不详），字正言，河内（今河南沁阳市）人。其诗辞精意深，讲究格律，诗风清正，多饮宴送别之作。代表作有《早梅》《邵陵作》《送裴侍御归上都》等，其中以《早梅》为最著名。《唐诗三百首》各选本多有辑录。

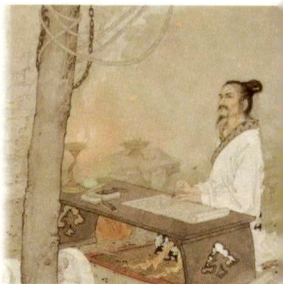

译 文

世俗的人互相结交需要以黄金为纽带，黄金用得不多，交情自然不深。

纵然口头上暂时承诺了什么，实际上他的心就如路人一样冷漠。

赏 析

"世人结交须黄金，黄金不多交不深。"揭露出金钱对人情世态的"污染"。黄金一直是古代社会的硬通货，而金钱换"友谊"的事情无论古今都不乏其例。早在西晋，鲁褒就深刻地指出："舟车上下，役使孔方。凡百君子，同尘和光。上交下接，名誉益彰。"（《钱神论》）

"纵令然诺暂相许，终是悠悠行路心。"形象地勾画出长安壁主人虚情假意的笑脸和冷漠无情的心。"然诺"是信义的标志，金钱是欲望的化身，道德和欲望之间的沟壑永难填平，这是作为社会动物的人本然而终极的顽疾。"悠悠行路心"正指向这个本性，"悠悠"两字，形容"行路心"，十分恰当地表现出这份本性长久而自然地生长于世人心中。这样一种看似平淡的口气，对人的讥刺不露骨而能达到鞭挞入骨的效果。

文学是社会的一画镜子。这首诗言浅意深，富有哲理意义，反映了唐代社会世态人情的一个侧面。

江乡故人偶集①客舍

【唐】戴叔伦

天秋②月又满，
城阙③夜千重④。
还作江南会⑤，
翻疑⑥梦里逢。
风枝⑦惊暗鹊，
露草⑧泣寒蛩⑨。
羁旅⑩长堪醉，
相留⑪畏晓钟⑫。

注 释

①偶集：偶然与同乡聚会。
②天秋：谓天行秋肃之气；时令已值清秋。
③城阙（què）：宫城前两边的楼观，泛指城池。
④千重：千层，层层叠叠，形容夜色浓重。
⑤会：聚会。
⑥翻疑：反而怀疑。
⑦风枝：风吹拂下的树枝。
⑧露草：沾露的草。
⑨泣寒蛩（qióng）：指秋虫在草中啼叫如同哭泣。
⑩羁（jī）旅：指客居异乡的人。
⑪相留：挽留。
⑫晓钟：报晓的钟声。

作者名片

戴叔伦（732—789），字幼公（一作次公），润州金坛（今属江苏常州）人，唐代诗人。年轻时师事萧颖士。曾任新城令、东阳令、抚州刺史、容管经略使。晚年上表自请为道士。其诗多表现隐逸生活和闲适情调，但《女耕田行》《屯田词》等篇也反映了人民生活的艰苦。论诗主张"诗家之景，如蓝田日暖，良玉生烟，可望而不可置于眉睫之前"。其诗体裁皆有所涉猎。

译 文

秋月又一次盈满，城中夜色深浓。

你我在江南相会，我怀疑是梦中相逢。

晚风吹动树枝，惊动了栖息的乌鹊。

秋草披满霜露，覆盖了深草中悲吟的寒虫。

你我客居他乡，应该畅饮以排遣愁闷。

留你长饮叙旧，只担心天晓鸣钟。

赏析

　　这首诗的首联和颔联写相逢，首联交代了时间（秋夜）和地点（长安），一个"满"字写出了秋月之状。颔联则极言相聚的出其不意，实属难得。诗人作客在外，偶然与同乡聚会，欣喜之中竟怀疑是在梦中相遇。"还作"和"翻疑"四个字生动传神，表现了诗人的凄苦心情。这两句充分表现了诗人惊喜交集的感情。

　　颈联和尾联伤别离。颈联描写秋月萧瑟的景象。这两句紧紧围绕"秋"字写景，秋风吹得树枝飘摇，惊动了栖息的乌鹊；秋季霜露很重，覆盖了深草中涕泣的寒虫，到处都能感觉到秋的寒意和肃杀，在渲染气氛的同时也烘托出诗人客居他乡生活的凄清，以及身世漂泊和宦海沉浮之痛；诗人借用曹操的《短歌行》中的诗句："月明星稀，乌鹊南飞，绕树三匝，何枝可依？"含义深刻，写出自己与故友分别之苦，表现了诗人客居中的辛酸之情。故友的异乡羁旅生活都很凄苦，相逢不易，于是一起欢聚畅饮，长夜叙谈。尾联二句，诗人又以害怕天亮就要分手作结。这两句中的"长"和"畏"二字运用得极为恰到好处，"长"字意谓宁愿长醉不愿醒来，只有这样，才能忘却痛苦，表现了诗人的颠沛流离之苦；"畏"字意谓害怕听到钟声，流露出诗人怕夜短天明，晨钟报晓，表达了诗人与友人依依惜别的心情，这一切充分表现出诗人对同乡聚会的珍惜和同乡深厚的友情。全诗语言精练，层次分明，对仗工整，情景结合，意蕴凄美。

酬①乐天②扬州初逢席上见赠③

【唐】刘禹锡

巴山楚水④凄凉地，
二十三年弃置身⑤。
怀旧⑥空吟闻笛赋，
到⑦乡翻似⑧烂柯人⑨。
沉舟⑩侧畔⑪千帆过，
病树前头万木春。
今日听君歌一曲⑫，
暂凭杯酒长精神⑬。

注　释

①酬：答谢，酬答，这里是指以诗相答的意思。用诗歌赠答。
②乐天：指白居易，字乐天。
③见赠：送给（我）。
④巴山楚水：指四川、湖南、湖北一带。
⑤弃置身：指遭受贬谪的诗人自己。置，放置。
⑥怀旧：怀念故友。
⑦到：到达。
⑧翻似：倒好像。
⑨烂柯人：指晋人王质。
⑩沉舟：这是诗人以沉舟、病树自比。
⑪侧畔：旁边。
⑫歌一曲：指白居易的《醉赠刘二十八使君》。
⑬长（zhǎng）精神：振作精神。

作者名片

刘禹锡（772—842），字梦得，彭城（今徐州）人，祖籍洛阳，自称是汉中山靖王后裔，曾任监察御史，是王叔文政治改革集团的一员。唐代中晚期著名诗人，有"诗豪"之称。他的家庭是一个世代以儒学相传的书香门第。政治上主张革新，是王叔文派政治革新活动的中心人物之一。后来永贞革新失败被贬为朗州司马（今湖南常德）。

译 文

被贬谪到巴山楚水这片凄凉之地，度过了二十三年沦落的光阴。

怀念故去旧友徒然吟诵闻笛小赋，久谪归来感到已非旧时光景。

翻覆的船只旁仍有千千万万的帆船经过；枯萎树木的前面也有万千林木欣欣向荣。

今天听了你为我吟诵的诗篇，暂且借这一杯美酒振奋精神。

赏 析

《酬乐天扬州初逢席上见赠》是显示自己对世事变迁和仕宦升沉的豁达襟怀，表现了诗人的坚定信念和乐观精神，同时又暗含哲理，表明新事物必将取代旧事物。

诗的首联，便表现出作者不同凡响的抒情才能。刘禹锡因积极参加顺宗朝王叔文领导的政治革新运动而遭受迫害。在宦官和藩镇的联合反扑下，顺宗让位给宪宗，王叔文被杀，刘禹锡等被贬。他先被贬到朗州（今湖南常德），再被贬连州（今广东连州市），调夔州（今重庆奉节）、和州（今安徽和县），未离谪籍。朗州在战国时是楚地，夔州在秦、汉时属巴郡，楚地多水，巴郡多山，"巴山楚水"泛指贬地。刘禹锡没有直率倾诉自己无罪而长期遭贬的强烈不平，而是通过"凄凉地"和"弃置身"这些富有感情色彩的字句的渲染，让读者在了解和同情作者长期谪居的痛苦经历中，感觉到诗人抑制已久的愤激心情，具有较强的艺术感染力。

诗的颔联，刘禹锡运用了两个典故。一是"闻笛赋"，指曹魏后期向秀的《思旧赋》。向秀与嵇康、吕安是好友，嵇康、吕安为司马氏杀害，向秀经过两人旧居时，听到邻人吹笛子，其声"慷慨"激昂，向秀感音而叹，写了《思旧赋》来表示对嵇康、吕安的怀念。另一是"烂柯人"，据《述异记》所载，晋人王质入山砍柴，见二童子对弈，他观棋至终局，发现手中的"柯"（斧头的木柄）已经朽烂了。王质下山，回到村里，才知道已经一百年过去了，同时代的人都已死尽。"怀旧"句表达了诗人对受害的战友王叔文等的悼念，"到乡"句抒发了诗人对岁月流逝、人事变迁的感叹。用典贴切，感情深沉。"乡"指洛阳，一本作"郡"，"郡"指扬州。扬州是当时淮南节度使的治所，而和州是隶属于淮南道的。

白居易的赠诗中有"举眼风光长寂寞，满朝官职独蹉跎"这样两句，意思是说同辈的人都升迁了，只有你在荒凉的地方寂寞地虚度了年华，颇为刘禹锡抱不平。对此，刘禹锡在酬诗中写道："沉舟侧畔千帆过，病树前头万木春。"刘禹锡以"沉舟""病树"比喻自己，固然感到惆怅，却又相当达观。沉舟侧畔，有千帆竞发；病树前头，正万木皆春。他从白诗中翻出这两句，反而劝慰白居易不必为自己的寂寞、蹉跎而忧伤，对世事的变迁和仕宦的升沉表现出豁达的襟怀。这两句诗意又和白诗"命压人头不奈何""亦知合被才名折"相呼应，但其思想境界要比白诗高，意义也深刻得多了。二十三年的贬谪生活，并没有使他消沉颓唐。正像他在另外的诗里所写的："莫道桑榆晚，为霞犹满天。"他这棵病树仍然要重添精神、迎上春光。因为这两句诗形象生动，至今仍常常被人引用，并赋予它新的意义，说明新事物必将取代旧事物。

正因为"沉舟"这一联诗突然振起，一变前面伤感低沉的情调，尾联便顺势而下，写道："今日听君歌一曲，暂凭杯酒长精神。"点明了酬答白居易的题意。诗人也没有一味消沉下去，他笔锋一转，又相互劝慰，相互鼓励了。他对生活并未完全丧失信心。诗中虽然感慨很深，但读来给人的感受并不是萎靡消沉，相反却是激越昂扬。

过故人庄①

【唐】孟浩然

故人具②鸡黍，

注 释

①故人庄：老朋友的田庄。庄，田庄。
②具：准备，置办。

邀③我至田家。

绿树村边合④，

青山郭⑤外斜。

开轩面场圃⑥，

把酒⑦话桑麻。

待到重阳日⑧，

还来就菊花⑨。

③邀：邀请。

④合：环绕。

⑤郭：古代城墙有内外两重，内为城，外为郭。这里指村庄的外墙。

⑥场圃：场，打谷场、稻场；圃，菜园。

⑦把酒：端着酒具，指饮酒。把，拿起，端起。

⑧重阳日：指夏历的九月初九。古人在这一天有登高、饮菊花酒的习俗。

⑨就菊花：指饮菊花酒，也是赏菊的意思。

作者名片

孟浩然（689—740），汉族，本名不详（一说名浩），字浩然，襄州襄阳（今湖北襄阳）人，世称"孟襄阳"。浩然，少好节义，喜济人患难，工于诗。年四十游京师，唐玄宗诏咏其诗，至"不才明主弃"之语，玄宗谓："卿自不求仕，朕未尝弃卿，奈何诬我？"因放还未仕，后隐居鹿门山，著诗二百余首。孟浩然与另一位山水田园诗人王维合称为"王孟"。

译文

老朋友预备丰盛的饭菜，邀请我到他好客的农家。

翠绿的树林围绕着村落，苍青的山峦在城外横卧。

推开窗户面对谷场菜园，手举酒杯闲谈庄稼情况。

等到九九重阳节到来时，再请君来这里观赏菊花。

赏析

这是一首田园诗，描写农家恬静闲适的生活情景，也写老朋友的情谊。通过对田园生活的风光的描写，表达了作者对这种生活的向往。全文十分押韵。诗由"邀"到"至"到"望"又到"约"一径写去，自然流畅。语言朴实无华，意境清新隽永。作者以亲切省净的语言、如话家常的形式，写了从往访到告别的过程。其写田园景物清新恬静，写朋友情谊真挚深厚，写田家生活简朴亲切。

全诗描绘了美丽的山村风光和平静的田园生活，用语平淡无奇，叙事自然流畅，没有渲染的雕琢的痕迹，然而感情真挚、诗意醇厚，有"清水出芙蓉，天然去雕饰"的美学情趣，从而成为自唐代以来田园诗中的佳作。

一、二句从应邀写起，"故人"说明不是第一次做客。三、四句是描写山村风光的名句，绿树环绕，青山横斜，犹如一幅清淡的水墨画。五、六句写山村生活情趣。面对场院菜圃，把酒谈论庄稼，亲切自然，富有生活气息。结尾两句以重阳节还来相聚写出友情之深，言有尽而意无穷。

"故人具鸡黍，邀我至田家。""具"和"邀"说明此饭局主人早有准备，说明了故友的热情和两人之间的真挚的情感。在文学艺术领域真挚的情感能催笔开花。故人"邀"而作者"至"，大白话开门见山，简单而随便。而以"鸡黍"相邀，既显出田家特有风味，又见待客之简朴。

"绿树村边合，青山郭外斜。"走进村里，作者顾盼之间竟是这样一种清新愉悦的感受。这两句上句漫收近景，绿树环抱，显得自成一统，别有天地；下句轻宕笔锋，郭外的青山依依相伴，则又让村庄不显得孤独，并展示了一片开阔的远景。由此运用了由近及远的顺序描写景物。这个村庄坐落平畴而又遥接青山，使人感到清淡幽静而绝不冷傲孤僻。正是由于"故人庄"出现在这样的自然和社会环境中，所以宾主临窗举杯。

"开轩面场圃，把酒话桑麻。"轩窗一开，上句描述的美景即入屋里来，"开轩"二字也似乎是很不经意地写入诗的，细微的动作表现出了主人的豪迈。窗外群山环抱，绿树成荫，窗内推杯换盏，这幅场景，就是无与伦比的古人诗酒田园画。"场圃"的空旷和"桑麻"的话题又给人以不拘束、舒展的感觉。读者不仅能领略到更强烈的农村风味、劳动生产的气息，甚至仿佛可以嗅到场圃上的泥土味，看到庄稼的成长和收获。有这两句和前两句的结合，绿树、青山、村舍、场圃、桑麻和谐地打成一片，构成一幅优美宁静的田园风景画，而宾主的欢笑和关于桑麻的话语，都仿佛萦绕在读者耳边。这就是盛唐社会的现实色彩。

"待到重阳日，还来就菊花。"孟浩然深深为农庄生活所吸引，于是临走时，向主人率真地表示将在秋高气爽的重阳节再来观赏菊花和品菊花酒。淡淡两句诗，故人相待的热情、作客的愉快、主客之间的亲切融洽，都跃然纸上了。

这首诗没有渲染雕琢的痕迹，自然的风光、普通的农院、醇厚的友谊、这些普普通通的生活场景，有"清水出芙蓉，天然去雕饰"的美学情趣。这种淡淡的平易近人的风格，与作者描写的对象——朴实的农家田园和谐一致，表现了形式对内容的高度适应，恬淡亲切却又不是平浅枯燥。它是在平淡中蕴藏着深厚的情味。一方面固然是每个句子都几乎不见费力锤炼的痕迹，另一方面每个句子又都不曾显得薄弱。他把艺术美融入整个诗作的血肉之中，显得自然天成。这种不炫奇猎异、不卖弄技巧，也不光靠一两个精心制作的句子去支撑门面，是艺术水平高超的表现。正是因为有真彩内映，所以出语洒落、浑然省净，使全诗从"淡抹"中显示了它的魅力，而不再需要"浓饰盛妆"了。

鹊桥仙①·七夕

【宋】苏轼

缑山②仙子，高清云渺③，不学痴牛骏女④。凤箫声⑤断月明中，举手谢时人⑥欲去。

客槎⑦曾犯，银河⑧波浪，尚⑨带天风海雨。相逢一醉是前缘⑩，风雨散、飘然何处？

注 释

①鹊桥仙：词牌名。
②缑（gōu）山：在今河南偃师县。缑山仙子指在缑山成仙的王子乔。
③云渺（miǎo）：高远貌。
④痴（chī）牛騃（ái）女：指牛郎织女。
⑤凤箫声：王子乔吹笙时喜欢模仿凤的叫声。
⑥时人：当时看到王子乔登仙而去的人们。
⑦槎（chá）：竹筏。
⑧银河：天河。
⑨尚（shàng）：还。
⑩前缘：前世的因缘。

作者名片

　　苏轼（1037—1101）字子瞻、和仲，号铁冠道人、东坡居士，世称苏东坡、苏仙，汉族，眉州眉山（四川省眉山市）人，祖籍河北栾城，北宋著名文学家、书法家、画家。苏轼是北宋中期文坛领袖，在诗、词、散文、书、画等方面取得很高成就。文纵横恣肆；诗题材广阔，清新豪健，善用夸张比喻，独具风格，与黄庭坚并称"苏黄"；词开豪放一派，与辛弃疾同是豪放派代表，并称"苏辛"；散文著述宏富，豪放自如，与欧阳修并称"欧苏"，为"唐宋八大家"之一。苏轼善书，"宋四家"之一；擅长文人画，尤擅墨竹、怪石、枯木等。

译 文

　　缑山仙子王子乔性情高远，不像牛郎织女一样多情易感。凤鸣般的箫声消失在明月中，挥手告别世间登仙而去。

　　听说黄河竹筏能直上银河，一路上还挟带着天风海雨。今天相逢一醉是前生缘分，分别后谁知我们各自身处何方？

赏析

这是一首送别词，题为七夕，是写与友人陈令举在七夕夜分别之事。

上片落笔先写陈令举之风度，他高情云渺，如在风箫声声的新月之夜缑氏山头的侯家人王子晋，没有望到家人，自己便飘然而去。与友人在七夕夜分别，词人自然想到牛郎织女，但陈令举不像他们那样痴心于儿女之情。

下片想象友人乘坐的船只来到银河之中，当他回到人间时，就挟带着天上的天风海雨。接着他评价二人的友谊能够相逢共一醉，那是前世有缘，当天风海雨飘飘散去之后，友人也将随风飘去。

写送别，一般人都会徒增伤感，而词人却是豪气纵横，驰骋想象，遨游天界银河，如陆游所说"曲终觉天风海雨逼人"。一般写七夕银河，总是"盈盈一水间，脉脉不得语"之类的柔情凄景，而词人笔下那天风海雨之势，正显露了他不凡的气魄与胸襟，这种逼人的天风海雨，便是他豪放词风最形象的体现。

山中与幽人①对酌

【唐】李白

两人②对酌③山花开，
一杯一杯复一杯。
我醉欲眠卿④且去，
明朝有意⑤抱琴来。

注释

①幽人：幽隐之人。
②两人：即指李白和幽人。
③对酌：相对饮酒。
④卿：尊称，即长辈对晚辈或同辈之间的称谓。
⑤有意：高兴、喜欢。

译文

我们两人在盛开的山花丛中对饮，一杯又一杯，真是乐开怀。

我已喝得昏昏欲睡，您可自行离开，明天早晨定要抱着琴再来。

赏析

《山中与幽人对酌》是唐代伟大诗人李白的一首七言绝句。诗表现了诗人李白和幽居朋友随心所欲、不拘礼节的人生态度，展现出一个超凡脱俗的艺术形象。

李白饮酒诗多兴致淋漓之作。此诗开篇就写当筵情景。"山中"对李白来说，是"别有天地非人间"的；盛开的"山花"更增添了环境的幽美，而且眼前不是"独酌无相亲"，而是"两人对酌"，对酌者又是意气相投的"幽人"（隐居的高士）。此情此景，事事称心如意，于是乎"一杯一杯复一杯"地开怀畅饮了。次句接连重复三次"一杯"，采用词语的重复，不但极写饮酒之多，而且极写快意之至。读者仿佛看到那痛饮狂歌的情景，听到"将进酒，杯莫停"（《将进酒》）那样兴高采烈的劝酒的声音。

"我醉欲眠卿且去，明朝有意抱琴来。"由于贪杯，诗人李白的朋友喝得大醉，就告诉李白"我已经喝醉，想要睡了，你回去吧！明天你若还觉得有意的话，就请顺便抱只琴来！""我醉欲眠卿且去"的典故出自晋代伟大诗人陶渊明。《宋书》记载，陶渊明不懂音乐，但是家里收藏了一把没有琴弦的古琴，每当喝酒的时候就抚摸古琴，醉了就和客人说"我醉欲眠卿可去"。"我醉欲眠卿且去"，几乎引用陶潜的原话，表现出一种天真超脱的风度。唐代伟大诗人李白的《山中与幽人对酌》，在艺术表现上也有独特的所在。盛唐时期，绝句已经格律化。而李白的《山中与幽人对酌》却不迁就声音格律，语言上又有飞扬的气魄，有古代歌行的风格。

游山西村

【宋】陆游

莫笑农家腊酒①浑，
丰年留客足鸡豚②。

①腊酒：腊月里酿造的酒。
②足鸡豚（tún）：意思是准备了丰盛的菜肴。足，足够，丰盛。豚，小猪，诗中代指猪肉。

山重水复^③疑无路，

柳暗花明^④又一村。

箫鼓追随春社^⑤近，

衣冠简朴古风存^⑥。

从今若许^⑦闲乘月^⑧，

拄杖无时^⑨夜叩门。

③山重水复：一座座山、一道道水重重叠叠。

④柳暗花明：柳色深绿，花色红艳。

⑤春社：古代把立春后第五个戊日作为春社日，拜祭社公（土地神）和五谷神，祈求丰收。

⑥古风存：保留着淳朴古代风俗。

⑦若许：如果这样。

⑧闲乘月：有空闲时乘着月光前来。

⑨无时：没有一定的时间，即随时。

作者名片

陆游（1125—1210），字务观，号放翁。汉族，越州山阴（今浙江绍兴）人，南宋著名诗人。少时受家庭爱国思想熏陶，高宗时应礼部试，为秦桧所黜。孝宗时赐进士出身。中年入蜀，投身军旅生活，官至宝章阁待制。晚年退居家乡。创作诗歌今存九千多首，内容极为丰富。著有《剑南诗稿》《渭南文集》《南唐书》《老学庵笔记》等。

译文

不要笑农家腊月里酿的酒浑浊不醇厚，丰收的年景农家待客菜肴非常丰盛。

山峦重叠水流曲折正担心无路可走，忽然柳绿花艳间又出现一个山村。

吹着箫打起鼓，春社的日子已经接近，布衣素冠，淳朴的古代风俗依旧保留。

今后如果还能乘大好月色出外闲游，我随时会拄着拐杖来敲你的家门。

赏析

这是一首纪游抒情诗，抒写江南农村日常生活，诗人紧扣诗题"游"字，但又不具体描写游村的过程，而是剪取游村的见闻，来体现不尽之游兴。全诗首写诗人出游到农家，次写村外之景物，复写村中之情事，末写频来夜游。所写虽各有侧重，但以游村贯穿，并把秀丽的山村自然风光与淳朴的村民习俗和谐地统一在完整的画面上，构成了优美的意境和恬淡、隽永的格调。此诗题材比较普通，但立意新巧，手法白描，不用辞藻涂抹，而自然成趣。

首联渲染出丰收之年农村一片宁静、欢悦的气象。"足鸡豚"一个"足"字，表达了农家款客尽其所有的盛情。"莫笑"二字，道出诗人对农村淳朴民风的赞赏。

颔联写山间水畔的景色，写景中寓含哲理，千百年来广泛被人引用。"山重水复疑无路，柳暗花明又一村。"如此流畅绚丽、开朗明快的诗句，仿佛可以看到诗人在青翠可掬的山峦间漫步，清碧的山泉在曲折溪流中汩汩穿行，草木愈见浓茂，蜿蜒的山径也愈益依稀难认。正在迷惘之际，突然看见前面花明柳暗，几间农家茅舍，隐现于花木扶疏之间，诗人顿觉豁然开朗。其喜形于色的兴奋之状，可以想见。当然这种境界前人也有描摹，这两句却格外委婉别致。读过此联后，人们会感到，在人生某种境遇中，与诗句所写有着惊人的契合之处，因而更觉亲切。这里描写的是诗人置身山阴道上，信步而行，疑若无路，忽又开朗的情景，不仅反映了诗人对前途所抱的希望，也道出了世间事物消长变化的哲理。于是这两句诗就越出了自然景色描写的范围，而具有很强的艺术生命力。

颈联则由自然入人事，描摹了南宋初年的农村风俗画卷。读者不难体味出诗人所要表达的热爱传统文化的深情。"社"为土地神。春社，在立春后第五个戊日。农家祭社祈年，充满着丰收的期待。节日来源与《周礼》。苏轼《蝶恋花·密州上元》也说："击鼓吹箫，却入农桑社。"可见到宋代还很盛行。陆游在这里更以"衣冠简朴古风存",赞美着这个古老的乡土风俗,显示出他对吾土吾民之爱。

尾联诗人故而笔锋一转,表明诗人已"游"了一整天,此时明月高悬,整个大地笼罩在一片淡淡的月光之中,给春社过后的村庄也染上了一层静谧的色彩,别有一番情趣。于是这两句从胸中自然流出:但愿从今以后,能不时拄杖乘月,轻叩柴扉,与老农把酒言欢,此情此景,不亦乐乎。一个热爱家乡、与农民亲密无间的诗人形象跃然纸上。

诗人被弹劾罢归故里后,心中难免有抑郁不平之气。相较于虚伪的官场,家乡纯朴的生活自然会产生无限的欣慰之情。此外,诗人虽貌似闲适,却仍心系国事。秉国者目光短浅、无深谋长策,然而诗人并未丧失信心,深信总有一天否极泰来。这种心境和所游之境恰相吻合,于是两相交涉,产生了传诵千古的"山重""柳暗"一联。

陆游这首七律结构严谨,主线突出,又层次分明。全诗八句无一"游"字,而处处切"游"字,游兴十足,游意不尽。尤其中间两联,对仗工整,善写难状之景,如珠落玉盘,圆润流转,达到了很高的艺术水平。

晓出①净慈寺送林子方

【宋】杨万里

毕竟②西湖六月中,
风光不与四时③同。
接天④莲叶无穷⑤碧,
映日⑥荷花别样⑦红。

①晓出:太阳刚刚升起。
②毕竟:到底。
③四时:春夏秋冬四个季节。在这里指六月以外的其他时节。
④接天:像与天空相接。
⑤无穷:无边无际。
⑥映日:太阳映照。
⑦别样:宋代俗语,特别,不一样。

作者名片

杨万里（1127—1206），字廷秀，号诚斋。出生于吉州吉水（今江西省吉水县）人。南宋文学家，与陆游、尤袤、范成大并称为“中兴四大诗人”。因宋光宗曾为其亲书“诚斋”二字，故学者称其为“诚斋先生”。杨万里一生作诗两万多首，传世作品有四千二百首，被誉为一代诗宗。他的诗歌大多描写自然景物，且以此见长，创造了语言浅近明白、清新自然且富有幽默情趣的“诚斋体”。

译文

毕竟是西湖六月的美景，特有的风光与别时不同。

一片碧绿莲叶无边无际，阳光映照荷花格外艳红。

赏析

这是一首描写西湖六月美丽景色的诗，这首诗是诗中有画、画中有诗的典范作品。

诗人开篇即说毕竟六月的西湖景色风光不与其他季节相同，这两句质朴无华的诗句，更加说明夏天的西湖景色的与众不同。这两句是写六月西湖给诗人的总的感受。“毕竟”二字，突出了六月西湖风光的独特、非同一般，给人以丰富美好的想象。首句看似突兀，实际造句大气，虽然读者还不曾从诗中领略到西湖美景，但已能从诗人赞叹的语气中感受到了。诗句似脱口而出，是大惊大喜之余最直观的感受，因而更强化了西湖之美。

然后，诗人用充满强烈色彩对比的句子，给读者描绘出一幅大红大绿、精彩绝艳的画面：“接天莲叶无穷碧，映日荷花别样红。”这两句具体地描绘了“毕竟”不同的风景图画：随着湖面而伸展到尽头的荷叶与蓝天融合在一起，造成了“无穷”的艺术空间，涂染出无边无际的碧色；在这一片碧色的背景上，又点染出阳光映照下的朵朵荷花，红得那么娇艳、那么明丽。连天"无穷碧"的荷叶和映日"别样红"的荷花，不仅是春、秋、冬三季所见不到，就是夏季也只在六月中荷花最旺盛的时期才能看到。诗人抓住了这盛夏时特有的景物，概括而又贴切。这种在谋篇上的转化，虽然跌宕起伏，却没有突兀之感。看似平淡的笔墨，给读者展现了令人回味的艺术境地。

诗人的中心立意不在畅叙友谊，或者纠缠于离愁别绪，而是通过对西湖美景的极度赞美，曲折地表达对友人的眷恋。从艺术上来说，除了白描以外，此诗还有两点值得注意：一是虚实相生。前两句直陈，只是泛说，为虚；后两句描绘，展示具体形象，为实。虚实结合，相得益彰。二是刚柔相济。后两句所写的莲叶荷花，一般归入阴柔美一类，而诗人却把它写得非常壮美，境界阔大，有"天"，有"日"。语言也很有气势："接天""无穷"。这样，阳刚与柔美，就在诗歌中得到了和谐统一。

送郭司仓①

【唐】王昌龄

映门淮水②绿，
留骑③主人心。
明月随良掾④，
春潮夜夜深。

译 文

碧绿的淮水映照着屋门，我挽留的心意十分诚恳。
明月代我为客人送行，我的心绪却如春潮翻滚不息。

赏析

这是一首表达友谊的作品，是一首送别诗。全篇写出了诗人对朋友的深厚感情，感情表达得十分细致 。

诗的开头用了画意般的描写，点明时间和地点。这是临水的地方，淮河碧绿的颜色被映在门上，应该是晚上吧，白天太阳下水的影子应该是闪烁不定的，不能看清楚颜色。只有静夜下平静的水面才会将绿色抹在人家的门户上吧。当然做这个推测，也因为诗人后面还写有留客的句子，应该天色已晚主客都有了不便之处，诗人才会生出挽留的心意吧。后面的两个短句都有祝福的意思。尤其用渐渐高升的明月来比喻朋友将要得到的发展，表明诗人不但希望他能高官厚禄，而且希望他能成为清正廉明的好官，诗人真是在用善良的心对待朋友。春季的淮河潮水会夜夜高涨，诗人用潮水来形容自己对朋友的思念之心，这里即使有夸张的一面，但是将那看不见的心绪形象化，诗人的思念一下子变生动了。

作者以淮水之绿表明主人留客之心殷殷切切，以明月、春潮来表达分别之愁，从环境入手，让周围景物表达出自己的心情和思想，这种手法在王昌龄送别诗中占大多数。这首作品里对朋友的心意写得具体又深厚，选材有特点，而且素材的针对性也强。

浣溪沙·和无咎韵

【宋】陆游

懒向沙头醉玉瓶，唤君同赏小窗明。夕阳吹角最关情。

忙日苦多闲日少，新愁常续旧愁生。客中无伴怕君行。

注 释

①浣溪沙：有的本子词调作"浣沙溪"。查词律、词谱，《浣溪沙》一调并无"浣沙溪"的别名，当系传抄之误。
②和无咎韵：韩元吉，字无咎，号南涧，南宋许昌（今河南省许昌市）人，官至吏部尚书。与陆游友善，多有唱和，工词，有《南涧甲乙稿》。陆游这首《浣溪沙》是和词，韩元吉的原唱不见于他的词集，恐已亡佚。
③"懒向沙头醉玉瓶"又作"漫向寒炉醉玉瓶"。玉瓶：此处指酒瓶，称玉瓶，是美化的修辞手段。
④同赏：一同欣赏。
⑤夕阳吹角：黄昏时分吹起号角。
⑥关情：牵动情怀。
⑦闲日：休闲的日子。
⑧新愁：新添的忧愁。

译 文

懒得再去沙洲边饮酒，和你一起欣赏窗外风景。黄昏时分吹起的号角最能牵动情怀。

忙碌的日子很苦，休闲的日子很少；新添的忧愁往往在旧愁中生出。他乡没有友人陪伴，害怕你去远行。

赏 析

陆游与韩元吉在镇江相聚两月，登临金、焦、北固，观江景、饮美酒的机会一定是很多的，在即将离别之际，更感到相聚时间的宝贵，多在一起说说话，比什么都强，正是在这种情况之下，才会有"懒向沙头醉玉瓶"一句。这一句是有所本的，杜甫的《醉歌行》有句云："酒尽沙头双玉瓶，众宾皆醉我独醒。乃知贫贱别更苦，吞声踯躅涕泪零。"这首词的头一句即由此而来，不但词语极相近似，而且透露了分手离别的含意。既然懒得再去观景饮酒，那么，更好的选择就是"唤君同赏小窗明，夕阳吹角最关情"了。夕阳引发依恋之情，暮角引发凄凉之感，此情此感共同组成了一种适于促膝倾谈的环境气氛，所以说它"最关情"。但此时的"情"究竟是什么，却因为它的千头万绪而难以表述得清晰具体。

《浣溪沙》的下片头两句，大都要求对偶，故而往往是作者最着力的地方。陆游写在这儿的对联虽然浅显如同白话，但其说忙说愁仍是概括笼统，并不得其具体要领。写到最后"客中无伴怕君行"一句，则以其直言无隐、真情流露打动读者，并将依依惜别之情和盘托出。

沙丘①城下寄杜甫

【唐】李白

我来②竟③何事，
高卧④沙丘城。
城边有古树，
日夕⑤连⑥秋声⑦。
鲁⑧酒不可醉，
齐歌空复情⑨。
思君若汶水⑩，
浩荡⑪寄南征⑫。

注 释

①沙丘：指唐代兖州治城瑕丘。
②来：将来，引申为某一时间以后，这里意指自从你走了以后。
③竟：究竟，终究。
④高卧：高枕而卧，这里指闲居。
⑤夕：傍晚，日落的时候。
⑥连：连续不断。
⑦秋声：秋风吹动草木之声。
⑧鲁、齐：均指山东一带。
⑨空复情：徒有情意。
⑩汶水：鲁地河流名，河的正流今称大汶河。
⑪浩荡：广阔、浩大的样子。
⑫南征：南行，指代往南而去的杜甫。

译 文

我来这里终究是为了什么事？高枕安卧在沙丘城。
沙丘城边有苍老古树，白日黑夜沙沙有声与秋声相连。
鲁地酒薄难使人醉，齐歌情浓徒然向谁。

我思念你的情思如滔滔汶水，汶水浩浩荡荡向南流去寄托着我的深情。

赏析

李白与杜甫的友谊是中国文学史上珍贵的一页。现存的李白诗歌中，公认的直接为杜甫而写的只有两首，一是《鲁郡东石门送杜二甫》，另外就是这首诗。

沙丘城，位于山东汶水之畔，是李白在鲁中的寄寓之地。这首诗可能是天宝四载（745）秋，李白在鲁郡送别杜甫、南游江东之前，回到沙丘寓所写。从天宝三载春夏之交，到天宝四载秋，两人虽然也有过短暂的分别，但相处的日子还是不少的。现在，诗人送别了杜甫，从那种充满着友情与欢乐的生活中，独自一人回到沙丘，自然倍感孤寂，倍觉友谊的可贵。此诗就是抒发了这种情境之下的无法排遣的"思君"之情。不过，值得注意的是，诗人一开始用很多的笔墨写"我"——"我"的生活，"我"的周围环境，以及"我"的心情。诗的前六句没有一个"思"字，也没有一个"君"字。读来大有山回路转、莫知所至的感觉，直到诗的结尾才豁然开朗，说出"思君"二字。当我们明白了这个主旨之后，再回过头去细味前六句，便又觉得无一句不是写"思君"之情，而且是一联强似一联，以致最后不能不直抒其情。可以说前六句之烟云，都成了后二句之烘托。这样的构思，既能从各个角度，用各种感受，为诗的主旨蓄势，同时也赋予那些日常生活的情事以浓郁的诗味。

诗劈头就说："我来竟何事？"这是诗人自问，其中颇有几分难言的恼恨和自责的意味。这自然会引起读者的关注，并造成悬念。"高卧沙丘城"，高卧，实际上就是指自己闲居乏味的生活。这句话一方面描写了眼下的生活，一方面也回应了提出上述问题的原因。诗人不来沙丘"高卧"又会怎样呢？联系诗题（"寄杜甫"），联系来沙丘之前和杜甫相处的那些日子，答案就不言而喻了。这凌空而来的开头，正是把诗人那种友爱欢快的生活消失之后的复杂、苦闷的感情，以一种突发的方式迸发出来了。

一、二句偏于主观情绪的抒发，三、四句则转向客观景物的描绘。"城边有古树，日夕连秋声"，眼前的沙丘城对于诗人来说，像是别无所见，别无所闻，只有城边的老树在秋风中日夜发出瑟瑟之声。"夜深风竹敲秋韵，万叶千声皆是恨"，这萧瑟的秋风，凄寂的气氛，更令人思念友人，追忆往事，更叫人愁思难解。怎么办呢？"别离有相思，瑶瑟与金樽。"然而，此时此地、此情此景非比寻常，酒也不能消愁，歌也无法忘忧。鲁、齐，是指当时诗人所在的山东。"不可醉"，即没有那个兴趣去痛饮酣醉。"空复情"，因为自己无意欣赏，歌声也只能徒有其情。这么翻写一笔，就大大地加重了抒情的分量，同时也就逼出下文。

汶水，发源于山东淄博市沂源县境，西南流向。杜甫在鲁郡告别李白欲去长安，长安也正位于鲁地的西南。所以诗人说：我的思君之情犹如这一川浩荡的汶水，日夜不息地紧随着你悠悠南行。诗人寄情于流水，照应诗题，点明了主旨，那流水不息、相思不绝的意境，更造成了语尽情长的韵味。这种绵绵不绝的思情和那种"天边看绿水，海上见青山。兴罢各分袂，何须醉别颜"的开阔洒脱的胸襟，显示了诗人感情和格调的丰富多彩。

天末怀李白

【唐】杜甫

凉风起天末①，
君子②意如何。
鸿雁③几时到，
江湖④秋水多。
文章⑤憎命⑥达，

注　释

①天末：天的尽头。秦州地处边塞，如在天之尽头。
②君子：指李白。
③鸿雁：喻指书信。古代有鸿雁传书的说法。
④江湖：喻指充满风波的路途。这是为李白的行程担忧之语。
⑤文章：这里泛指文学。
⑥命：命运，时运。

魑魅⑦喜人过。

应共冤魂⑧语，

投诗赠汨罗。

⑦魑（chī）魅：鬼怪，这里指坏人或邪恶势力。
⑧冤魂：指屈原。屈原被放逐，投汨罗江而死。

译文

凉风飕飕地从天边刮起，你的心境怎样呢？令我惦念不已。
我的书信不知何时你能收到？只恐江湖险恶，秋水多风浪。
文采出众者总是命途多舛，奸佞小人最希望好人犯错误。
你与沉冤的屈子同命运，应投诗于汨罗江诉说冤屈与不平。

赏析

这首诗为诗人客居秦州（今甘肃天水）时所作。时李白坐永王璘事长流夜郎，途中遇赦还至湖南，杜甫因赋诗怀念他。

首句以秋风起兴，给全诗笼罩一片悲愁。时值凉风乍起，景物萧疏，怅望云天，此意如何？只此两句，已觉人海茫茫、世路凶险，无限悲凉凭空而起。次句不言自己心境，却反问远人："君子意如何？"看似不经意的寒暄，而于许多话不知应从何说起时，用这不经意语，反表现出最关切的心情。这是返璞归真的高度概括，言浅情深，意象悠远。以杜甫论，自身沦落，本不足虑，而才如远人，罹此凶险，定知其意之难平，远过于自己，含有"与君同命，而君更苦"之意。此无边揣想之辞，更见诗人想念之殷。代人着想，"怀"之深也。挚友遇赦，急盼音讯，故问"鸿雁几时到"；潇湘洞庭，风波险阻，因虑"江湖秋水多"。李慈铭曰："楚天实多恨之乡，秋水乃怀人之物。"悠悠远隔，望消息而不可得；茫茫江湖，唯寄语以祈珍摄。然而鸿雁不到，江湖多险，觉一种苍茫惆怅之感，袭人心灵。

对友人深沉的怀念，进而发为对其身世的同情。"文章憎命达"，意谓文才出众者总是命途多舛，语极悲愤，有"怅望千秋一洒泪"之痛;"魑魅喜人过",隐喻李白长流夜郎,是遭人诬陷。此二句议论中带情韵,用比中含哲理,意味深长,有极为感人的艺术力量,是传诵千古的名句。高步瀛引邵长蘅评:"一憎一喜,遂令文人无置身地。"这两句诗道出了自古以来才智之士的共同命运,是对无数历史事实的高度总结。

此时李白流寓江湘,杜甫很自然地想到被谗放逐、自沉汨罗的爱国诗人屈原。李白和这位千载冤魂,在身世遭遇上有些相同点,所以诗人飞驰想象,遥想李白会向屈原的冤魂倾诉内心的愤懑:"欲共冤魂语,投诗赠汨罗"。

这一联虽系想象之词,但因诗人对屈原万分景仰,觉得他自沉殉国,虽死犹存;李白是亟思平定安史叛乱,一清中原,结果获罪远谪,虽遇赦而还,满腔怨愤,自然会对前贤因秋风而寄意。这样,"欲共冤魂语"一句,就很生动真实地表现了李白的内心活动。最后一句"投诗赠汨罗",用一"赠"字,是想象屈原永存,他和李白千载同冤,斗酒诗百篇的李白一定作诗相赠以寄情。这一"赠"字之妙,正如黄生所说:"不曰吊而曰赠,说得冤魂活现。"(《读杜诗说》)

这首因秋风感兴而怀念友人的抒情诗,感情十分强烈,但不是奔腾浩荡、一泻千里地表达出来,感情的潮水千回百转,萦绕心际。吟诵全诗,如展读友人书信,充满殷切的思念、细微的关注和发自心灵深处的感情,反复咏叹,低回婉转,沉郁深微,实为古代抒情名作。

奉济驿①重送②严公③四韵

【唐】杜甫

远送从此别,
青山空复情。
几时杯重把?

注 释

①奉济驿:在成都东北的绵阳市。
②重送:再一次送。
③严公:严武(726—765),字季鹰。华州华阴(今陕西华阴)人。唐朝中期大臣、诗人。与杜甫友善,常以诗歌唱和。

昨夜月同行。

列郡④讴歌惜，

三朝⑤出入荣。

江村⑥独归处，

寂寞养残生。

④列郡：指东西两川属邑。
⑤三朝：指唐玄宗、唐肃宗、唐代宗三朝。
⑥江村：指成都浣花溪边的草堂。

译文

远送你到这里就要分别了，青山空自惆怅，倍增离情。何时能够再举杯共饮，昨夜月下我们同饮共醉、行吟叙情，多么投机。

各郡的百姓都讴歌你，不忍心你离去，你在三朝为官，多么光荣。分手后我独自回到浣华溪边的草堂，寂寞地度过剩下的岁月。

赏析

奉济驿，在成都东北的绵阳市。严公即严武，曾两度为剑南节度使。宝应元年（762）四月，肃宗死，代宗即位，六月召严武入朝，杜甫送别赠诗，因前已写过《送严侍郎到绵州同登杜使君江楼宴》，故称"重送"。律诗双句押韵，八句诗四个韵脚，故称"四韵"。

严武有文才武略，品性与杜甫相投。镇蜀期间，亲到草堂探视杜甫，并在经济上给予接济；彼此赠诗，相互敬重，结下了深厚的友谊。

诗一开头，点明"远送"，可见意深而情长。诗人送了一程又一程，送了一站又一站，一直送到了二百里外的奉济驿，真有说不尽的知心话。"青山空复情"一句，饶有深意。苏轼《南乡子·送述古》说："谁似临平山上塔，亭亭，迎客西来送客行。"山也当是这样。青峰伫立，也似含情送客；途程几转，那山仍若恋恋不舍，目送行人。然而送君千里，也终须一别了。借山言人，情致婉曲，表现了诗人那种不忍相别而又不得不别的无可奈何之情。

伤别之余，自然想到"昨夜"相送的情景：皎洁的月亮曾和自己一起"同行"送别，在月下同饮共醉，行吟叙情，而今一别，后会难期，感情的闸门再也关不住了，于是诗人发问道："几时杯重把？""杯重把"，把诗人憧憬中重逢的情景，具体形象地表现出来了。这里用问句，是问自己，也是问友人。社会动荡、生死未卜，能否再会还是个未知数。诗人此时此刻极端复杂的感情，凝聚在一个寻常的问语中。

以上这四句倒装，增添了诗的情趣韵致。前人有云："诗用倒挽，方见曲折。"首联若提"青山"句在前，就会显得感情唐突，使人不知所云；颔联若"昨夜"句在前，便会直而少致，现在次序一倒，就奇曲多趣了。这是此诗平中见奇之处。

诗人想到，像严武这样知遇至深的官员恐怕将来也难得遇到，于是离愁之中又添一层凄楚。关于严武，诗人没有正面颂其政绩，而说"列郡讴歌惜，三朝出入荣"，说他于玄、肃、代三朝出守外郡或入处朝廷，都荣居高位。离任时东西两川属邑的人们讴歌他，表达依依不舍之情。言简意赅，雍雅得体。

最后两句抒写诗人自己送别后的心境。"江村独归处，寂寞养残生。""江村"指成都西郊的浣花溪边。"独"字见离别之后的孤单无依；"残"字含风烛余年的悲凉凄切；"寂寞"则道出知遇远去的冷落和惆怅。两句充分体现了诗人对严武的真诚感激和深挚友谊，依恋惜别之情溢于言表。

这首诗语言质朴含情，章法谨严有度，平直中有奇致，浅易中见沉郁，情真意挚，凄楚感人。

寄李儋①元锡②

【唐】韦应物

去年花里逢君别，

今日花开又一年。

世事茫茫难自料，

春愁③黯黯④独成眠。

身多疾病思田里⑤，

邑有流亡⑥愧俸钱⑦。

闻道欲来相问讯⑧，

西楼望月几回圆。

②元锡：字君贶，唐朝官员，是作者在长安鄠县时旧友。

③春愁：因春季来临而引起的愁绪。

④黯黯：低沉暗淡。一作"忽忽"。

⑤思田里：想念田园乡里，即想到归隐。

⑥邑有流亡：指在自己管辖的地区内还有百姓流亡。

⑦愧俸钱：感到惭愧的是自己食国家的俸禄，而没有把百姓安定下来。

⑧问讯：探望。

译文

去年花开时节我们依依惜别，今日花开的时候已是分别一年。

世事变幻自我命运难以预料，春愁让人郁郁孤枕难眠。

多病的身躯让我想归隐田园，邑有流亡灾民愧领朝廷俸钱。

听说你今年还要来看望我，我几度到西楼跳望盼望你早些出现。

赏析

这首诗叙述了与友人别后的思念和盼望，抒发了国乱民穷造成的内心矛盾。

诗是寄赠好友的，所以从叙别开头。首联即谓去年春天在长安分别以来，已经一年。以花里逢别起，即景勾起往事，有欣然回忆的意味；而以花开一年比衬，则不仅显出时光迅速，更流露出别后境况萧索的感慨。颔联写自己的烦恼苦闷。"世事茫茫"是指国家的前途，也包含个人的前途。当时长安尚为朱泚盘踞，皇帝逃难到奉先，消息不通，情况不明。这种形势下，他只得感慨自己无法料想国家及个人的命运，觉得前途迷茫。他作为朝廷任命的一个地方行政官员，到任一年了，眼前又是美好的春天，但他只有忧愁苦闷，感到百无聊赖，一筹莫展，无所作为。颈联具体写自己的思想矛盾。正因为他有志而无奈，所以多病更促使他想辞官归隐；但因为他忠于职守，看到百姓贫穷逃亡，自己未尽职责，于国于民都有愧，所以他不能一走了事。处于这样进退两难的矛盾苦闷处境下，诗人十分需要友情的慰勉。尾联便以感激李儋的问候和亟盼他来访作结。

这首诗的艺术表现和语言技巧并无突出的特点。有人说它前四句情景交融，颇为推美。这种评论并不切实。因为首联即景生情，恰是一种相反相成的比衬，景美而情不欢；颔联以情叹景，也是伤心人看春色，茫然黯然，情伤而景无光；都不可谓情景交融。其实这首诗之所以为人传诵，主要是因为诗人诚恳地披露了一个清廉正直的封建官员的思想矛盾和苦闷，真实地概括出这样的官员有志无奈的典型心情。这首诗的思想境界较高，尤其是"身多疾病思田里，邑有流亡愧俸钱"两句，自宋代以来，甚受赞扬。范仲淹叹为"仁者之言"，朱熹盛称"贤矣"，黄彻更是激动地说："余谓有官君子当切切作此语。彼有一意供租，专事土木，而视民如仇者，得无愧此诗乎！"（《巩溪诗话》）这些评论都是从思想性着眼的，赞美的是韦应物的思想品格。但也反映出这诗的中间两联，在封建时代确有较高的典型性和较强的现实性。事实上也正如此，诗人能够写出这样真实、典型、动人的诗句，正由于他有较高的思想境界和较深的生活体验。

同李十一[①]醉忆元九

【唐】白居易

花时同醉破[②]春愁，
醉折花枝作酒筹[③]。
忽忆故人天际[④]去，
计程[⑤]今日到梁州[⑥]。

译 文

花开时我们一同醉酒以销春之愁绪，醉酒后攀折了花枝当做行令筹子。

突然间，想到老友远去他乡不可见，屈指算来，你今天行程该到梁州了。

赏 析

诗的首句，据当时参加游宴的白行简在他写的《三梦记》中记作"春来无计破春愁"，照说应当是可靠的；但《白氏长庆集》中却作"花时同醉破春愁"。一首诗在传钞或刻印过程中会出现异文，而作者对自己的作品也会反复推敲，多次易稿。就此诗来说，白行简所记可能是初稿的字句，《白氏长庆集》所录则是最后的定稿。诗人之所以要作这样的修改，是因为在章法上，诗的首句是"起"，次句是"承"，第三句当是"转"。从首句与次句的关系看，把"春来无计"改为"花时同醉"，就与"醉折花枝"句承接得更紧密，而在上下两句中，"花"字与"醉"字重复颠倒运用，更有相映成趣之妙。再就首句与第三句的关系看，"春愁"原是"忆故人"的伏笔，但如果一开头就说"无计破春愁"，到第三句将无法显示转折。这样一改动，先说春愁已因花时同醉而破，再在第三句中用"忽忆"两字陡然一转，才见波澜起伏之美，从而跌宕出全篇的风神。

这首诗的特点是，即席拈来，不事雕琢，以极其朴素、极其浅显的语言，表达了极其深厚、真挚的情意。而情意的表达，主要在篇末"计程今日到梁州"一句。"计程"由上句"忽忆"来，是"忆"的深化。故人相别，居者忆念行者时，随着忆念的深入，常会计算对方此时已否到达目的地或正在中途某地。这里，诗人意念所到，深情所注，信手写出这一生活中的实意常情，给人以特别真实、特别亲切之感。

清明宴司勋刘郎中①别业②

【唐】祖咏

田家复近臣③，
行乐不违④亲⑤。
霁日⑥园林好，
清明烟火新⑦。
以文长会友，
唯德⑧自成邻⑨。
池照⑩窗阴晚，
杯香药味春。
檐前花覆⑪地，
竹外鸟窥⑫人。
何必桃源⑬里，
深居作隐沦⑭。

注　释

①刘郎中：郎中，官名，作者的友人。
②别业：别墅。本宅之外另建的园林游息之所。
③近臣：皇帝的亲信。
④违：离开。
⑤亲：指双亲。
⑥霁（jì）日：指雨过天晴。
⑦烟火新：古时习俗清明节前一天禁烟火，清明皇帝才颁新火给贵戚近臣，故叫"烟火新"。
⑧德：德行，品德。
⑨邻：相邻，邻居。
⑩池照：是指阳光在池水上返照。
⑪覆：盖住。
⑫窥：暗中偷看。
⑬桃源：桃花源。
⑭隐沦：隐士。

作者名片

祖咏（699—746）字、号均不详，洛阳（今河南洛阳）人，唐代诗人。少有文名，擅长诗歌创作。与王维友善。王维在济州赠诗云："结交二十载，不得一日展。贫病子既深，契阔余不浅。"其流落不遇的情况可知。开元十二年（724），进士及第，长期未授官。后入仕，又遭迁谪，仕途落拓，后归隐汝水一带。

译 文

皇帝的亲信刘郎中在田野有一座清幽的别墅，但不肯独自行乐，经常找亲近的人设宴共享。

这一天天气放晴，愈觉园林景致幽美，清明设宴，想必是用皇帝赐给近臣的新火了。

刘郎中常以文章学问聚会朋友，道德高尚的人不会孤单，自有人来结伴为邻。

池中的阳光照窗，阴影荡漾，会客一定到晚上兴尽才回去。杯中的春酒带着药的香味，宴客必定拿出佳肴美酒来招待。

屋檐前落花满地，竹丛里的鸟儿常来窥看客人。

身居于这样清幽的地方，何必再问什么桃花源，或者找别的什么地方归隐。

赏 析

这是一首酒宴席上的酬和之作，所以诗中多有对主人的颂赞之语，格调自然不高，但是，在这首诗中，除文人之间的那种唱和之外，祖咏对"司勋刘郎中"之别业及其生活的描写，确实有一种清新之气，诗中描绘园林之景的文字写出了清明时节的景象，又让人想起了世外桃源的生活情景。

诗的首联"田家复近臣，行乐不违亲。"起而破题，点明"清明宴司勋刘郎中别业"之事。诗的第二联，便来承接上联，进一步写出清明的情景：清明多雨，而"霁日园林好"，这一天更是到处传接"新火"，但这只是大处来写清明春日之景，第三联"以文长会友，唯德自成邻"是对主人的称颂，同时也将作者的笔触转到眼前之景。"池照窗阴晚，杯香药味春"是写主人居住的环境及其悠游、闲静的生活情态。"檐前花覆地，竹外鸟窥人"属对工整，写景更是传神，虽然也只是平常的句子，但它写出了仕途之外最令文人士子们向往的一种生活。

同时"花覆地""鸟窥人"写出了这园林、居处的幽静、适意。有了这样的描写、渲染，诗的结句中，诗人自然要有感慨了："何必桃源里"，这就是一个世外的桃花源。不必去苟营于仕途、官场，有这样的环境，正可以"深居作隐沦"。

诗人的感慨，表面看来自然是有一份洒脱，可这一些也许只是口头上说说而已，是面对窘困、穷愁时一种无可奈何的自我劝慰，当然在筵席之上，更有它的一种应酬意味，诗的本身当然也不会再隐含什么深意，但当读诗的人明白了诗人的那种心态，又听他吟诵这样的诗句时，在心中才起了一种别样的滋味，这感受中有一种无奈，这只是读者内心的事了，但它是由诗作引发而起的，那么就不能不说诗歌本身也确有一些言辞之外的东西。这样说来，这酒席上的应酬之作，也有可读之处。

之广陵①宿常二南郭幽居

【唐】李白

绿水接柴门，
有如桃花源②。
忘忧或假草，
满院罗丛萱③。
暝色④湖上来，
微雨飞南轩。
故人⑤宿茅宇，

注 释

①广陵，郡名，即今江苏扬州，唐时隶淮南道。
②桃花源，东晋陶渊明《桃花源诗并记》中构想的理想世界。
③萱：草，又名紫萱，俗称忘忧草。吴中书生呼为疗愁草，嵇中散《养生论》云，萱草忘忧。
④暝色：暮色、夜色。
⑤故人：指朋友。

夕鸟栖杨园⑥。

还惜⑦诗酒别，

深为江海言。

明朝广陵道，

独⑧忆此倾⑨樽⑩。

⑥杨园：园名。
⑦惜：爱惜，舍不得。
⑧独：一个，唯独。指作者。
⑨倾：歪斜。
⑩樽：古代一种盛酒的器具。

译文

茅屋的柴门外就是一片汪洋绿水，简直就是桃花源。

从满院一丛丛的萱草可知，主人或许借种植花草以忘却世态纷纭。

天色已晚，湖光返照，细细的雨丝飘进南窗。

朋友啊，你居住在茅屋，那些鸟住在院落中茂密的杨树枝头。

朋友，我会记住这一夜，会永远记得这酒与诗，会永远记住你情深如江海的嘱咐。

明天一早，我就要踏上离开广陵的路途了，朋友珍重，我会记住今天晚上这场款款情伤的别宴，喝！再干一杯！

赏析

李白的交际是很广泛的，王公、官僚、隐士、平民，无所不有；李白的交际手段也是很高明的，往往短时间接触就可以深交，比如和汪伦等人的交往。从此诗也可以感觉李白交际的技巧和深情。读者面对"还惜诗酒别，深为江海言。明朝广陵道，独忆此倾樽"这样的诗句，的确难以不感动。此诗对景物的描写可以用两字来形容：精准。

次元明①韵寄子由②

【宋】黄庭坚

半世交亲③随逝水，
几人图画入凌烟④？
春风春雨花经眼⑤，
江北江南水拍天。
欲解铜章⑥行⑦问道⑧，
定知石友⑨许忘年⑩。
脊令⑪各有思归恨，
日月相催雪满颠⑫。

注 释

①元明：黄庭坚的哥哥黄大临的字。
②子由：苏轼的弟弟苏辙的字。
③交亲：指相互亲近，友好交往。
④凌烟：阁名，在唐代长安太极宫内。
⑤经眼：过目。
⑥铜章：指县令的印。
⑦行：将。
⑧问道：就是要向子由学道。
⑨石友：指志同道合的金石之交。指子由。
⑩忘年：指朋友投契，不计年岁的大小差别。
⑪脊令：借指兄弟。
⑫雪满颠：比喻白发满头。

作者名片

黄庭坚（1045—1105），字鲁直，自号山谷道人，晚号涪翁，又称豫章黄先生，洪州分宁（今江西省九江市修水县）人。北宋诗人、词人、书法家，为盛极一时的江西诗派开山之祖，而且，他跟杜甫、陈师道和陈与义素有"一祖三宗"（黄为其中一宗）之称。诗歌方面，他与苏轼并称为"苏黄"；书法方面，他则与苏轼、米芾、蔡襄并称为"宋代四大家"；词作方面，虽曾与秦观并称"秦黄"，但黄氏的词作成就却远逊于秦氏。

译 文

半世交往，光阴如流水般昼夜逝去，有几人能建立功名而得到图形凌烟阁的荣誉奖励呢？

又是春风，又是春雨，又是番春花过眼；我怅望着江南，怅望着江北，只见到波浪拍天。

我欲解官日里，不问世事，归家修身养性，想来志同道合的你一定会赞许我的想法。

我们都深深地思念着自己的兄长，但欲归不得，日月相催，都已是白发苍颜。

赏析

这首诗是元丰四年（1081）黄庭坚知吉州太和县（今江西泰和）时所作，年三十七岁。这时苏辙（子由）贬官在筠州（治所在今江西高安）监盐酒税。黄庭坚兄黄元明（名大临）寄给子由的诗，起二句说："钟鼎功名淹管库，朝廷翰墨写风烟。"黄庭坚次韵作此诗寄子由。

诗首联就对，突破律诗常格，是学杜甫《登高》一类诗的痕迹。首句平平而起，感慨年华犹如逝水，笔势很坦荡。次句提出问题，指出朋友中这么多人，有谁能够建功立业图形凌烟阁呢？问得很自然，稍见有一丝不平之气透出，但不是剑拔弩张式的直露刻薄语。诗虽然用对偶，因为用的是流水对，语气直贯，既均齐又不呆板，这样作对是黄庭坚的拿手好戏。

"春风春雨"二句是名联，在对偶上又改用当句对，语句跳荡轻快。在诗意上，由上联半世交亲，几人得遂功名的感慨而联想到朋友间聚散无端，相会无期。在表现上只是具体说春天到来，满眼春雨春花，怅望江北江南，春水生波，浪花拍天。诗全用景语，无一字涉情，但自然令人感到兴象高妙，情深无边。黄庭坚诗很喜欢故作奇语，像这样清通秀丽、融情入景的语句不很多，看似自然，实际上费尽炉锤而复归于自然，代表了江西诗派熔词铸句的最高成就。

五、六句转入议论，以虚词领句，以作转折。诗说自己要解下官印，寻求人生的真谛，想来对方这样的金石交，一定会忘掉年龄的差异，共同研道。这两句得赠答诗正体，一方面表示自己对苏辙的人品仰慕，并恰到好处地进行颂扬，一方面又表明自己的心意志向。因为诗中加入了自己，便不显得空洞，这样写就使被赠者觉得自然，也容易引起读者的共鸣。

末二句又转笔，说自己与苏辙都在怀念自己的兄长，但欲归不得，空自惆怅，时光飞度，日月催人，二人都是满头白发了。黄庭坚与哥哥元明、苏辙与哥哥苏轼，兄弟间感情都很好，所以诗以诗作双收，把共同的感情铸合在一起。诗又通过《诗经》典，写兄弟之情，与题目所说自己是和哥哥原韵相结合。这样收，含蓄不露，又具有独特性。

野田黄雀行

【三国】曹植

高树多悲风①，
海水扬其波②。
利剑③不在掌，
结友④何须⑤多？
不见篱⑥间雀，
见鹞⑦自投罗⑧。
罗家⑨得雀喜，
少年见雀悲⑩。
拔剑捎⑪罗网，

注释

①悲风：凄厉的寒风。
②扬其波：掀起波浪。此二句比喻环境凶险。
③利剑：锋利的剑。这里比喻权势。
④结友：交朋友。
⑤何须：何必，何用。
⑥篱：是一种用竹子、秫秸、荆条、树枝等编扎而成的围栏设施。
⑦鹞（yào）：一种非常凶狠的鸟类，鹰的一种，似鹰而小。
⑧罗：捕鸟用的网。
⑨罗家：设罗网捕雀的人。
⑩悲：怜惜。
⑪捎（xiāo）：挥击；削破；除去。

黄雀得飞飞^⑫。

飞飞摩^⑬苍天^⑭，

来下谢少年。

⑫飞飞：自由飞行貌。

⑬摩：接近、迫近。

⑭苍天：天空。"摩苍天"是形容
黄雀飞得很高。

作者名片

曹植（192—232），字子建，沛国谯（今安徽省亳州市）人，出生于山东聊城市莘县，一说出生于山东菏泽市鄄城。曹植是曹操与武宣卞皇后所生第三子，生前曾为陈王，去世后谥号"思"，因此又称陈思王。曹植是三国时期曹魏著名文学家，建安文学的代表人物。其代表作有《洛神赋》《白马篇》《七哀诗》等。后人因其文学上的造诣而将他与曹操、曹丕合称为"三曹"。

译文

高高的树木时常受到狂风的吹袭，平静的海面被吹得波涛汹涌。

权势不在我的手中，无援助之力而结交很多朋友又有何必？

你没有看见篱笆上面那可怜的黄雀，为躲避凶狠的鹞却又撞进了网里。

张设罗网的人见到黄雀是多么欢喜，少年见到挣扎的黄雀不由心生怜惜。

拔出利剑对着罗网用力挑去，黄雀才得以飞离那受难之地。

振展双翅直飞上苍茫的高空，获救的黄雀又飞来向少年表示谢意。

赏 析

　　全诗可分两段。前四句为一段。"高树多悲风，海水扬其波"两句以比兴发端，出语惊人。《易》曰："挠万物者莫疾乎风。"（《说卦》）谚曰："树大招风。"则高树之风，其摧折破坏之力可想而知。"风"前又着一"悲"字，更加强了这自然景观所具的主观感情色彩。大海无边，波涛山立，风吹浪涌，楫摧樯倾，它和首句所描绘的恶劣的自然环境，实际是现实政治气候的象征，曲折地反映了宦海的险恶风涛和政治上的挫折所引起的作者内心的悲愤与忧惧。正是在这样一种政治环境里，在这样一种心情支配下，作者痛定思痛，在百转千回之后，满怀悲愤喊出了"利剑不在掌，结交何须多"这一自身痛苦经历所得出的结论。没有权势便不必交友，这真是石破天惊之论！无论从传统的观念还是一般人的生活实际，都不能得出这样的结论来。儒家一向强调"有朋自远方来，不亦乐乎！"（《论语·学而》）强调"四海之内皆兄弟"（《论语·颜渊》）。从《诗经·伐木》的"嘤其鸣矣，求其友声"到今天民间流传的"在家靠父母，出门靠朋友"，都是强调朋友越多越好。然而，正是由于它的不合常情常理，反而有了更加强烈的震撼力量，更加深刻地反映了作者内心的悲愤。从曹集中《赠徐干》"亲交义在敦"、《赠丁仪》"亲交义不薄"、《送应氏》"念我平生亲"、《箜篌引》"亲友从我游"，等等诗句来看，作者是一个喜交游、重友情的人。这样一个风流倜傥的翩翩佳公子，如今却大声呼喊出与自己本性完全格格不入的话来，不但用以自警，而且用以告诫世人，则其内心的悲苦激烈、创巨痛深不言可知。

　　"不见篱间雀"以下为全诗第二段。无权无势就不必交友，这当然不是作者内心的真实思想，而是在特殊情况下所发出的悲愤至极的牢骚。这个观点既无法被读者接受，作者也无法引经据典加以论证。因此他采用寓言手法，用"不见"二字引出了持剑少年救雀的故事。这个故事从表面看，是从反面来论证"利剑不在掌，结友何须多"这一不易为人接受的观点，而实际上却是紧承上段，进一步抒写自己内心的悲愤情绪。

黄雀是温驯的小鸟，加上"篱间"二字，更可见其并无冲天之志，不过在篱间嬉戏度日而已。然而就是这样一只于人于物都无所害的小鸟，竟也不能见容于世人。设下罗网，放出鹞鹰，必欲驱捕逐得而后快。为罗驱雀的鹞鹰何其凶恶，见鹞投罗的黄雀何其可怜，见雀而喜的罗家何其卑劣。作者虽无一字褒贬，而感情已深融于叙事之中。作者对掌权者的痛恨，对无辜被害的弱小者的同情，均不难于诗中得之。

作者又进而想象有一手仗利剑的少年，抉开罗网，放走黄雀。黄雀死里逃生，直飞云霄，却又从天空俯冲而下，绕少年盘旋飞鸣，感谢其救命之恩。显然，"拔剑捎罗网"的英俊少年实际是作者想象之中自我形象的化身；黄雀"飞飞摩苍天"所表现的轻快、愉悦，实际是作者在想象中解救了朋友急难之后所感到的轻快和愉悦。诚然，这只是作者的幻想而已。在现实中无能为力，只好在幻想的虚境中求得心灵的解脱，其情亦可悲矣。然而，在这虚幻的想象中，也潜藏着作者对布罗网者的愤怒和反抗。

醉留东野①

【唐】韩愈

昔年因读李杜诗，
长恨二人不相从②。
吾与东野生并世③，
如何复④蹑⑤二子⑥踪。
东野不得官⑦，
白首夸⑧龙钟⑨。
韩子⑩稍奸黠⑪，

注释

①东野：即孟郊，字东野，唐代诗人，韩愈的好友。
②不相从：不常在一起。
③生并世：同一时代。并，同。
④复：又，再。
⑤蹑：踩，追随。
⑥二子：指李白和杜甫。
⑦不得官：写诗时孟郊正等待朝廷任命新职。
⑧夸：号称。
⑨龙钟：年老行动笨拙之态。
⑩韩子：韩愈自指。
⑪奸黠（xiá）：狡猾。

自惭青蒿⑫倚长松⑬。

低头拜⑭东野，

原得终始如駏蛩⑮。

东野不回头，

有如寸莛⑯撞巨钟⑰。

吾愿身为云⑱，

东野变为龙。

四方上下逐东野，

虽有离别无由逢⑲？

⑫青蒿：小草，韩愈自比。
⑬长松：比喻孟郊有乔木之才。
⑭拜：崇拜，仰慕。
⑮駏蛩：古代传说中的一种动物。
⑯寸莛：小竹枝，这里也是韩愈自比。
⑰巨钟：比喻孟郊。
⑱"吾愿""东野"二句：意思是作者甘愿化为云彩，为好友孟郊这条龙提供施展才华的舞台。充分表达了深厚的友情。
⑲逢：遇。

作者名片

　　韩愈（768—824），字退之，河南河阳（今河南焦作孟州市）人，祖籍河南省邓州市，世称韩昌黎，晚年任吏部侍郎，又称韩吏部，谥号"文"，又称韩文公，唐代著名文学家、哲学家、思想家、政治家，唐宋八大家之一。文学上，反对魏晋以来的骈文，主张学习先秦两汉的散文语言，破骈为散，扩大文言文的表达功能，主张文以载道，与柳宗元同为唐代古文运动的倡导者，开辟了唐宋以来古文的发展道路。

译文

　　当年因为读了李白杜甫的诗，常常遗憾他们不常在一起。

　　我与孟郊是同一时代的人，为什么也像他们一样别多聚少呢？

　　孟郊正等待朝廷任命新职，年老的时候号称行动笨拙。

我有些小聪明，但与东野相交，自愧是青蒿靠着挺拔的青松。

低下头拜见孟郊，希望与他相互依存。

孟郊却不回头，我的挽留就像寸草之茎去撞击巨钟一样无效。

我愿意变身成为云，孟郊变成龙。

四方上下追随着孟郊，世间的离别与我们无关。

赏析

前四句自比李杜。韩愈比孟郊小十七岁。孟诗多寒苦遭遇，用字造句力避平庸浅俗，追求瘦硬。与贾岛齐名，故有"郊寒岛瘦"之称。韩诗较孟粗放，所以以韩比李，以孟比杜。这里虽未出现"留"字，但紧紧扣住了诗题《醉留东野》中的"留"字，深厚友情自然流露，感人至深。

五至八句对二人的处境现状和性格作了比较。"东野不得官，白首夸龙钟"。诗人在过去的诗中曾以"雄骜"二字评东野，即说他孤忠耿介，傲骨铮铮。"白首夸龙钟"，一"夸"字即写"雄骜"。紧接着韩愈写自己，"韩子稍奸黠，自惭青蒿倚长松。"韩承认自己有点"滑头"，比起孟来有时不那么老实，所以能周旋于官场。在东野这株郁郁高松面前，自惭有如青蒿。意思是说，我今在幕中任职，不过依仗一点小聪明，比起孟郊的才能，实在是自愧不如。

最后一段，祝愿二人友谊长存。我十分崇拜孟郊，我愿做驱蛋，负孟避祸。孟郊去意已决，我的挽留犹如"寸莛撞钜钟"。我愿变为云，孟郊变为龙，世间虽然有离别的事，但我们二人如云龙相随，永不分离。

本诗以"醉"言出之，肆口道来，设想奇僻，幽默风趣；开篇即表示对李、杜的向往，既表达了与友人惜别之情，又可看出诗人在诗歌艺术上的追求与自信。

欲与元八①卜邻②先有是赠

【唐】白居易

平生心迹③最相亲，
欲隐墙东④不为身⑤。
明月好同三径⑥夜，
绿杨宜作两家春⑦。
每因暂出犹⑧思伴⑨，
岂得⑩安居不择邻。
可独⑪终身数相见，
子孙长⑫作隔墙人。

注释

①元八：白居易的诗友，两人结交二十余年。
②卜邻：即选择作邻居。
③心迹：心里的真实想法。
④墙东：指隐居之地。
⑤身：自己。
⑥三径：语出陶潜《归去来兮辞》"三径就荒，风韵犹存"句。这里借指隐居的地方。
⑦"绿杨"句：借南朝陆慧晓与张融比邻旧事，表示诗人想与元八作邻居。
⑧犹：尚且，还。
⑨伴：陪伴的人。
⑩岂得：怎么能。
⑪可独：哪里止。
⑫长：通"常"，往往，经常。

译文

我们平生志趣相投，都渴望过一种"无官一身轻"的隐居生活。

我们结邻后，一轮明月共照着两家的庭院；一株绿杨将浓浓的春意洒落在两家的院心。

每每出门尚且希望有个好伙伴，长期定居怎能不选择好邻居呢！

结邻之后，不仅我们两人总能见面，而且我们的子孙也能长久相处。

赏析

诗的前四句写两家结邻之宜行。首联写两人"平生心迹最相亲"，接着就具体写"相亲"之处。"墙东""三径"和"绿杨"，都是有关隐居的典故。这几处用典做到了"用事不使人觉，若胸臆语"（《颜氏家训·文章》），用典非常多，但并不矫揉造作，非常自然适宜。诗人未曾陈述卜邻的愿望，先借古代隐士的典故，对墙东林下之思做了一番渲染，说明二人心迹相亲，志趣相同，都是希望隐居而不求功名利禄的人，一定会成为理想的好邻居。诗人想象两家结邻之后的情景，"明月"和"绿杨"使人倍感温馨，两人在优美的环境中惬意地散步畅谈，反映了诗人对结邻的美好憧憬。

颔联"明月好同三径夜，绿杨宜作两家春"，是脍炙人口的名句。在这幽美的境界中，两位挚友——诗人和元八，或闲庭散步，或月下对酌，或池畔观鱼，或柳荫赋诗，恬然陶然，优哉游哉。这两句诗总共十四个字，描绘了富有诗情画意的境界，启发人展开丰富多彩的想象，体现了对仗和用典的巨大修辞效用，也体现了诗人的语言艺术。

后四句写诗人卜邻之恳切。暂出、定居、终身、后代，衬托复兼层递，步步推进，愈转愈深，把描述的情景带入对未来生活的美好希冀，是一种值得神往的美好状态。这也侧面表现了诗人自己的渴望心情。诗人反问一句，紧追一句，让对方不能不生"实获我心"的同感。不断反问，也是侧面表现诗人的渴盼之情。四句貌似说理，实为抒情；好像是千方百计要说服人家接受他的要求，其实是在推心置腹地诉说对朋友的极端渴慕，语言朴实真挚，推心置腹，表现出殷切而纯真的友情。

诗人在这首诗中运用丰富多彩的想象，描绘了一幅风景优美的画卷，笔力明快，充满诗情画意，读来倍感舒畅惬意。

山泉煎茶①有怀②

【唐】白居易

坐酌③泠泠④水，
看煎瑟瑟⑤尘⑥。
无由⑦持一碗，
寄与爱茶人。

注 释

①煎茶：古代我国民间一种制茶
　工艺。
②有怀：怀念亲朋至友。
③酌：喝，饮。
④泠泠：清凉。
⑤瑟瑟：碧色。
⑥尘：研磨后的茶粉。
⑦无由：不需什么理由。

译 文

坐着倒一鼎清凉的水，看着正在煎煮的碧色茶粉细末如尘。
手端着一碗茶无需什么理由，只是就这份情感寄予爱茶之人。

赏 析

把茶大量移入诗坛，使茶酒在诗坛中并驾齐驱的是唐代诗人白居易。这首诗生动地描述了泉边煮茶的情景以及作者的有感而发：这么好的泉水，这么好的茶叶，可惜不能寄给爱茶的人，表达了对故人的怀念。当然，这故人是跟自己一样的"爱茶人"，而不是世俗之人。

读者可以看到此诗前两句是一对对仗十分工整的对偶句，"坐酌"与"看煎"的对偶，"泠泠"与"瑟瑟"的对偶，可见作者在选词上颇为用心，给人一个非常生动具体的意象，描述的是煮茶的情景。

后两句是作者的抒情，是通过抒发对茶的情感来表达自己对知心人的渴望，强烈的感情中带着丝丝的哀伤，从而体现作者对远方知己的极度想念。

整首诗读起来朗朗上口，前两句传景色之神，后两句传心情之神，可谓茶诗中的典范之一。

　　唐代名茶尚不易得，官员、文士常相互以茶为赠品或邀友人饮茶，表示友谊。白居易的妻舅杨慕巢、杨虞卿、杨汉公兄弟均曾从不同地区给白居易寄好茶。白居易得茶后常邀好友共同品饮，也常应友人之约去品茶。从他的诗中可看出，白居易的茶友很多。尤其与李绅交谊甚深，他在自己的草堂中"趁暖泥茶灶"，还说："应须置两榻，一榻待公垂。"公垂即指李绅，看来偶然喝一杯还不过瘾，二人要对榻而居，长饮几日。白居易还常赴文人茶宴，如湖州茶山境会亭茶宴，是庆祝贡焙完成的官方茶宴，又如，太湖舟中茶宴则是文人湖中雅会。从白诗看出，中唐以后，文人以茶叙友情已是寻常之举。

箜篌谣①

【唐】李白

攀天莫登龙，

走山莫骑虎。

贵贱结交心不移，

唯有严陵及光武②。

周公称大圣，

管蔡宁相容③。

汉谣一斗粟④，

不与淮南春。

兄弟尚路人，

吾心安所从。

注 释

①箜篌谣：《乐府诗集》谓《箜篌谣》不详所起；大略言结交当有始终。

②严陵及光武：据《汉书·逸民传》："严光，字子陵，会稽姚余人。少有高名，与光武帝刘秀同学。光武即位，改变姓名，隐身不见。"后人称他所居游之地为严陵山、严陵濑、严陵钓台等。诗文中常用其事。光武，即东汉光武帝刘秀。

③"周公""管蔡"二句：典出《史记·周本纪》。周公，姓姬名旦，因封地在周（今陕西岐山北），故称周公或周公旦。是西周初期政治家、军事家。被称为大圣人。管蔡，管叔和蔡叔，是周武王的弟弟。周武王死后，成王年幼，周公摄政，管叔、蔡叔

他人方寸⑤间，

山海几千重。

轻言托朋友，

对面九疑峰⑥。

开花⑦必早落，

桃李不如松。

管鲍久已死⑧，

何人继其踪？

不服，和商纣王之子武庚一起作乱。周公平定了管蔡之乱。管叔、武庚被杀，蔡叔被逐。

④汉谣一斗粟：即汉文帝对待淮南王刘武事。

⑤方寸：指心。

⑥九疑峰：也作九嶷山，一名苍梧山。在湖南宁远县。

⑦开花：一作"多花"。

⑧"管鲍"句：典出《史记·管晏列传》。管鲍，指春秋时期的政治家管仲和鲍叔牙。后人常用"管鲍之交"来形容好朋友之间亲密无间、彼此信任的关系。

译 文

想要飞天升仙，千万不要骑龙；想要游历河川，千万不能骑着老虎。

古来贵贱结交而心不移者，唯有严子陵与汉光武帝。

周公执政时是如此的贤明，可为什么管叔和余叔还苦苦相逼，不能相容呢？

汉谣唱道："一尺布，尚可缝；一斗粟，尚可舂。兄弟二人不能相容。"说尽了汉文帝与淮南王之间的兄弟恩怨。

骨肉兄弟尚且如同路人，我要结交的朋友哪里会有呢？

人心方寸之间，便有山海几千重。

轻信了朋友，对着面，心里也像隔着九嶷峰。

花开必有花谢，桃李开花虽美，但树不如松树坚贞。

管仲与鲍叔那样的友谊早已消亡，何人可以继承他们的风尚？

赏 析

此诗表达了诗人对结交挚友之难的慨叹。

全诗可分为三段。前四句为第一段。首二句比兴，要想升天飞仙，千万不要骑龙；要想游历河川，千万不能骑着老虎。此喻交友须慎重。三四句从正面列举贵贱结交而心不移的典范，就像东汉的严子陵和光武帝一样。

中四句为第二段，从反面列举兄弟尚不容的事例，周公为事例一，其虽堪称古代的圣贤，可其兄弟管叔和蔡叔却对他恶意陷害；以及汉文帝容不下淮南王，将他流放之事，为事例二。

末十句为议论，直接表达诗人对结友不易的看法。"兄弟"四句言兄弟尚且如同路人，他人之间的感情隔阂应如山之高，如海之深。"轻言"二句谓不可轻信、轻托朋友。"开花必早落，桃李不如松"喻轻诺必寡信，美言必不信，多交必涉滥，是"轻言"二句的形象化。结尾二句呼唤对交友古风的重现。此处议论部分层层推出，条理井然，虚实相间。

综观全诗，此诗衍化古辞"结交在相得，骨肉何必亲"而来，但铸以新意。

君马黄①

【唐】李白

君马黄，
我马白。
马色②虽不同，
人心本无隔③。
共作游冶④盘⑤，
双行洛阳陌⑥。
长剑既照曜⑦，

①君马黄：乐府古题。
②色：肤色，颜色。
③隔：隔断，距离。
④游冶：游荡娱乐。
⑤盘：也游乐义。
⑥洛阳陌：洛阳大道。陌，道路，南北为阡，东西为陌。
⑦曜（yào）：照耀；炫耀。

高冠何赩赫⑧。

各有千金裘⑨，

俱为五侯客⑩。

猛虎落陷阱，

壮夫时屈厄⑪。

相知在急难⑫，

独好亦⑬何益。

⑧赩（xì）赫：赤色光耀貌。

⑨千金裘：价值千金的皮裘。

⑩五侯客：即五侯之门客。汉代五侯颇多，这里指东汉梁冀之亲族五人同时封侯，称为梁氏五侯。泛指公侯权贵。

⑪屈厄：困窘。

⑫急难：急人之难，即在患难时及时救助。

⑬亦：一作"知"。

译 文

你的马是黄色的，我的马是白色的。

马的颜色虽然不同，但人心本是没有什么相隔的。

我们一起来游乐玩耍，双双行驰在洛阳的街头巷陌。

我们都腰挎明闪闪的宝剑，戴着修饰鲜丽的高高的帽子，都各自拥有千金裘，都是五侯的门客。

即使是猛虎，有时候也会不小心落在陷阱里面，壮士有时也会陷于危难之中。

兄弟之间的情谊只有在急难中才能深厚，才能成为相知，如果只是自己一个人又有什么好处呢？

赏 析

开头四句咏马起兴，以马色之不同作反衬，言人心之无猜。马色一"黄"一"白"，对照鲜明；马色与人心相比，一异一同，相得益彰。接下二句承上而来，写"我"与友人骑马外出游乐，双双行进在洛阳路上。洛阳是东汉的京城、唐代的东都。那里市井繁华，名胜林立，是游冶之佳处。"双行洛阳陌"一句不仅点明此行之豪壮，而且表现了形影不离之友谊。这好似李白与杜甫的交游：天宝三载（744）三月，李白得罪了高力士被放出翰林院之后，曾到过洛阳一次。当时杜甫也在洛阳，于是两位大诗人相会了，从此他们结下了"兄弟"般的友谊。翌年，杜甫在齐州所作的《与李十二白同寻范十隐居》诗中说："醉眠秋共被，携手日同行"，那虽是他俩同游历下的情景，但从中也可想象到他们当初在洛阳相识时，也是一见如故、情同手足的。

下二句为了渲染人物之显赫，还描写了他们的衣着和饰物：佩着长长的宝剑，闪闪发光；戴着高高的红冠，十分耀眼。这样的装饰，不仅表现了外在美，而且揭示了他们超凡的精神世界。爱国诗人屈原在《九章·涉江》诗中说："带长剑之陆离兮，冠切云之崔嵬。"他之所以"好此奇服"，是因为怀信侘傺，不见容于世，故迥乎时装以示超尘拔俗。李白与屈原千古同调，所以其崇尚也有相似之处。

"各有千金裘，俱为五侯客"，一句从经济着笔，一句从政治落墨，意在表现他俩不寻常的社会地位。以上二句极言他俩家资丰厚，靠山坚实。

"猛虎落陷阱，壮士时屈厄"二句转写友人遭到了不幸：正像奔突的猛虎有时不免误入陷阱一样，壮士也会遇到暂时的困迫。猛虎乃兽中之王，啸震山冈。落难亦不落威。此句以猛虎作比，言壮士落难后仍不失当年之威风。

最后两句紧承上句诗意，既是对落难朋友的回答，也是诗人情志的抒发。"相知在急难"一句正体现了"危难见真交"的至情。俗语云："人在难处思亲朋。"能急友人之难的人才是真正的"相知"，所以诗的最后说：一个人自顾自身修好，那会有什么益处呢！此句似他问似自语，余意不尽，惹人深思。

这首诗虽然以乐府为题，写汉地言汉事，但诗的主旨却是为了以汉喻唐，即通过咏史来抒发诗人贵相知、重友谊的襟怀和赞颂朋友间彼此救助的美好情操。

送韦城李少府①

【唐】张九龄

送客南昌②尉③，
离亭④西⑤候春。
野花看欲尽，
林鸟听犹新。
别酒青门⑥路，
归轩⑦白马津⑧。
相知⑨无远近，
万里⑩尚为邻。

注 释

①少府：县尉的别称。县令称明
　府，县尉职位低于县令，故称
　少府。
②南昌：今江西南昌市，古曾设南
　昌县。
③尉：古代官名，指武官。
④离亭：路旁驿亭。南北为阡，东
　西为陌。
⑤西：古代宾主相见，以西为尊。
　主东而宾西。
⑥青门：泛指城门。
⑦轩：车的通称。
⑧白马津：今河南滑县北。
⑨相知：了解，知心的朋友。
⑩万里：比喻路途遥远。

作者名片

　　张九龄（673—740）字子寿，号博物，韶州曲江（今广东韶关市）人。唐朝开元名相、政治家、文学家、诗人。西汉留侯张良之后，西晋壮武郡公张华十四世孙。他积极发展五言古诗，诗风清淡，以素练质朴的语言，寄托深远的人生慨望，对扫除唐初所沿袭的六朝绮靡诗风，贡献尤大。著有《曲江集》，被誉为"岭南第一人"。

译 文

　　送别客人南昌县尉，路旁驿亭拜别贵宾时，正是春天。

美丽野花尽收眼底，林中鸟鸣犹感清新。

告别县城踏上回乡路，归车走向白马津。

知己挚友不分远近，相隔万里如同邻居。

赏析

　　首联"送客南昌尉，离亭西候春"，送客人李少府到南昌赴任，离亭，即古代驿亭，古人多在驿亭设宴告别，因而也叫"离亭"。西候，即西边的驿亭，亦为送别处。这两句点明了事件、人物、时间、地点，春天在西边驿亭送李少府到南昌赴任。

　　颔联"野花看欲尽，林鸟听犹新"，野花看上去好像要凋零一样，这里指春将过去，眼看山花就要开尽，林中的啼鸟听起来更为委婉凄切，比喻心中对朋友的不舍之情。本来，花自开，鸟自鸣，与离人何干？但正如王国维说的那样：诗人"以我观物，物皆着我之感情"。是诗人赋予事物人的感情。

　　颈联"别酒青门路，归轩白马津"，是说在青门路置酒送别。青门，即长安东门，这里有灞桥，古人常常送客至此，折柳赠别。白马津，古渡，在今河南滑县。《史记·荆燕世家》有："渡白马津入楚地"。这两句意为，青门置酒一别，归南昌上任的车辆千里迢迢一路到白马津，渡黄河后再到遥远的楚地南昌。交代了友人的行径。

　　尾联"相知无远近，万里尚为邻"，这句意味深长，说我们相识相知的友情没有路途的远近，相隔万里也可以像邻居一样近。这是劝慰友人，也是自我安慰的话，抒发了作者与李少府的情谊，表达了作者对友人依依不舍的一片深情。与王勃的"海内存知己，天涯若比邻"有异曲同工之妙。

酬中都①小吏携斗酒双鱼于逆旅见赠

【唐】李白

鲁酒②若琥珀，

汶鱼③紫锦鳞。

山东豪吏④有俊气，

手携此物赠远人⑤。

意气相倾两相顾，

斗酒双鱼表情素。

双鳃呀呷⑥鳍鬣⑦张，

蹳刺⑧银盘欲飞去。

呼儿拂几⑨霜刃⑩挥，

红肌花落白雪⑪霏。

为君下箸⑫一餐饱，

醉著⑬金鞍上马归。

注释

①中都，唐代郡名，治所即今山东汶上县。

②鲁酒：鲁地的酒。

③纹鱼：一种产于汶水的河鱼，肉白，味美。

④豪吏：有豪气的官吏，这里称美中都小吏。

⑤远人：远来的客人，指李白自己。

⑥呀呷：吞吐开合貌，形容鱼的两腮翕动。

⑦鳍（qí）鬣（liè）：鱼的背鳍为鳍，胸鳍为鬣。

⑧蹳（bō）刺：鱼掉尾声。

⑨几：桌案。

⑩霜刃：闪亮的利刃。

⑪白雪：《文选》卷三十五张协《七命》："尔乃命支离，飞霜锷，红肌绮散，素肤雪落。"李白诗意本于此，谓剖开的鱼红者如花，白者如雪。

⑫箸：筷子。

⑬著：登。

译文

鲁地的酒色如琥珀，汶水鱼紫鳞似锦。

山东小吏豪爽俊逸，提来这两样东西送给客人。

二人意气相投，两相顾惜，两条鱼一杯酒以表情意。

鱼儿吞吐双鳃，振起鳍鬣，蹳刺一声，要从银盘中跳去。
唤儿擦净几案挥刀割肉，红的如同花落，白的好似雪飞。
备好碗筷开怀畅饮，酒足饭饱后著鞍上马醉蒙蒙地归去。

赏析

这首诗记述诗人在浪迹江湖的旅途中，收到中都一小吏赠送的酒、鱼，便豪兴大发，烹鱼煮酒，二人对酌，直到酒酣饭饱，才“醉著金鞍上马归”。

“鲁酒若琥珀，汶鱼紫锦鳞”，是盛赞中都小吏礼物的珍贵。以“斗酒诗百篇”而著称的“谪仙人”李白，对山东名酒素有特殊的感情，曾经为此写下热情洋溢的诗句：“兰陵美酒郁金香，玉碗盛来琥珀光，但使主人能醉客，不知何处是他乡。”中都小吏带来的美酒也是光“若琥珀”，这就使李白愈感谢小吏的情意。

中都小吏能以名贵的贡品金赤鳞赠送李白，可见其情深意长。李白在诗的头两句首先从光彩色泽上对鲁酒、汶鱼进行点染，说明礼物的名贵，为下文抒写小吏对诗人的挚情做好铺垫。“山东豪吏有俊气，手携此物赠远人”直抒胸臆，热情赞美中都小吏高尚的心灵，赞美小吏对李白这异乡“远人”的深情厚谊。第三句中诗人不用“小吏”而用“豪吏”，既是对小吏的尊重，又暗示出李白对中都小吏位虽卑、德却高的赞赏，换句话说，“小吏”德本高位却卑，说明封建社会的黑暗。

“意气相倾两相顾，斗酒双鱼表情素。”在这两句诗中，直接吟咏彼此之间的真挚的友谊。中都小吏和诗人的“两相顾”，因为二人的意气之“相倾”。而二人“意气相倾”的力量支点又都在于有不肯摧眉折腰事权贵的崇高心灵。正由于有了这共通的价值观，因此中都小吏对“赐金放还”的李白不但不鄙弃，相反，还“意气相倾”地“携斗酒双鱼于逆旅”来拜访。也正由于有了相通的心灵，因此李白对小吏那不趋炎附势的高尚品格才愈加钦佩，“斗酒双鱼表情素”一句是对“意气相倾两相顾”的补充，“斗酒双鱼”原本是中都小吏为

"表情素"赠予诗人的礼物，但在"恨相逢之晚"的氛围中，诗人却将"斗酒双鱼""借花献佛"般地反赠小吏，表达了诗人对小吏由衷敬慕的"情愫"。

"双鳃呀呷鳍鬣张，鬛刺银盘欲飞去"两句。是写赤鳞鱼出水后的神态：赤鳞鱼发着呀呷的声音，鳍鬣都大张开来，在盘中激烈地翻滚着几欲飞走。"呼儿拂几霜刃挥，红肌花落白雪霏"两句，重在描写宰鱼、做鱼的过程，意思是招呼孩子擦净桌案挥刀宰鱼，雪白肥嫩的鱼肉呈现在眼前。这里"呼""拂""挥"三个动词给人以欢快之感，使诗句的内在节奏感迅速加快；而"红""花""白"三种鲜亮的色彩，也给人以赏心悦目的感觉。这些充满动感和色彩感的字词的巧妙间用，显示出李白及其家人酬谢中都小吏时轻松快捷的心情。

结句"为君下箸一餐饱，醉著金鞍上马归"，意思是希望小吏开怀畅饮，之后再上马酣然归去。这首诗歌虽然不像《赠汪伦》《黄鹤楼送孟浩然之广陵》等诗作一样著名，但在李白描写友情的诗歌中仍不失为一首佳作。它体现了诗人与下层百姓的深挚友情。

满江红·寄鄂州朱使君寿昌

【宋】苏轼

江汉西来，高楼①下、蒲萄②深碧。犹自带，岷峨雪浪，锦江③春色。君是南山④遗爱⑤守，我为剑外⑥思归客。对此间、风物岂无情，殷勤说。

《江表传》⑦，君休读。狂处士⑧，真堪惜。空洲对鹦鹉⑨，苇花萧瑟。不独笑书生争底事，曹公黄祖俱飘忽。愿使君、还赋谪仙诗，追黄鹤。

注 释

①高楼：指武昌黄鹤楼。
②蒲萄：同葡萄，喻江水之澄清。
③锦江：在四川成都南，一称濯锦江，相传其水濯锦，特别鲜丽，故称。
④南山：终南山，在陕西。
⑤遗爱：指有惠爱之政引起人们怀念。
⑥剑外：四川剑门山以南。苏轼家乡四川眉山，故自称剑外来客。
⑦《江表传》：晋虞溥著，其中记述三国时江左吴国时事及人物言行，已佚。
⑧狂处士：指三国名士祢衡。他有才学而行为狂放，曾触犯曹操，曹操多顾忌他才名而未杀。
⑨鹦鹉：鹦鹉洲，在今湖北汉阳。

译 文

　　长江、汉江从西方奔流直下，在黄鹤楼望去，浩渺的江水如葡萄般碧绿澄澈。江水相通，好像都带着岷山和峨眉山融化的雪水浪花，这便是锦江的春色。你是在陕州留有爱民美誉的通判，我却是思乡未归的浪子。面对这里的景色怎能没有感情，我将会殷切地述说。

　　你千万不要读《江表传》，祢衡真是令人同情，深感痛惜。如今只能空对鹦鹉洲，苇花依旧萧瑟。书生何苦与这种人纠缠，曹操与黄祖虽能称雄一时，最终也能成了过眼云烟。希望使君你能像李白一样潜心作诗，赶追崔颢的名作《黄鹤楼》。

赏 析

　　开篇由写景引入。长江、汉水从西方奔流直下，汇合于武汉，著名的黄鹤楼在武昌黄鹤山巍然屹立，俯仰浩瀚的大江。发端两句，大笔勾勒，起势突兀，抓住了当地最有特色的胜景伟观。"蒲萄深碧"，重笔施彩，以酒色形容水色，用李白《襄阳歌》"遥看汉水鸭头绿，恰似葡萄初酦醅"诗句，形容流经黄鹤楼前的长江呈现出一派葡萄美酒般的深碧之色。以下"犹自带"三字振起，继续以彩笔为江水染色。李白又有"江带峨眉雪"之句，杜甫《登楼》诗"锦江春色来天地"。苏轼在此不仅化用前人诗句，不着痕迹，自然入妙，而且用"葡萄""雪浪""锦江""春色"等富有色彩感的词语来形容"深碧"的江流，笔饱墨浓，引人入胜。值得注意的汹涌深碧的大江，既是友人驻地的胜景，又从四川流来，无形中沾带着词人故乡的某些风情。这就为下文感怀作了有力的铺垫。以下由景到人，一句写对方，一句写自己。朱寿昌曾知阆州，阆州在四川，唐属山南道。《宋史》本传载朱在阆断一疑狱，除暴安良，"郡称为神，蜀人至今传之"即"南山遗爱守"所指。词中"南山"当是"山南"之误。以对"剑外"，"山南"字面亦胜于"南山"。苏轼蜀人，称朱寿昌亦以其宦蜀之事，自称"剑外思归客"，映带有情。至此又回到眼前，面对此间风物，自会触景兴感，无限惆怅。"对此间"以下，将君、我归拢为一，逼出"殷勤说"三字，双流汇注，水到渠成。

　　"殷勤说"三字带出整个下片。换头两句，《江表传》是记述三国时东吴人物事迹的史书。他劝告朱寿昌不要再读这部书了，借此引出自己对历史的审视和反思。以愤激语调唤起，恰说明感触很深，话题正要转向三国人物。"狂处士"四句，紧承上文，对恃才傲物、招致杀身之祸的祢衡表示悼惜。祢衡因忠于汉室，曾当众嘲骂曹操，曹操假借刘表属将黄祖之手将其杀害，葬于武昌长江段的鹦鹉洲。"真堪惜"，真是令人同情，深感痛惜。如今，贤士何在？空对沙洲，苇花萧瑟，只遗下一片凋零凄凉的景象。苏轼站在更高的视角审视历史，"独笑书生争底事，曹公黄祖俱飘忽"，"争底事"，即争何事，意即书生何苦与这种人纠缠，以致招来祸灾。残害人才的曹操、黄祖，虽能称雄一时，最终不也在历史的长河中转瞬即逝，成了过眼烟云。这话是有弦外之音的，矛头隐隐指向对他诬陷的李定之流。苏轼此时看来，祢衡的孤傲、曹操的专横、黄祖的鲁莽，都显得非常可笑。言语间，反映出苏轼淡泊功利，超越历史，摆脱现实限制的观念。"夫不役于利，则其见也明；见之也明，则其发也果（苏轼《孙武论》）"。最后，他希望朱寿昌能像李白一样潜心作诗，赶追崔颢的名作《黄鹤楼》，虽为劝勉，其实也正是苏轼居黄州期间的心愿。

江夏①别宋之悌②

【唐】李白

楚水③清若空，
遥将④碧海通。
人分千里⑤外，
兴⑥在一杯中。
谷鸟⑦吟晴日，
江猿啸晚风。
平生不下泪，
于此泣⑧无穷。

注 释

①江夏：今湖北武汉武昌。
②宋之悌：为初唐时著名诗人宋之问之弟，李白友人。
③楚水：指汉水汇入之后的一段长江水。
④将：与。
⑤千里：据《旧唐书·地理志四》：交趾"至京师七千二百五十三里"，则朱鸢至江夏亦相距数千里。
⑥兴：兴会，兴致。
⑦谷鸟：山间或水间的鸟。
⑧泣：眼泪。

译 文

楚地之水清澈见底，似若空无，直与远处的大海相连。
你我将远别于千里之外，兴致却同在眼前的杯酒之中。
谷鸟天晴时不停地鸣叫，江岸之猿却向晚而哀号。
我一生从不流泪，现在却泣涕不止。

赏 析

此诗当作于唐玄宗开元二十年（734）。郁贤皓曾撰此诗《系年辨疑》，考证出宋之悌乃宋之问之弟、宋若思之父，并根据宋之悌生平事迹，认定此诗作于开元二十年左右。宋之悌于开元年间历任右羽林将军、益州长史、剑南节度使及太原尹等要职，后以事流贬交趾（今越南河内）。李白与宋之悌交情很深，后来他儿子宋若思在浔阳脱李白之囚并为之推覆清雪，大概也与世谊有关。这首诗，可能就是宋之悌赴交趾贬所前，李白在江夏（即今武汉市武昌）与他分别而作。

首联"楚水清若空，遥将碧海通"是说，眼前清澄的江水遥遥地与碧海相通。"若空"极言楚水之澄澈。李白另有"江月照还空"（《望庐山瀑布水二首》其一）、"玉壶美酒清若空"（《前有一樽酒行》），亦是此意。宋之悌的贬所靠近海域，故下句暗示其将往之处。

颔联"人分千里外，兴在一杯中"，此点题，又由对方将往之处回到眼前分别之处。千里之别原是悲哀的，此处不言"悲"而言"兴"，并用"一杯"与"千里"相对，既表现出豪放洒脱的气派，又含有无可奈何的情绪。这两句与初唐庾抱"悲生万里外，恨起一杯中"（《别蔡参军》）、盛唐高适"功名万里外，心事一杯中"（《送李侍御赴安西》），语略同而味各异，庾抱句沉，高适句厚，而李白句逸，即所谓貌似而神异也。不可以蹈袭论，亦不可以优劣评，盖诗人运思或偶然相似而终不能不乖异也。人在千里之外，而情义却在这浅浅的一杯酒中，酒少，但情义丝毫不轻，下肚的不仅是酒，还有对友人浓浓的友情。李白的诗句将这些淋漓尽致地表现出来了，堪称味外有味，颇耐咀嚼。

颈联"谷鸟吟晴日，江猿啸晚风"，上句点出了送别时的天气。天气晴朗，但是作者心里却一点也高兴不起来，美景却衬出了作者内心的悲凉，这样更能感动读者。下句写江猿的啸声。江猿的啼声本来就是很悲凉的，在作者与友人离别的时刻，听见这声音，更是断人肠。作者通过对景物的描写，完美地表达出自己内心对友人的不舍。首、颔两联，先由近及远，复由远及近，均大开大阖。颈联则写眼前景，由"晴日"到"晚风"，用景象变换暗示时间推移，也是大开大阖，依依惜别之情不言而喻，此即所谓言在意外。上句写乐景，与颔联"兴"字相呼应。下句写哀景，以引发尾联的抒情。

尾联"平生不下泪，于此泣无穷。"真情爆发，陡起陡落，给读者留下极大的遐想余地。诗人如此动情，可能是出于对宋之悌以垂暮之年远谪交趾的同情。颈联中"鸟吟"与"猿啸"，似已含有宋氏仕途显达而老境悲凉的隐喻。诗人虽然年纪尚轻，毕竟也经历了一些人生坎坷，宋氏的遭遇或许引起他自己的壮志难酬之感慨。

此诗艺术构思上有个重要特点就是跳跃性很大，从前三联的上下句之间的转折都能明显看出。而从诗歌的感情色调上看，前三联飘洒有势，基调豪迈；尾联顿折，其情悲怆，其调沉结。正是这种跳跃式的跌宕，使此诗具有测之无端、玩之无尽之妙。

沉醉东风·渔夫

【元】白朴

　　黄芦①岸白蘋②渡口，绿柳堤红蓼③滩头。虽无刎颈交④，却有忘机友⑤，点⑥秋江白鹭沙鸥。傲杀⑦人间万户侯⑧，不识字烟波钓叟。

注　释

①黄芦：与绿柳等均为水边生长的植物。
②白蘋（pín）：一种在浅水中多年生的植物。
③红蓼（liǎo）：一种水边生的草本植物，开白色或浅红色的小花。
④刎颈交：刎，割；颈，脖子。刎颈交即生死朋友的意思。为了友谊，虽刎颈也不后悔的朋友。
⑤忘机友：机，机巧、心机。忘机友即相互不设心机、无所顾忌、毫无算计技巧之心的朋友。
⑥点：点点、数，这里是形容词作动词用。
⑦傲杀：鄙视。
⑧万户侯：本意是汉代具有万户食邑的侯爵，在此泛指高官显贵。

作者名片

　　白朴（1226—1306）原名恒，字仁甫，后改名朴，字太素，号兰谷。

汉族，祖籍陕州（今山西河曲附近），后徙居真定（今河北正定县），晚岁寓居金陵（今南京市），终身未仕。他是元代著名的文学家、曲作家、杂剧家，与关汉卿、马致远、郑光祖合称为元曲四大家。代表作主要有《唐明皇秋夜梧桐雨》《裴少俊墙头马上》《董秀英花月东墙记》等。

译 文

金黄的芦苇铺满江岸，白色的浮萍飘荡在渡口，碧绿的杨柳耸立在江堤上，红艳的野草渲染着滩头。虽然没有生死之交，却有毫无机巧算计之心的朋友，就是那些在秋江上自由盘旋的白鹭沙鸥。鄙视那些达官贵人们的，正是那些不识字的江上钓鱼翁。

赏 析

这支曲子一、二两句，对仗工丽，写景如画，点染出一幅清丽无比的秋江图。然而仅仅看出这一层，未免辜负了作者的苦心。作画的颜料是精心选择的，所画的景物是精心选择的，整个环境也是精心选择的。选取"黄""白""绿""红"四种颜料渲染他精心选择的那四种景物，不仅获得了色彩明艳的效果，而且展现了特定的地域和节令。看到"黄芦""白苹""绿杨""红蓼"相映成趣，就会想到江南水乡的大好秋光。而秋天，正是垂钓的黄金季节。让"黄芦""白苹""绿杨""红蓼"摇曳于"岸边""渡口""堤上""滩头"，这又不仅活画出"渔夫"活动的场所，同时"渔夫"在那些场所里怎样活动，以及以一种什么样的心态在活动，也不难想象了。

在那么优雅的环境里打鱼为生，固然很不错，但如果只是一个人，就未免孤寂，所以还该有朋友。三、四两句，便给那位"渔夫"找来了情投意合的朋友。"虽无刎颈交，却有忘机友"也是对偶句，却先让步，后转进，有回环流走之妙。为了友谊，虽刎颈也不后悔的朋友叫"刎颈交"。"渔夫"与人无争，没有这样的朋友也并不碍事。淡泊宁静、毫无机巧之心的朋友叫"忘机友"。对于"渔夫"来说，他最需要这样的朋友，也正好有这样的朋友，令人羡慕。

一、二两句写了"岸""堤""渡口"和"滩头"，意味着那里有江，但毕竟没有正面写江，因而也无法描绘江上景。写"渔夫"应该写出江上景，对此，作者不仅是懂得的，而且懂得什么时候写最适宜。写了"却有忘机友"之后，他便写江上景了。"点秋江白鹭沙鸥"，写景美妙生动。用"秋"字修饰"江"，点明了季节。一个"点"字，尤其用得好。如果平平淡淡地说，那不过是：江面上有点点鸥鹭。如今变形容词为动词，并且给鸥鹭着色，便出现了白鹭沙鸥点秋江的生动情景。仅就写景而言，这已经够高明了。但更高明之处还在于借景写人。前面写渔夫有"忘机友"，那"忘机友"正是指"点秋江"的"白鹭沙鸥"。以鸥鹭为友，既表现"渔夫"的高洁，又说明真正的"忘机友"在人间无法找到。古代诗人往往赞扬鸥鹭"忘机"，正由于他们认为只有鸥鹭才没有"机心"，所以愿与鸥鹭为友。李白就说："明朝拂衣去，永与白鸥盟。"黄庚的《渔隐》诗，则用"不羡鱼虾利，惟寻鸥鹭盟"表现渔夫的高尚品德，正可作为这只曲子的注脚。

结尾点题，点出前面写的并非退隐文人，而是"傲杀人间万户侯"的"不识字烟波钓叟"。元代社会中的渔夫不可能那样悠闲自在，也未必敢于傲视统治他的"万户侯"。不难看出，这只曲子所写的"渔夫"是理想化了的。白朴幼年经历了蒙古灭金的变故，家人失散，跟随他父亲的朋友元好问逃出汴京，受到元好问的教养。他对元朝的统治异常反感，终生不仕，却仍然找不到一片避世的净土。因此，他把他的理想投射到"渔夫"身上，赞赏那样的"渔夫"，羡慕那样的"渔夫"。说"渔夫""傲杀人间万户侯"，正表明他鄙视那些"万户侯"。说"渔夫""不识字"，正是后悔他做了读书识字的文人。古话说："人生忧患识字始。"在任何黑暗社会里，正直的知识分子比"不识字"的渔夫会遭受更多的精神磨难，更何况在"九儒"仅居"十丐"之上的元代。这句的"傲"字，既有坚决不向黑暗社会妥协，保持高风亮节之意，又有不愿在宦海中"风波千丈担惊怕"，希图逃世的思想。虽有其消极避世的一面，却也曲折地反映了元代知识分子的骨气和那个时代投射在他们心灵上的暗影，抒发了他们的不平之慨。

早春寄王汉阳①

【唐】李白

闻道春还未相识，
走傍②寒梅访消息③。
昨夜东风入武阳④，
陌⑤头杨柳黄金色。
碧水⑥浩浩云茫茫，
美人⑦不来空断肠。
预拂⑧青山一片石，
与君⑨连日醉壶觞⑩。

注 释

①王汉阳：其人姓王，官职汉阳县
　令。生平不详。
②走傍：走近。
③消息：音讯。
④武阳：此指江夏。
⑤陌（mò）：田间东西方向的道
　路，泛指田间小路。陌头，街头。
⑥碧水：绿水。
⑦美人：古人往往以美人、香草比
　君子，此指王汉阳。
⑧预拂：预先拂拭。
⑨君：此指王汉阳。
⑩壶觞（shāng）：酒器。壶，盛
　液体的容器。觞，古代酒器；欢
　饮，进酒。

译 文

听说春天已经回还我还未识其面，前去寒梅树下访寻消息。
昨夜东风吹入江夏，路边陌上的杨柳冒出一片金黄的嫩芽。
碧水浩浩云雾茫茫，王汉阳你不来令我空自断肠。
我已预先拂净山上一片青石，摆下酒宴，要与你连日连夜醉在壶觞之中。

赏 析

　　诗的内容很简单，不过是邀请友人前来探春畅饮而已，但写得活泼自然，不落俗套。细细吟味，作者那一颗热爱生活、热爱大自然的诗心，能给人以强烈的感染。

　　诗的前四句主要是围绕着"春还"二字细腻生动地描写了早春的气息，写春天是怎样悄然回归的，表达了诗人终于迎来了春天的那种喜悦之情。"闻道春还未相识"，是说只听到春天回来了，还没有见到她。一开始就流露出急于看到春还的心情。其实当寒凝大地的时候，春天的气息才刚刚萌动，哪里能亲眼见到她呢！所以"闻到"二字表明春归的消息最先是从人们交谈中听到的。如此生活细节，一经诗人捕入诗句便增加了诗的韵味。既然是闻春未见春，就自然要去寻春、问春，于是引起了下面的诗句。"走傍寒梅访消息"，梅是无生命的，怎么能够拜访、叩问呢？这是运用了拟人化的手法。"走""访"二字生动地表达了诗人急不可待地走出房舍，到梅树下去探究春天归否的一片诗情。"昨夜东风入武阳"一句是写春归。人们常说：一夜暖风就染绿了柳梢头。这里"东风"之前冠以"昨夜"二字，意在形容久盼不归的春风，一夜之间就迅速而又静悄悄地来了。然而这还仅仅是表现时节骤然暗换的特点，并没有写出春归的气势来，所以"东风"之后再缀一"入"字，表明春风的到来是排挞而入的。这样就把春归的特点表现得惟妙惟肖了。可见诗人炼字炼句达到了炉火纯青的地步。"陌头杨柳黄金色"一句是写早春的动人景象。全诗至此几经婉转方才暗暗点明诗人终于看到了"春还"这一层意思。"黄金色"是一种嫩嫩的鸭黄之色。春上柳梢，最初并不是绿色，那是因为细嫩的柳尖刚刚钻出，还没有饱受春光的沐浴，因而显得很幼稚，从远处看去便是一种朦胧悦目的灿然金色。近人刘永济说："景物之接于人无私也，而慧眼词人独能得其灵妙……然景物自有精、粗之不同，而感人最深，必其精者。故当其由目入心之际，殆已加以拣择而遗其粗迹；及乎由心出手之时，不过自写吾心之照耳。"（《词论》）可见诗人写早春之色，不用"嫩绿""新绿"等字，完全是出于细心观察又融进了自己喜悦之情所得。总观如上四句，诗人先写"闻道"，再写"走""访"，直至东风荡入之后，方才写所见到的焕然春景，这全是紧扣"春还"二字娓娓写来，细如抽丝地再现了早春姗姗来迟的脚步儿声。

诗的后四句是邀请友人前来醉饮赏春。五、六两句是全诗的承转机杼之句。"碧水浩浩云茫茫"是比兴用法，没有更多的意思，不过是用景语虚引而已。从而自然贯通到"美人不来空断肠"一句上来。既然春已回归，而美人未至，岂不辜负了一片融融春光！为此诗人才说他有"断肠"之恨。称友人为"美人"，亦不过是言思念之切，用这样戏谑俏皮的诗句寄给友人更见友情的亲密。"预拂青山一片石，与君连日醉壶觞"，是说自己已经预先将青山中一片石拂拭干净，只等友人来此痛饮一番。这两句写得尤为精彩。诗人不直言说透"邀请"二字，而是通过丰富的想象，运用了一个动人的细节，便把邀请的殷切之情表达出来了，同时还含有共赏春光之意，这样便与前四句所婉转写出的盼春、迎春之意暗暗沟通了。古人作诗，结句大体不出景结、情结两法。本诗当属予情结。全诗结末一股按捺不住的赏春激情全从"连日醉壶觞"数字一涌而出，足以荡人心魄。

题诗后

【唐】贾岛

两句三年得①，
一吟②双泪流。
知音③如不赏④，
归⑤卧故⑥山秋。

注释

①得：此处指想出来。
②吟：读，诵。
③知音：指了解自己思想情感的好朋友。
④赏：欣赏。
⑤归：回，来。
⑥故：指家乡。

作者名片

贾岛（779—843），字阆（làng）仙，一作浪仙，人称"诗奴"，与孟郊共称"郊寒岛瘦"，汉族，唐朝河北道幽州范阳（今河北涿州）人，唐代诗人，儒客大家。早年出家为

僧，号无本，自号"碣石山人"。贾岛一生穷愁，苦吟作诗，其诗多写荒凉枯寂之境，长于五律，重词句锤炼。与孟郊齐名，后人以"郊寒岛瘦"喻其诗之风格。

译文

这两句诗我琢磨三年才写出，一读起来禁不住两行热泪流出来。

了解我的好朋友如果不欣赏这两句诗，我只好回到以前住过的故乡（山中），在瑟瑟秋风中安稳地睡了。

赏析

贾岛作诗锤字炼句精益求精，布局谋篇也煞费苦心。这首诗就是他视艺术为生命，全身心投入，执着追求完美境界的精神风貌的真实写照。

临江仙①·送钱穆②父

【宋】苏轼

一别都门③三改火④，天涯踏尽红尘。依然一笑作春温⑤。无波真古井⑥，有节是秋筠。

惆怅孤帆连夜发，送行淡月微云。樽前不用翠眉⑦颦⑧。人生如逆旅⑨，我亦是行人。

注释

①临江仙：唐教坊曲，用作词调。此词双调六十字，平韵格。

②钱穆：名勰，又称钱四。元祐三年，因坐奏开封府狱空不实，出知越州（今浙江绍兴）。

③都门：是指都城的城门。

④改火：古代钻木取火，四季换用不同木材，称为"改火"，这里指年度的更替。

⑤春温：是指春天的温暖。

⑥古井：枯井。比喻内心恬静，情感不为外界事务所动。

⑦翠眉：古代妇女的一种眉饰，即画绿眉，也专指女子的眉毛。

⑧颦：皱眉头。

⑨逆旅：旅店。

译 文

自从我们在京城分别一晃又三年，远涉天涯你奔走辗转在人间。相逢一笑时依然像春天般的温暖。你心如古井水不起波澜，高风亮节像极了秋天的竹竿。

我心惆怅因你要连夜分别扬孤帆，送行之时云色微茫月儿淡淡。陪酒的歌妓不用冲着酒杯太凄婉。人生如行旅，人人都是漂泊的旅人，自当随遇而安。无需为离别而哀怨。

赏 析

这是一首赠别词。全词一改以往送别诗词缠绵感伤、哀怨愁苦或慷慨悲凉的格调，创新意于法度之中，寄妙理于豪放之外，议论风生，直抒性情，写得既有情韵，又富理趣，充分体现了作者旷达洒脱的个性风貌。词人对老友的眷眷惜别之情，写得深沉细腻，婉转回互，一波三折，动人心弦。

词的上片写与友人久别重逢。元祐初年，苏轼在朝为起居舍人，钱穆父为中书舍人，气类相善，友谊甚笃。元祐三年穆父出知越州，都门帐饮时，苏轼曾赋诗赠别。岁月如流，此次杭州重聚，已是别后的第三个年头了。三年来，穆父奔走于京城、吴越之间，此次又远赴瀛洲，真可谓"天涯踏尽红尘"。分别虽久，可情谊弥坚，相见欢笑，犹如春日之和煦。更为可喜的是友人与自己都能以道自守，保持耿介风节，借用白居易《赠元稹》诗句来说，即"无波古井水，有节秋竹竿"。作者认为，穆父出守越州，同自己一样，是由于在朝好议论政事，为言官所攻。

以上数句，先从时间着笔，回忆前番离别，再就空间落墨，概述仕宦生涯，接下来抒发作者对仕宦失意、久处逆境所持的达观态度，并用对偶连喻的句式，通过对友人纯一道心、保持名节的赞颂，表明了自己淡泊的心境和坚贞的操守。词的上片既是对友人辅君治国、坚持操守的安慰和支持，也是词人半生经历、松柏节操的自我写照，是词人的自勉自励，寓有强烈的身世之感。明写主，暗寓客；以主慰客，客与主同，表现出作者与友人肝胆相照，志同道合。

词的下片切入正题，写月夜送别友人。"惆怅孤帆连夜发，送行淡月微云"一句，描绘出一种凄清幽冷的氛围，渲染了作者与友人分别时抑郁无欢的心情。

"樽前不用翠眉颦"一句，由哀愁转为旷达、豪迈，说离宴中歌舞相伴的歌妓用不着为离愁别恨而哀怨。这一句，其用意一是不要增加行者与送者临别的悲感，二是世间离别本也是常事，则亦不用哀愁。这二者似乎有矛盾，实则可以统一强抑悲怀、勉为达观这一点上，这符合苏轼宦途多故之后锻炼出来的思想性格。词末二句言何必为暂时离别伤情，其实人生如寄，李白《春夜宴从弟桃花园序》云："夫天地者，万物之逆旅也，光阴者，百代之过客也。"既然人人都是天地间的过客，又何必计较眼前聚散和江南江北呢？词的结尾，以对友人的慰勉和开释胸怀总收全词，既动之以情，又揭示出得失两忘、万物齐一的人生态度。

卜算子①·送鲍浩然②之浙东

【宋】王观

水是眼波横③，山是眉峰聚④。欲⑤问行人⑥去那边？眉眼盈盈处⑦。

才始⑧送春归，又送君归去。若到江南赶上春，千万和春住。

注 释

①卜算子：词牌名。北宋时盛行此曲。
②鲍浩然：生平不详，词人的朋友，家住浙江东路，简称浙东。
③水是眼波横：水像美人流动的眼波。古人常以秋水喻美人之眼，这里反用。
④山是眉峰聚：山如美人蹙起的眉毛。
⑤欲：想，想要。
⑥行人：指词人的朋友（鲍浩然）。
⑦眉眼盈盈处：一说比喻山水交汇的地方，另有说是指鲍浩然前去与心上人相会。
　盈盈，美好的样子。
⑧才始：方才。

作者名片

　　王观（1035—1100），字通叟，生于如皋（今江苏如皋），北宋著名词人。王安石为开封府试官时，他得中科举及第。宋仁宗嘉祐二年（1057），考中进士。其后，历任大理寺丞、江都知县等职，在任时作《扬州赋》，宋神宗阅后大喜，大加褒赏；又撰《扬州芍药谱》一卷，遂被重用为翰林学士净土。

译文

水像美人流动的眼波，山如美人蹙起的眉毛。想问行人去哪里？到山水交汇的地方去。

刚刚把春天送走，又要送你归去。如果你到江南能赶上春天，千万要把春天的景色留住。

赏析

这是一首送别词，词中以轻松活泼的笔调、巧妙别致的比喻、风趣俏皮的语言，表达了作者在越州大都督府送别友人鲍浩然时的心绪。

词的上片着重写人。起首两句，运用风趣的笔墨，把景语变成情语，把送别诗所见自然山水化成有情之物。当这位朋友归去的时候，路上的一山一水，对他都显出了特别的感情。波光漾动的流水是他心上人的眼波，脉脉传情；青黛的山峦是心上人的眉峰，因思念自己而满怀愁怨，眉头都蹙起来了。词人通过这一设想来写出了鲍浩然"之浙东"的心切。

三、四两句点出行人此行的目的：他的去处，是"眉眼盈盈处"。"眉眼盈盈"四字有两层意思：一指江南的山水清丽明秀，有如女子的秀眉和媚眼；二指有着盈盈眉眼的那个人。因此"眉眼盈盈处"，既写了江南山水，也同时写了他要见到的人物。此两句写送别时的一往情深却又含而不露。

最后两句是词人对鲍浩然的祝愿：希望他生活在"春"里。这个"春"既是反映鲜花如锦的春天季节，也喻指他与心上人生活在一起。

问刘十九①

【唐】白居易

绿蚁②新醅③酒，
红泥小火炉。
晚来天欲雪④，
能饮一杯无⑤？

①刘十九：乃其堂兄刘禹铜，系洛阳一富商，与白居易常有应酬。
②绿蚁：指浮在新酿的没有过滤的米酒上的绿色泡沫。
③醅（pēi）：酿造。
④雪：下雪，这里作动词用。
⑤无：表示疑问的语气词，相当于"么"或"吗"。

译 文

酿好了淡绿的米酒，烧旺了小小的火炉。
天色将晚雪意渐浓，能否光顾寒舍共饮一杯暖酒？

赏 析

全诗寥寥二十字，没有深远寄托，没有华丽辞藻，字里行间却洋溢着热烈欢快的色调和温馨炽热的情谊，表现了温暖如春的诗情。

诗句的巧妙，首先是意象的精心选择和巧妙安排。全诗表情达意主要靠三个意象（新酒、火炉、暮雪）的组合来完成。"绿蚁新醅酒"，开门见山点出新酒，由于酒是新近酿好的，未经过滤，酒面泛起酒渣泡沫，颜色微绿，细小如蚁，故称"绿蚁"。诗歌首句描绘家酒的新熟淡绿和浑浊粗糙，极易引发读者的联想，让读者犹如已经看到了那芳香扑鼻、甘甜可口的米酒。次句"红泥小火炉"，粗拙小巧的火炉朴素温馨，炉火正烧得通红，诗人围炉而坐，熊熊火光照亮了暮色降临的屋子，照亮了浮动着绿色泡沫的酒。"红泥小火炉"对饮酒环境起到了渲染色彩、烘托气氛的作用。酒已经很诱人了，而炉火又增添了温暖的情调。诗歌一、二两句选用"新酿酒"和"小火炉"两个极具生发性和暗示性的意象，容易唤起读者对质朴地道的农村生活的情境联想。后面两句："晚来天欲雪，能饮一杯无？"在这样一个风寒雪飞的冬天里，在这样一个暮色苍茫的空闲时刻，邀请老朋友来饮酒叙旧，更体现出诗人那种浓浓的情谊。

其次是色彩的合理搭配。诗画相通贵在情意相契，诗人虽然不能像雕塑家、画家那样直观地再现色彩，但是可以通过富有创意的语言运用，唤起读者相应的联想和情绪体验。这首小诗在色彩的配置上是很有特色的，清新朴实，温热明丽，给读者一种身临其境、悦目怡神之感。诗歌首句"绿蚁"二字绘酒色摹酒状，酒色流香，令人啧啧称美，酒态活现让读者心向目往。次句中的"红"字犹如冬天里的一把火，温暖了人的身子，也温热了人的心窝。"火"字表现出炭火熊熊、光影跃动的情境，更是能够给寒冬里的人增加无限的热量。"红""绿"相映，色味兼香，气氛热烈，情调欢快。第三句中不用摹色词语，但"晚""雪"两字告诉读者黑色的夜幕已经降落，而纷纷扬扬的白雪即将到来。在风雪黑夜的无边背景下，小屋内的"绿"酒"红"炉和谐配置，异常醒目，也格外温暖。

最后是结尾问句的运用。"能饮一杯无"，轻言细语，问寒问暖，贴近心窝，溢满真情。用这样的口语入诗收尾，既增加了全诗的韵味，使其具有空灵摇曳之美，余音袅袅之妙；又创设情境，给读者留下无尽的想象空间。诗人既可能是特意准备新熟家酿来招待朋友的，也可能是偶尔借此驱赶孤居的冷寂凄凉；既可能是在风雪之夜想起了朋友的温暖，也可能是平日里朋友之间的常来常往。而这些，都留给读者去尽情想象了。

通览全诗，语浅情深，言短味长。白居易善于在生活中发现诗情，用心去提炼生活中的诗意，用诗歌去反映人性中的春晖，这正是此诗令读者动情之处。

浪淘沙·把酒祝东风

【宋】欧阳修

把酒①祝东风，且共从容②。垂杨紫陌③洛城东。总是④当时携手处，游遍芳丛。

聚散苦匆匆⑤，此恨无穷。今年花胜去年红。可惜明年花更好，知与谁同？

注 释

①把酒：端着酒杯。
②从容：留恋，不舍。
③紫陌：紫路。
④总是：大多是，都是。
⑤匆匆：形容时间匆促。

作 者 名 片

欧阳修（1007—1072），字永叔，号醉翁，晚号六一居士。吉州永丰（今江西省永丰县）人，因吉州原属庐陵郡，以"庐陵欧阳修"自居。谥号文忠，世称欧阳文忠公。北宋政治家、文学家、史学家，与韩愈、柳宗元、王安石、苏洵、苏轼、苏辙、曾巩合称"唐宋八大家"。后人又将其与韩愈、柳宗元和苏轼合称"千古文章四大家"。

译 文

端起酒杯向东风祈祷，请你再留些时日不要匆匆离去。洛阳城东郊外的小道已是柳枝满垂。都是我们过去携手同游过的芳丛，今天仍要全都重游一遍。

人生总是聚散匆匆，离别的怨恨久久激荡在我的心田。今年的花红胜过去年，明年的花儿肯定会更加美好，可惜不知那时将和谁一起游览？

赏析

词作首先写道："把酒祝东风，且共从容。"这两句源于司空图《酒泉子》中的"黄昏把酒祝东风，且从容。"然而，欧阳修在词中增加了一个"共"字，便有了新意。也就是说，"共从容"如果联系"把酒祝东风"来说，就是风与人而言的。首先，对东风（春风）来说，就是爱惜好东风，以此暗示了要留住美好的光景，以便游赏之意。其次，对人来说，希望人们慢慢游赏，感受这难得的相聚，珍惜着美好的时光。词人接着写道："垂杨紫陌洛城东。""洛城东"指出了游览的地点。"紫陌"指京城郊外的道路。这里，词人描绘的景象是多么的温暖，词人走在京城郊外，暖风吹拂，翠柳飞舞，宜人的天气让人惬意。

上片最后写道："总是当时携手处，游遍芳丛。"这两句中，特别要注意的是"当时"的含义。也就是说，它不仅暗示了词人对过去的回忆，也照应了下片说的"去年"，使"去年"有了落脚处。"芳丛"说明此游主要是赏花。意思是说，都是过去携手同游过的"芳丛"，今天仍要全都重游一遍。词人通过旧地重游来表现了对朋友的情感的深厚和珍惜。

下片是抒情。头两句就是重重的感叹。"聚散苦匆匆"，是说本来就很难聚会，而刚刚会面，又要匆匆作别，这怎么不给人带来无穷的怅恨呢！"此恨无穷"并不仅仅指作者本人而言，也就是说，在亲人朋友之间聚散匆匆这种怅恨，从古到今，以至今后，永远都没有穷尽，都给人带来莫大的痛苦。"黯然销魂者唯别而已矣！"（南朝梁江淹《别赋》）好友相逢，不能久聚，心情自然是非常难受的。这感叹就是对友人深情厚谊的表现。下面三句是从眼前所见之景来抒写别情，也可以说是对上面的感叹的具体说明。

"今年花胜去年红"有两层意思。一是说今年的花比去年开得更加繁盛，看去更加鲜艳，当然希望同友人尽情观赏。说"花胜去年红"，足见作者去年曾同友人来观赏过此花，此与上片"当时"相呼应，这里包含着对过去的美好回忆；也说明此别已经一年，这次是久别重逢。聚会这么不容易，花又开得这么好，本来应当多多观赏，然而友人就要离去，怎能不使人痛惜？这句写的是鲜艳繁盛的景色，表现的却是感伤的心情，正是清代王夫之所说的"以乐景写哀"。

末两句更进一层：明年这花还将比今年开得更加繁盛，可惜的是，自己和友人分居两地，天各一方，明年此时，不知同谁再来共赏此花啊！再进一步说，明年自己也可能离开此地，更不知是谁来此赏花了。把别情熔铸于赏花中，将三年的花加以比较，层层推进，以惜花写惜别，构思新颖，富有诗意，是篇中的绝妙之笔。而别情之重，亦说明同友人的情谊之深。

寄扬州韩绰判官①

【唐】杜牧

青山隐隐水迢迢②，
秋尽江南草未凋③。
二十四桥④明月夜，
玉人⑤何处教吹箫？

注 释

①判官：观察使、节度使的属官。
②迢迢：指江水悠长遥远。一作"遥遥"。
③草未凋（diāo）：一作"草木凋"。凋，凋谢。
④二十四桥：二十四座桥。
⑤玉人：貌美之人。这里是杜牧对韩绰的戏称。一说指扬州歌妓。

作者名片

杜牧（803—约852），字牧之，号樊川居士，汉族，京兆万年（今陕西西安）人，唐代诗人。杜牧人称"小杜"，以别于杜甫。

与李商隐并称"小李杜"。因晚年居长安南樊川别墅，故后世称"杜樊川"，著有《樊川文集》。

译 文

青山隐隐起伏，江水遥远悠长，秋时已尽，江南的草木还未凋落。幽幽清夜，月光笼罩在二十四桥上，老友你在何处教人吹箫？

赏 析

前两句"青山隐隐水迢迢，秋尽江南草未凋。"回忆想象中江南的秋日风光：青山一带，隐现天际，绿水悠长，迢迢不断。眼下虽然已到深秋，但想必温暖的江南草木尚未凋零，仍然充满生机吧。扬州地处长江北岸，但整个气候风物实与江南无异；不少诗人有"烟花三月下扬州""春风十里扬州路"的诗句，说明扬州在当时人的心目中，简直是花团锦簇，四季如春；而诗人此刻正在北方中原地区遥念扬州，因而他自然而然地将扬州视为风光绮丽的"江南"了。"草未凋"与"青山"、绿水组合在一起，正突现了江南之秋明丽高远、生机勃勃的特征。诗人非常怀念繁华的旧游之地，在回忆想象中便赋予扬州以完美。这两句特意渲染山清水秀、草木常绿的江南清秋景色，正是要为下两句想象中的生活图景提供美好的背景。而首句山、水相对，"隐隐""迢迢"迭用，次句"秋尽江南"与"草未凋"之间的转折，更构成了一种抑扬顿挫、悠扬有致的格调，诗人翘首遥思、怀恋繁华旧游的感情也隐约表达出来了。

"二十四桥明月夜，玉人何处教吹箫？"诗的三、四两句美景落到旧日同游好友韩绰身上，点醒寄赠之意，趁此表现出扬州特有的美景佳胜和自己对它的怀念遥想，诗人将回忆之地集中到"二十四桥明月夜"，因为此景最能集中体现扬州风光繁华独绝、浪漫美丽。二十四桥是唐代扬州城内桥梁的总称，"二十四桥明月夜"将活动场所集中在小桥明月，更加突出扬州的"江南"水乡特点，杜牧在扬州作幕的两年中，经常于夜间到十里长街一带征歌逐舞，过着诗酒流连风流放纵的生活。当时韩绰想必也常与诗人一起游赏。于是诗人设问："此时此刻，你在二十四桥中的哪一桥上教歌女伎倡们吹箫作乐、流连忘返呢？""何处"应上"二十四桥"，表现了想象中地点不确定的特点，且以问语隐隐传出悠然神往的意境。这幅用回忆想象织成的月明桥上教吹箫的生活图景，不仅透露了诗人对扬州繁华景象和令风流才子们醉心不已的生活的怀恋，而且借此寄托了对往日旧游之地的思念，重温了彼此同游的情谊；既含蓄地表现了对友人的善意调侃，又对友人现在的处境表示了无限钦慕。

寄黄几复①

【宋】黄庭坚

我居北海君南海，
寄雁②传书谢不能。
桃李春风一杯酒，
江湖夜雨十年灯。
持家但有四立壁③，
治病不蕲④三折肱⑤。
想见⑥读书头已白，
隔溪猿哭瘴溪⑦藤。

注 释

①黄几复：名介，南昌人，是黄庭坚少年时的好友，时为广州四会（今广东四会市）县令。
②"寄雁"句：传说雁南飞时不过衡阳回雁峰，更不用说岭南了。
③四立壁：《史记·司马相如传》："文君夜奔相如，相如驰归成都，家徒四壁立。"
④蕲：祈求。
⑤肱：上臂，手臂由肘到肩的部分，古代有三折肱而为良医的说法。
⑥相见：一作想得。
⑦瘴（zhàng）溪：旧传岭南边远之地多瘴气。溪：文集、明大全本作"烟"。

译 文

我住在北方海滨，而你住在南方海滨，欲托鸿雁传书，它却飞不过衡阳。

当年春风下一同观赏桃李共饮美酒，如今江湖落魄，一别已是十年，我常对着孤灯听着秋雨思念着你。

你支撑生计也只有四堵空墙，艰难至此。古人三折肱后便成良医，我却但愿你不要如此。

想你清贫自守发奋读书，如今头发已白了罢，隔着充满瘴气的山溪，猿猴哀鸣攀缘深林里的青藤。

赏析

黄几复和黄庭坚年少交游，感情很深，在此诗之前，黄庭坚就经常为黄几复写诗，比如《留几复饮》《赠别几复》等。写这首诗时，约莫在神宗元丰八年，那时黄庭坚在山东，黄几复在广东，两人相隔甚远，地处天南海北，已经有多年不曾相见，黄庭坚思友心切，遥想友人，遂作此诗以表思念之情。

起首一句"我居北海君南海"，直接交代两人距离之远，一南一北，究竟相隔多远距离呢？第二句就说那是传书的鸿雁也飞不到的距离，故而鸿雁拒绝传书，拟人化的修辞却将意思表达得更明确生动。两人不但多年不见，想来连书信往来可能都少得可怜，曾经那么要好的朋友，分别这么久，怎么可能不想念呢？想当年青春正好，微风不燥，桃李花开，两人一起在春天的洗礼下喝酒吟诗，转眼间已是相别十年。而生活如此艰难，外面秋雨肆意，诗人只能坐在孤灯前回忆曾经的点点滴滴。

黄几复"持家"，却依旧只有"四立壁"，可见作为一个县的县官，他定然是极其清廉的，家境贫寒，却不在意，只专注于治病与读书。这里的"治病"想来只是一个比喻吧，毕竟黄几复是个官员，而不是一个大夫，故而以"治病"指代"治国"，一个已经有了政绩的官员却始终不能受重用，只能在底层跌跌撞撞的摸爬滚打，这大概是黄庭坚的不忿吧，为朋友的遭遇而感到难过与不平。十年前一起谈天说地的朋友想来依旧是热爱读书的，但却已不复往年模样，头发斑白的他究竟受了多少的苦呢？这样的境遇不免让人感到凄凉，故而最后一句"隔溪猿哭瘴溪藤",营造了这样一种悲凉凄清的氛围,"猿鸣三声泪沾裳",猿啼本就是极为悲凉的声音了。

从这首诗来看,黄庭坚与黄几复的关系定是极好的,黄庭坚对黄几复也是极为欣赏的,因为多年不见,所以甚是想念,而朋友做官清廉、治国有方,又好学专注,但垂垂老矣,却依旧不受朝廷重用,对于这样的遭遇,黄庭坚是深感惋惜,此诗除了深切的思念之外,还寄寓了对友人怀才不遇的不平与愤慨,情真意切、感人肺腑。其中那句"桃李春风一杯酒,江湖夜雨十年灯"更是被奉为经典,对仗工整,语句也颇有深意,在一乐一哀的情景对比中,黄庭坚创造了十分独特的意境,展现了耐人寻味的艺术天地。

客　至
（喜崔明府相过）

【唐】杜甫

舍①南舍北皆春水,
但见②群鸥日日来。
花径③不曾缘客扫,
蓬门④今始为君开。
盘飧市远⑤无兼味⑥,
樽⑦酒家贫只旧醅⑧。
肯⑨与邻翁相对饮,
隔篱呼取尽馀杯⑩。

注 释

①舍:指家。
②但见:只见。此句意为平时交游很少,只有鸥鸟不嫌弃能与之相亲。
③花径:长满花草的小路。
④蓬门:用蓬草编成的门户,以示房子的简陋。
⑤市远:离市集远。
⑥兼味:多种美味佳肴。无兼味,谦言菜少。
⑦樽:酒器。
⑧旧醅:隔年的陈酒。
⑨肯:能否允许,这是向客人征询。
⑩馀杯:余下来的酒。

译 文

草堂的南北绿水缭绕、春意荡漾,只见鸥群日日结队飞来。

　　长满花草的庭院小路没有因为迎客而打扫，只是为了你的到来，我家草门首次打开。

　　离集市太远盘中没好菜肴，家境贫寒只有陈酒浊酒招待。

　　如肯与邻家老翁举杯一起对饮，那我就隔着篱笆将他唤来。

赏析

　　这是一首至情至性的纪事诗，表现出诗人纯朴的性格和好客的心情。作者自注："喜崔明府相过"，可见诗题中的"客"即指崔明府。其具体情况不详，杜甫母亲姓崔，有人认为这位客人可能是他的母姓亲戚。"明府"是唐人对县令的尊称。相"过"即探望、相访。

　　首联先从户外的景色着笔，点明客人来访的时间、地点和来访前夕作者的心境。"舍南舍北皆春水"，把绿水缭绕、春意荡漾的环境表现得十分秀丽可爱，这就是临江近水的成都草堂。"皆"字暗示出春江水势涨溢的情景，给人以江波浩渺、茫茫一片之感。群鸥在古人笔下常常作水边隐士的伴侣，它们"日日"到来，点出环境清幽僻静，为作者的生活增添了隐逸的色彩。"但见"含弦外之音：群鸥固然可爱，而不见其他的来访者，不是也过于单调么！作者就这样寓情于景，表现了他在闲逸的江村中的寂寞心情。这就为贯串全诗的喜客心情，巧妙地做了铺垫。

　　颔联把笔触转向庭院，引出"客至"。作者采用与客谈话的口吻，增强了宾主接谈的生活实感。上句说，长满花草的庭院小路，还没有因为迎客打扫过。下句说，一向紧闭的家门今天才第一次为你打开。寂寞之中，佳客临门，一向闲适恬淡的主人不由得喜出望外。这两句前后映衬，情韵深厚。前句不仅说客不常来，还有主人不轻易延客意，今日"君"来，益见两人交情之深厚，使后面的酣畅欢快有了着落。后句的"今始为"又使前句之意显得更为超脱，补足了首联两句。

　　颈联实写待客。作者舍弃了其他情节，专取最能显示宾主情意的生活场景，着意描画。"盘飧市远无兼味，樽酒家贫只旧醅"，仿佛看到作者迎客就餐、频频劝饮的情景，听到作者因酒菜欠丰盛而感抱歉的话语：因为居住在偏僻之地，距街市较远，所以买不到更多的菜肴，宴席不丰盛。家境贫寒，未酿新酒，只能拿味薄的隔年陈酒来招待你。我们仿佛听到那实在而又亲切的家常话，字里行间充满了融洽气氛。"盘飧"，盘中的菜肴。"飧"，本指熟食，这里泛指菜。"兼味"，菜肴一种叫味，两种以上叫兼味。"旧醅"，旧酿的隔年浊酒。"醅"，未经过滤的酒。古人好饮新酒，所以诗人因旧醅待客而有歉意。

这是一首工整而流畅的七律。前两联写客至，有空谷足音之喜，后两联写待客，见村家真率之情。篇首以"群鸥"引兴，篇尾以"邻翁"陪结。在结构上，作者兼顾空间顺序和时间顺序。从空间上看，从外到内，由大到小；从时间上看，则写了迎客、待客的全过程。衔接自然，浑然一体。但前两句先写日常生活的孤独，从而与接待客人的欢乐情景形成对比。这两句又有"兴"的意味：用"春水""群鸥"意象，渲染出一种充满情趣的生活氛围，流露出主人公因客至而欢欣的心情。

赠卫八处士①

【唐】杜甫

人生不相见，
动如②参与商③。
今夕复何夕，
共此灯烛光。

注 释

① 卫八处士：名字和生平事迹已不可考。处士，指隐居不仕的人；八，是处士的排行。
② 动如：是说动不动就像。
③ 参（shēn）商：二星名。

少壮④能几时，

鬓发各已苍⑤。

访旧⑥半为鬼，

惊呼⑦热中肠。

焉知二十载，

重上君子⑧堂。

昔别君未婚，

儿女忽成行⑨。

怡然敬父执⑩，

问我来何方。

问答未及已⑪，

驱儿⑫罗⑬酒浆。

夜雨⑭剪春韭，

新炊间⑮黄粱⑯。

主⑰称会面难，

一举累⑱十觞。

十觞亦不醉，

感子故意长⑲。

明日隔山岳⑳，

世事㉑两茫茫㉒。

④少壮：年轻力壮的人。

⑤苍：灰白色。

⑥访旧：一作"访问"。

⑦"惊呼"句：有两种理解，一种是见到故友的惊呼，内心感到惊喜，心头热乎乎的；一种是意外的死亡，内心感到震惊，火辣辣的难受。也作"呜呼"。

⑧君子：指卫八处士。

⑨成行（háng）：儿女众多。

⑩父执：意即父亲的挚友。执是接的借字，接友，即常相接近之友。

⑪未及已：一作"乃未已"，还未等说完。

⑫驱儿：一作"儿女"。

⑬罗：罗列酒菜。

⑭"夜雨"句：《琼林》：冒雨剪韭，郭林宗款友情殷。郭林宗自种畦圃，友人范逵夜至，自冒雨剪韭，作汤饼以供之。

⑮间：读去声，掺和的意思。

⑯黄粱：即黄米。新炊是刚煮的新鲜饭。

⑰主：主人，即卫八。

⑱累：接连。

⑲故意长：老朋友的情谊深长。

⑳山岳：指西岳华山。这句是说明天便要分手。

㉑世事：包括社会和个人。

㉒两茫茫：是说明天分手后，命运如何，便彼此都不相知了。

译 文

人生别离不能常相见，就像西方的参星和东方的商星你起我落。

今夜是什么日子如此幸运，竟然能与你挑灯共叙衷情？

青春壮健年少的岁月能有多少，转瞬间你我都已经两鬓如霜。

打听昔日朋友大半都已逝去，我内心激荡不得不连声哀叹。

真没想到阔别二十年之后，还能有机会再次来登门拜访。

当年分别时你还没有结婚成家，倏忽间你已儿女成群。

他们彬彬有礼笑迎父亲挚友，热情地询问我来自什么地方。

还来不及讲述完所有的往事，你就催促儿女快把酒菜摆上。

他们冒着夜雨剪来了青鲜的韭菜，端上新煮的黄米饭让我品尝。

你说难得有这个机会见面，开怀畅饮一连喝干了十几杯。

十几杯酒我也难得一醉呵，谢谢你对故友的情深意长。

明日分别后又相隔千山万水，茫茫的世事真令人愁绪难断。

赏 析

　　这首诗写久别的老友重逢话旧，家常情境、家常话语，娓娓写来，表现了乱离时代一般人所共有的"沧海桑田"和"别易会难"之感，同时又写得非常生动自然，所以向来为人们所爱读。

　　"人生不相见，动如参与商。今夕复何夕，共此灯烛光。"开头四句说，人生旅途常有别离不易相见，就像参星商星实在难得相遇。今夜又是什么吉日良辰，让我们共同在这烛光下叙谈。这几句从离别说到聚首，亦悲亦喜，悲喜交集，把强烈的人生感慨带入了诗篇。诗人与卫八重逢时，安史之乱已延续了三年多，虽然两京已经收复，但叛军仍很猖獗，局势动荡不安，诗人的慨叹，正暗隐着对这个乱离时代的感受。

　　"少壮能几时，鬓发各已苍。访旧半为鬼，惊呼热中肠。"这四句是说，青春壮健年少岁月能有多少，转瞬间你我都已经两鬓如霜。昔日往来的朋友一半已去世，我内心激荡不得不连声哀叹。

久别重逢，彼此容颜的变化自然最引起注意。别离时两人都还年轻，而今俱已鬓发斑白了。由"能几时"引出，对于世事、人生的迅速变化，表现出一片惋惜、惊悸的心情。接着互相问询问亲朋故旧的下落，竟有一半已不在人间了，彼此都不禁失声惊呼，心里火辣辣的难受。按说，杜甫这一年才四十八岁，何以亲故已经死亡半数呢？如果说开头的"人生不相见"已经隐隐透露了一点时代的气氛，那么这种亲故半数死亡，则更强烈的暗示着一场大的干戈乱离。

"焉知二十载，重上君子堂。"没想到我们已分别二十个春秋，今天还能亲临你家里的厅堂。"焉知"二句承接上文"今夕复何夕，共此灯烛光"，诗人故意用反问句式，含有意想不到彼此竟能活到今天的心情。其中既不无幸存的欣慰，又带着深深的伤痛。

前十句主要是抒情。接下去，则转为叙事，而无处不关人世感慨。

"昔别君未婚，儿女忽成行。"这两句是说，相分别时你还没有结婚成家，倏忽间你的子女已成帮成行。随着二十年岁月的过去，此番重来，眼前出现了儿女成行的景象。这里面当然有倏忽之间迟暮已至的喟叹。

"怡然敬父执，问我来何方。问答未及已，驱儿罗酒浆。"这四句是说，他们彬彬有礼笑迎父亲老友，亲切地询问我来自什么地方？还来不及讲述完所有的往事，你就催促儿女快把酒菜摆上。

这四句写出卫八的儿女彬彬有礼、亲切可爱的情态。诗人款款写来，笔端始终流露出一种真挚感人的情谊。这里"问我来何方"一句后，本可以写些路途颠簸的情景，然而诗人只用"问答未及已"一笔轻轻地带过，可见其裁剪精炼之妙。

"夜雨剪春韭，新炊间黄粱。"这两句是说，冒着夜雨剪来了新鲜的韭菜，呈上新煮的黄米饭让我品尝。从中看到处士的热情款待：酒是让儿子立刻去张罗的佳酿，菜是冒着夜雨剪来的春韭，饭是新煮的掺有黄米的香喷喷的二米饭。这自然是随其所有而具办的家常饭菜，体现出老朋友间不拘形迹的淳朴友情。

"主称会面难，一举累十觞。十觞亦不醉，感子故意长。"这四句是说，主人感慨见面的机会太难得，开怀畅饮一连喝干了十几杯。一连喝干了十几杯还没有醉意，令我感动你对老友情深意长。

这四句叙主客畅饮的情形，故人重逢话旧，不是细斟慢酌，而是一连就进了十大杯酒，这是主人内心不平静的表现。主人尚且如此，杜甫心情的激动当然更不待言。"感子故意长"，概括地点出了今昔的感受，总束上文。

"明日隔山岳，世事两茫茫。"末两句是说，明日分别后，又相隔千山万水，茫茫的世事真令人愁绪难断。末两句回应开头的"人生不相见，动如参与商"，暗示着明日之别，悲于昔日之别：昔日之别，今幸复会；明日之别，后会何年？低回深婉，耐人寻味。

诗人是在动乱的年代、动荡的旅途中寻访故人的；是在长别二十年，经历了沧桑巨变的情况下与老朋友见面的，这就使短暂的一夕相会特别不寻常。于是，那眼前灯光所照，就成了乱离环境中幸存的美好的一角；那一夜时光，就成了烽火乱世中带着和平宁静气氛的仅有的一瞬；而荡漾于其中的人情之美，相对于纷纷扰扰的杀伐争夺，更显出光彩。"今夕复何夕，共此灯烛光"，被战乱推得遥远的、恍如隔世的和平生活，似乎一下子又来到眼前。可以想象，那烛光融融、散发着黄粱与春韭香味、与故人相伴话旧的一夜，对于饱经离乱的诗人，是多么值得眷恋和珍重啊。诗人对这一夕情事的描写，正是流露出对生活美和人情美的珍视，它使读者感到结束这种战乱，是多么符合人们的感情与愿望。

这首诗平易真切，层次井然。诗人只是随其所感，顺手写来，便有一种浓厚的气氛。它与杜甫以沉郁顿挫为显著特征的大多数古体诗有别，而更近于浑朴的汉魏古诗和陶渊明的创作；但它的感情内涵毕竟比汉魏古诗丰富复杂，有杜诗所独具的感情波澜，如层漪迭浪，展开于作品内部，是一种内在的沉郁顿挫。

送柴侍御①

【唐】王昌龄

沅水②通波接武冈③，
送君不觉有离伤④。
青山一道同云雨，
明月何曾是两乡⑤。

注 释

①侍御：官职名。
②沅水：源出贵州都匀云雾山，主流在湖南境内，流经湖南黔阳、沅陵、常德等地，至汉寿注入洞庭湖。
③武冈：县名，在湖南省西部。
④离伤：离别的伤感。
⑤两乡：作者与柴侍御分处的两地。

译 文

沅江四处水路相通连接着武冈，送你远行不觉得有离别的伤感。两地的青山同承云朵荫蔽、雨露润泽，同顶一轮明月又何曾身处两地呢？

赏 析

这是一首送别诗，诗人通过乐观开朗的诗词来减轻柴侍御的离愁。而实际上自己却是十分伤感。这种"道是无晴却有晴"的抒情手法，更能表达出诗人浓浓的离愁。

"沅水通波接武冈，送君不觉有离伤"，点出了友人要去的地方，语调流畅而轻快，"流水"与"通波"蝉联而下，显得江河相连，道无艰阻，再加上一个"接"字，更给人一种两地比邻相近之感，这是为下一句作势。龙标、武冈虽然两地相"接"，但毕竟是隔山隔水的"两乡"。

"青山一道同云雨，明月何曾是两乡"，运用灵巧的笔法，一句肯定，一句反诘，反复致意，恳切感人。也承接了一二句，表达出了诗人的思念之情。如果说诗的第一句意在表现两地相近，那么这两句更是云雨相同，明月共睹，这种迁想妙得的诗句，既富有浓郁的抒情韵味，又有它鲜明的个性。

读者可以感到诗人未必没有"离伤"，但是为了宽慰友人，也只有将"离伤"强压心底，不让自己的"离伤"感染对方。更可能是对方已经表现出"离伤"之情，才使得工于用意、善于言情的诗人用乐观开朗又深情婉转的语言，以减轻对方的离愁。这是更体贴、更感人的友情。正是如此，"送君不觉有离伤"，更能让人感到无比的亲切和难得的深情。

这首诗通过想象来创造各种形象，以化"远"为"近"，使"两乡"为"一乡"。语意新颖，出人意料，然亦在情理之中，因为它蕴涵的正是人分两地、情同一心的深情厚谊。而这种情谊也是别后相思的种子。又何况那青山云雨、明月之夜，更能撩起诗人对友人的思念，一面是对朋友的宽慰，另一面已将深挚不渝的友情和别后的思念渗透在字里行间了。

送人东游

【唐】温庭筠

荒戍①落黄叶，
浩然②离故关。
高风汉阳渡③，
初日郢门山④。
江⑤上几人在，
天涯孤棹⑥还。
何当⑦重相见，
樽酒⑧慰离颜⑨。

注 释

① 荒戍：荒废的边塞营垒。
② 浩然：意气充沛、豪迈坚定的样子，指远游之志甚坚。《孟子·公孙丑下》："予然后浩然有归志。"
③ 汉阳渡：湖北汉阳的长江渡口。
④ 郢门山：位于今湖北宜都县西北长江南岸，即荆门山。
⑤ 江：指长江。几人：犹言谁人。
⑥ 孤棹：孤舟。棹：原指划船的一种工具，后引申为船。
⑦ 何当：何时。
⑧ 樽酒：犹杯酒。樽：古代盛酒的器具。
⑨ 离颜：离别的愁颜。

作者名片

温庭筠（约812—866），本名岐，字飞卿，太原祁（今山西祁县东南）人。富有天才，文思敏捷，每入试，押官韵，八叉手而成八韵，所以也有"温八叉"之称。然恃才不羁，又好讥刺权贵，多犯忌讳，取憎于时，故屡举进士不第，长被贬抑，终生不得志。官终国子助教。精通音律。工诗，与李商隐齐名，时称"温李"。其诗辞藻华丽，秾艳精致，内容多写闺情。其词艺术成就在晚唐诸词人之上，为"花间派"首要词人，对词的发展影响较大。在词史上，与韦庄齐名，并称"温韦"。存词七十余首。后人辑有《温飞卿集》及《金奁集》。

译文

荒弃的营垒上黄叶纷纷飘落，你心怀浩气、远志告别了古塞险关。

汉阳渡水急风高，郢门山朝阳之下景象万千。

江东亲友有几人正望眼欲穿，等候着你的孤舟从天涯回还。

什么时候我们才能再次相见，举杯畅饮以抚慰离人的愁颜。

赏析

此诗写送别，"浩然离故关"一句确立了诗的基调，由于离人意气昂扬，就使得黄叶飘零、天涯孤棹等景色显得悲凉而不低沉，因而慷慨动人。诗的最后一句透露出依依惜别的情怀，虽是在秋季送别，却无悲秋的凄楚。全诗意境雄浑壮阔，慷慨悲凉，有秋景而无伤秋之情，与人别而不纵悲情，毫无作者"花间词派"婉约纤丽的文风。

　　诗人在秋风中送别友人，倍感凄凉，对友人流露出关切，表现了两人深厚的友谊。这首诗意境悲凉雄壮，情真意切，质朴动人。

　　关于此诗的发端，清人沈德潜曰："起调最高。"（《唐诗别裁》）按首句，地点既傍荒凉冷落的古堡，时令又值落叶萧萧的寒秋，此时此地送友人远行，那别绪离愁，的确令人难以忍受。然而次句诗思却陡然一振："浩然离故关"——友人此行，心怀浩气而有远志。气象格调，自是不凡。

　　"高风汉阳渡，初日郢门山。"两句互文，意为：初日高风汉阳渡，高风初日郢门山。初日，点明送别是在清晨。汉阳渡，长江渡口，在今湖北省武汉市；郢门山，位于湖北宜都市西北长江南岸。两地一东一西，相距千里，不会同时出现在视野之内，这里统指荆山楚水，从而展示辽阔雄奇的境界，并以巍巍高山、浩浩大江、飒飒秋风、杲杲旭日，为友人壮行色。

　　"江上几人在，天涯孤棹还。"两句仿效李白"孤帆远影碧空尽，唯见长江天际流。"（《黄鹤楼送孟浩然之广陵》）而赋予两重诗意：诗人一面目送归舟孤零零地消失在天际，一面遥想江东亲友大概正望眼欲穿，切盼归舟从天际飞来。几人，犹言谁人。"江上几人在"，想象归客将遇见哪些故人，受到怎样的接待，是对友人此后境遇的关切；诗人早年曾久游江淮，此处也寄托着对故交的怀念。

　　"何当重相见，樽酒慰离颜。"写当此送行之际，友人把酒言欢，开怀畅饮，设想他日重逢，更见依依惜别之情意。

　　这首诗逢秋而不悲秋，送别而不伤别。如此离别，在友人，在诗人，都不曾引起更深的愁苦。诗人只在首句稍事点染深秋的苍凉气氛，便大笔挥洒，造成一个山高水长、扬帆万里的辽阔深远的意境，于依依惜别的深情之中，回应上文"浩然"，前后紧密配合，情调一致。结尾处又突然闪出日后重逢的遐想。论时间，一笔宕去，遥遥无期；论空间，则一勒而收，从千里之外的"江上"回到眼前，构思布局的纵擒开合，是很见经营的。

宿骆氏亭寄怀崔雍崔衮①

【唐】李商隐

竹坞②无尘水槛③清，
相思迢递隔重城。
秋阴不散霜飞晚④，
留得枯荷听雨声。

注 释

① 崔雍、崔衮：崔戎的儿子，李商隐的从表兄弟。
② 竹坞（wù）：丛竹掩映的池边高地。
③ 水槛（jiàn）：指临水有栏杆的亭榭。此指骆氏亭。
④ 秋阴不散霜飞晚：秋日阴云连日不散，霜期来得晚。

作者名片

李商隐（约813—858），字义山，号玉溪（谿）生、樊南生，唐代著名诗人，祖籍河内（今河南省焦作市）沁阳，出生于郑州荥阳。他擅长诗歌写作，骈文文学价值也很高，是晚唐最出色的诗人之一，和杜牧合称"小李杜"，与温庭筠合称为"温李"，因诗文与同时期的段成式、温庭筠风格相近，且三人都在家族里排行第十六，故并称为"三十六体"。其诗构思新奇，风格秾丽，尤其是一些爱情诗和无题诗写得缠绵悱恻，优美动人，广为传诵。

译 文

骆氏亭外竹林环绕，雨后亭外景物焕然一新。相思之情飞向远方，却隔着重重的高城。

深秋的天空一片阴霾，霜飞的时节也来迟了。水中的荷叶早已凋残，只留了几片枯叶供人聆听雨珠滴响的声音。

赏析

　　首句写骆氏亭。"竹坞"是竹林怀抱隐蔽的船坞，"水槛"指傍水的有栏杆的亭轩，也就是题中的"骆氏亭"。清澄的湖水、翠绿的修竹，把这座亭轩映衬得格外清幽雅洁。"无尘"和"清"，正突出了骆氏亭的这个特点，可以想见诗人置身其间时的那种远离尘嚣之感。幽静清寥的境界，每每使人恬然自适；但对于有所思念、怀想的人来说，又往往是牵引思绪的一种触媒：或因境界的清幽而倍感孤寂，或因没有好朋友共赏幽胜而感到惆怅。这两句由清幽的景色到别后的相思，其间虽有跳跃，但并不突兀，原因就在于景与情之间存在相辅相成的内在联系。诗人眼下所宿的骆氏亭和崔氏兄弟所居的长安，中间隔着高峻的城墙。"迢递"一词有"高""远"二义，这里用"高"义。"重城"即高城。由于"迢递隔重城"，所以深深怀念对方；而思念之深，又似乎缩短了彼此间的距离。诗人的思念之情宛如随风飘荡的游丝，悠悠然越过高高的城墙，飘向友人所在的长安。"隔"字在这里不只是表明"身隔"，而且曲折地显示了"情通"。这正是诗歌语言在具体条件下常常具有的一种妙用。

　　第三句又回到眼前景物上来："秋阴不散霜飞晚。"时令已届深秋，但连日天气阴霾，孕育着雨意，所以霜也下得晚了。诗人是旅途中暂宿骆氏亭，此地近一段时期的天气，自然是出自揣测，这揣测的根据就是"秋阴不散"与"留得枯荷"。这一句一方面为末句伏根，另一方面又兼有渲染气氛、烘托情绪的作用。阴霾欲雨的天气，四望一片迷蒙，本来就因相思而耿耿不寐的人，心情不免更加黯淡，而这种心情反过来又增加相思的浓度。

　　末句是全篇的点睛之笔。但要领略诗句所蕴含的情趣，却须注意从"秋阴不散"到盼"雨"的整个过程。秋叶听雨打枯荷的况味，诗人想已不止一次领略过。淅沥的秋雨洒落在枯荷上，发出一片错落有致的声响，别具一种美的情趣。看来倒是"秋阴不散霜飞晚"的天气特意作美了。枯荷给人一种残败衰飒之感，本无可"留"的价值；但秋雨的到来就不同了，自己这样一个旅宿思友、永夜不寐的人，因为能聆听到枯荷秋雨的清韵而略慰相思、稍解寂寞，所以反而庆幸枯荷之"留"了。"留""听"二字写情入微，其中就有着不期而遇的喜悦。"听雨声"自然是夜宿的缘故，但主要还是由于"听雨声"蕴含有一种特有的意境和神韵。这"听雨"竟有一种特别的美感，久听之后，这单调而凄清的声音却又更增加了环境的寂寥，从而更加深了对朋友的思念。

竹窗闻风寄苗发司空曙①

【唐】李益

微风惊暮坐，
临牖②思悠哉。
开门复动竹，
疑是故人③来。
时滴枝上露，
稍沾④阶下苔。
何当⑤一入幌，
为拂绿琴埃。

注 释

①苗发、司空曙：唐代诗人，李益的诗友，都名列"大历十才子"。
②临牖（yǒu）：靠近窗户。牖，窗户。
③故人：旧交；老友。《庄子·山木》："夫子出于山，舍于故人之家。"
④沾：一作"沿"。苔（tái）：苔藓。
⑤何当：犹何日，何时。《玉台新咏·古绝句一》："何当大刀头，破镜飞上天。"幌（huǎng）：幔帐，窗帘。

作者名片

李益（约750—约830），字君虞，祖籍凉州姑臧（今甘肃武威市凉州区），后迁河南郑州。大历四年

（769）进士，初任郑县尉，久不得升迁，建中四年（783）登书判拔萃科。因仕途失意，后弃官在燕赵一带漫游。以边塞诗作名世，擅长绝句，尤其工于七绝。

译 文

傍晚独坐被微风的响声惊动，临窗冥想思绪悠然远飘天外。

微风吹开院门又吹动了竹丛，让人怀疑是旧日的朋友到来。

枝叶上的露珠不时因风滴落，渐渐润泽了阶下暗生的青苔。

风什么时候能掀开窗帘进屋，为我拭去绿琴上久积的尘埃。

赏 析

诗题曰《竹窗闻风寄苗发司空曙》，诗中最活跃的形象便是傍晚骤来的一阵微风。"望风怀想，能不依依"（李陵《答苏武书》）。风，是古人常用来表示怀念、思恋的比兴之物，"时因北风，复惠德音"表现了对故友的怀念；"故马依北风，越鸟巢南枝"又为对故园的思恋。又，风又常用以象征美好、高尚。孟子云："君子之德，风也。"因风而思故人，借风以寄思情，是古已有之的传统比兴。此诗亦然。这微风便是激发诗人思绪的触媒，是盼望故人相见的寄托，也是结构全诗的线索。

全篇紧紧围绕"闻风"二字进行艺术构思。前面写临风而思友、闻风而疑来。"时滴"二句是流水对，风吹叶动，露滴沾苔，用意还是写风。入幌拂埃，也是说风，是浪漫主义的遐想。绿琴上积满尘埃，是由于寂寞无心绪之故，期望风来，拂去尘埃，重理丝弦，以寄思友之意。诗中傍晚微风是实景，"疑是故人"属遐想；一实一虚，疑似恍惚；一主一辅，交织写来，绘声传神，引人入胜。而于风着力写其"微"，于己极显其"惊""疑"，于故人则深寄之"悠思"。因微而惊，因惊而思，因思而疑，因疑而似，因似而望，因望而怨，这一系列细微的内心感情活动，随风而起，随风递进，交相衬托，生动有致。全诗构思巧妙，比喻维肖，描写细致。可以说，这首诗的艺术魅力实际上并不在以情动人，而在以巧取胜，以才华令人赏叹。全诗共用了九个动词，或直接写风的动，或因风而动，如：惊、思、开、动、疑、滴、沾、入、拂。但又都是以"寄（思）"为暗线的，如影之随形，紧紧相连。这正是诗人的匠心所在，也是此诗有极大的艺术魅力的重要原因之一。

秋夜寄丘二十二员外①

【唐】韦应物

怀君属②秋夜，
散步咏凉天。
空山松子③落，
幽人④应未眠。

注释

① 丘二十二员外：名丹，苏州人，曾拜尚书郎，后隐居临平山上。丘一作"邱"。
② 属：正值，适逢，恰好。
③ 松子：又名松实、果松子、海松子，是松科植物红松等的种子。
④ 幽人：幽居隐逸的人，悠闲的人，此处指丘员外。

译文

在这秋夜我心中怀念着你，一边散步一边咏叹这初凉的天气。寂静的山中传来松子落地的声音，遥想你应该也还未入睡。

赏析

此诗表达作者在秋夜对隐居朋友的思念之情。全诗不以浓烈的字词吸引读者，而是从容落笔，浅浅着墨，语淡而情浓，言短而意深，格调古朴雅致、安闲恬淡，给人玩味不尽的艺术体验。

如果就构思和写法而言，这首诗还另有其值得拈出之处。它是一首怀人诗。

前半部分写诗人自己，即怀念友人之人；后半部分写正在临平山学道的丘丹，即诗人所怀念之人。首句"怀君属秋夜"，点明季节是秋天，时间是夜晚，而这"秋夜"之景与"怀君"之情，正是彼此衬映的。次句"散步咏凉天"，承接自然，全不着力，而紧扣上句。"散步"是与"怀君"相照应的，"凉天"是与"秋夜"相绾合的。这两句都是写实，写出了作者因怀人而在凉秋之夜徘徊沉吟的情景。

接下来，作者不顺情抒写、就景描述，而把诗思飞驰到了远方，在三、四两句中，想象所怀念之人在此时、彼地的状况。而这三、四两句又是紧扣一、二两句的。第三句"空山松子落"，遥承"秋夜""凉天"，是从眼前的凉秋之夜推想临平山中今夜的秋色。第四句"幽人应未眠"，则遥承"怀君""散步"，是从自己正在怀念远人、徘徊不寐，推想对方应也未眠。这两句出于想象，既是从前两句生发，而又是前两句诗情的深化。从整首诗看，作者运用写实与虚构相结合的手法，使眼前景与意中景同时并列，使怀人之人与所怀之人两地相连，进而表达了异地相思的深情。

南乡子①·和杨元素时移守密州

【宋】苏轼

东武②望余杭③，云海天涯两渺茫。何日功成名遂了，还乡，醉笑陪公三万场。

不用诉离觞，痛饮从来别有肠。今夜送归灯火冷，河塘④，堕泪羊公却姓杨。

注 释

①南乡子：词牌名，唐教坊曲。
②东武：密州治所，今山东诸城。
③余杭：杭州。
④河塘：指沙河塘，在杭州城南五里，宋时为繁荣之区。

译 文

东武和余杭两地相望，远隔天涯云海茫茫。什么时候才能功成名就，衣锦还乡，到那时我定与你同笑长醉三万场。

不用像世俗的样子用酒来诉说离情别绪，痛快的饮宴从来都另有缘由。酒阑人散，拿着残灯送你归去，走过河塘，恍惚间见落泪如羊祜的却是你杨元素啊。

赏 析

"东武望余杭，云海天涯两渺茫。"表达别后思念之情。起句便写密州、杭州相隔天涯，相望渺茫，颇有黯然别情。接下来两句却让人看尽世人的悲哀。为什么有思念，为什么有无可奈何，为什么有离殇有堕泪，原来只为心中还存了一点功名的热望，总想现在的劳累奔波，或许有个指望，可能有些许盼头。

"何日功成名遂了"，到时"还乡"，这和衣锦还乡是一个道理的。背井离乡，亲朋相识却不得见数载经年，一切的一切求一个功成名遂再还乡，然后好好坐下，酒到杯干，细数这些年来的如意不如意，"陪公三万场"，将缺失的岁月再补回、再重拾、再追忆。这里既有不舍之情、别后思念之意，更有一番豁达豪迈之气。

"不用诉离觞，痛饮从来别有肠。"则劝好友不必戚戚于黯然离别之情。"不用诉离殇，"词人对给他饯行的杨绘说，"痛饮从来别有肠。"是豪迈还是离愁百转千回，完全不必费神分辨。离殇从来是不用诉，诉不出的。痛哭也好微笑也罢，不同的人的表露方式从来都是不一样的。此句写出了以酒化情、千言万语的别情尽在心肠千回百转，看似豪迈，实则深藏凄然别情，看似凄然，却有铿锵有力。这般矛盾的劝酒之词，可谓妙绝。

"今夜送归灯火冷，河塘。"这两句描绘了一幅凄清冷肃的送归图，河塘夜色，灯火已残，斯人独行月下。这是七月的事情了，那时的河塘边当有蛙鸣声做伴。苏轼擅书画，赫赫有名的宋四家居首，才华横溢，可是宦海沉浮，身不由己。一把辛酸泪，到底难以掩饰，痛饮到了最后，也没能硬生生逼住眼底的热气。"堕泪羊公却姓杨"，则是以杨绘比羊祜了，表达出对友人的赞赏，反映了作者与友人的情谊。以友人堕泪收尾，辛酸而止，言虽尽而别情悠悠无尽。

此词上片想象与友人两地相望的情景以及功成还乡的愿望，表达别后思念之情；下片表示不以世俗的方式来表达离情别绪，并写出了对友人的赞赏之情。该词真情勃郁，又巧妙地将想象、写景、用典等手法结合起来，是一篇即席惜别的佳作。

赠孟浩然

【唐】李白

吾爱孟夫子①，
风流②天下闻。
红颜③弃轩冕④，
白首⑤卧松云。
醉月频中圣⑥，
迷花⑦不事君⑧。
高山⑨安可仰，
徒此揖清芬。

注释

①孟夫子：指孟浩然。夫子，一般的尊称。
②风流：古人以风流赞美文人，主要是指有文采，善词章，风度潇洒，不钻营苟且等。
③红颜：指孟浩然青少年时期。
④轩冕：古时大夫以上官员乘坐的车子和官服，后用以代指官位爵禄。
⑤白首：白头，指老年。
⑥中圣："中圣人"的简称，即醉酒。
⑦迷花：迷恋花草，此指陶醉于自然美景。
⑧事君：侍奉皇帝。
⑨高山：言孟品格高尚，令人敬仰。

译 文

我非常敬爱孟老夫子，他为人高尚，风流倜傥，闻名天下。

少年时鄙视功名不爱官冕车马，高龄白首又归隐山林，摒弃尘杂。

明月夜常常饮酒醉得非常高雅，他不事君王，迷恋花草，胸怀豁达。

高山挺立自叹不可攀，只有跪拜赞美你高洁。

赏 析

李白的律诗，不屑为格律所拘束，而是追求古体的自然流走之势，直抒胸臆，透出一股飘逸之气。前人称"太白于律，尤为古诗之遗，情深而词显，又出乎自然，要其旨趣所归，开郁宣滞，特于风骚为近焉。"（《李诗纬》）《赠孟浩然》这首诗就有这样的特色。

首先看其章法结构。首联即点题，揭出"吾爱"二字，亲切挚恳，言由心出，一片真情掩蔽全篇，抒发了对孟浩然的钦敬爱慕之情。"孟夫子"，点出所爱之人，扣紧题目。孟浩然比李白长十二岁，年岁既长，襟怀磊落，生性潇洒，诗才又特出，自然令李白仰慕钦敬，所以才以"夫子"相称。"夫子"非章句腐儒，那是作者鄙夷不齿的。这是对孟浩然倜傥狂放生涯的赞誉，果然，下面便补充道："风流天下闻"。一个"爱"字是贯串全诗的抒情线索。"风流"指浩然潇洒清远的风度人品和超然不凡的文学才华。这一联提纲挈领，总摄全诗。到底如何风流，就要看中间二联的笔墨了。

中二联好似一幅高人隐逸图，勾勒出一个高卧林泉、风流自赏的诗人形象。作者集中笔墨刻画这位儒雅悠闲的"孟夫子"形象："红颜弃轩冕，白首卧松云"。"红颜"对"白首"，当是概括了孟浩然漫长的人生旅程，"轩冕"对"松云"，则象征着仕途与隐遁，象征着富贵与淡泊。一边是达官贵人的车马冠服，一边是高人隐士的松风白云，浩然宁弃仕途而取隐道，通过这一弃一取的对比，突出了他的高风亮节。"白首"句着一"卧"字，活画出人物风神散朗、寄情山水的高致。如果说颔联是从纵的方面写孟浩然的生平，那么颈联则是在横的方面写他的隐居生活。在皓月当空的清宵，他把酒临风，往往至于沉醉，有时则于繁花丛中，流连忘返。颔联采取由反而正的写法，即由弃而取，颈联则自正及反，由隐居写到不事君。纵横正反，笔姿灵活。

中二联是在形象描写中蕴含敬爱之情，尾联则又回到了直接抒情，感情进一步升华。浩然不慕荣利、自甘淡泊的品格已写得如此充分，在此基础上将抒情加深加浓，推向高潮，就十分自然，如水到渠成。仰望高山的形象使敬慕之情具体化了，但这座山太巍峨了，因而有"安可仰"之叹，只能在此向他纯洁芳馨的品格拜揖。这样写比一般写仰望又翻进了一层，是更高意义上的崇仰，诗就在这样的赞语中结束。

其次诗在语言上也有自然古朴的特色。首联看似平常，但格调高古，萧散简远。它以一种舒展的唱叹语调来表达诗人的敬慕之情，自有一种风神飘逸之致、疏朗古朴之风。尾联也具有同样风调。中二联不斤斤于对偶声律，对偶自然流走，全无板滞之病。谢榛《四溟诗话》曾谓，"红颜"句与"迷花"句，"两联意颇相似"，其中运用"互体"，耐人寻味："弃轩冕""卧松云"是一个事情的两个方面。这样写，在自然流走之中又增加了摇曳错落之美。诗中用典，融化自然，不见斧凿痕迹。如"中圣"用曹魏时徐邈的故事，他喜欢喝酒，将清酒叫做圣人，浊酒叫做贤人，"中圣"就是喝醉酒之意，与"事君"构成巧妙的对偶。"高山"一句用了《诗经·小雅·车舝》中"高山仰止，景行行止"的典故，后来司马迁又在《孔子世家》中用来赞美孔子。这里既是用典，又是形象描写，即使不知其出处，也仍能欣赏其形象与诗情之美。而整个诗的结构采用抒情——描写——抒情的方式。开头提出"吾爱"之意，自然地过渡到描写，揭出"可爱"之处，最后归结到"敬爱"。依感情的自然流淌结撰成篇，所以像行云流水般舒卷自如，表现出诗人率真自然的感情。

留别王维

【唐】孟浩然

寂寂①竟何待②，
朝朝空自③归。
欲寻芳草去④，
惜与故人违⑤。
当路⑥谁相假⑦，
知音⑧世所稀。
只应守寂⑨寞，
还掩故园⑩扉⑪。

注释

①寂寂：落寞。
②竟何待：要等什么。
③空自：独自。
④欲寻芳草去：意思是想归隐。芳草，香草，常用来比喻有美德的人。
⑤违：分离。
⑥当路：当权者。
⑦假：提携。
⑧知音：知己。
⑨寂：一作"索"。
⑩故园：旧家园；故乡。唐骆宾王《晚憩田家》诗："唯有寒潭菊，独似故园花。"
⑪扉：门扇。

译文

这样寂寞还等待着什么？天天都是怀着失望而归。
我想寻找幽静山林隐去，又可惜要与老朋友分离。
当权者有谁肯能援引我，知音人在世间实在稀微。
只应该守寂寞了此一生，关闭上柴门与人世隔离。

赏析

这首诗抒发了诗人由于没人引荐，缺少知音而失意的哀怨情怀。全诗表达直率，语言浅显，怨怼之中又带有辛酸意味，感情真挚动人，耐人寻味。

首联写自己落第后的景象：门前冷落，车马稀疏。"寂寂"两字既是写实，又是写虚，既表现了门庭的景象，又表现了作者的心情。一个落第士子，又有谁来理睬，又有谁来陪伴？只有孤单单地"空自归"了。在这种情形下，长安虽好，也没有什么可留恋的。他考虑到返回故乡了，"竟何待"正是他考试不中必然的想法。

颔联写惜别之情。"芳草"一词源自《离骚》，王逸认为用以比喻忠贞，而孟浩然则用以代表自己归隐的理想。"欲寻芳草去"，表明他又考虑归隐了。"惜与故人违"，表明了他同王维友情的深厚。一个"欲"字，一个"惜"字，充分地显示出作者思想上的矛盾与斗争，从这个思想活动里，却深刻地反映出作者的惜别之情。

"当路谁相假，知音世所稀"两句，说明归去的原因。语气沉痛，充满了怨怼之情、辛酸之泪。一个"谁"字，反诘得颇为有力，表明他切身体会到世态炎凉、人情如水的滋味。能了解自己心事、赏识自己才能的人，只有王维，这的确是太少了。一个"稀"字，准确地表达出知音难遇的社会现实。这在封建社会里是具有典型意义的。

颈联是全诗的重点，就是由于这两句，使得全诗才具有一种强烈的怨怼、愤懑的气氛。真挚的感情、深刻的体验，是颇能感动读者的，特别是对于那些有类似遭遇的人，更容易引起共鸣。如果再从结构上考虑，这一联正是全诗的枢纽。由落第而思归，由思归而惜别，从而在感情上产生了矛盾，这都是顺理成章的。只是由于体验到"当路谁相假，知音世所稀"这一冷酷的现实，自知功名无望，才下定决心再回襄阳隐居。这一联正是第四联的依据。

"只应守寂寞，还掩故园扉"，尾联表明了归隐的坚决。"只应"二字，是耐人寻味的，它表明了在作者看来归隐是唯一应该走的道路。也就是说，赴都应举是人生道路上的一场误会，所以决然地"还掩故园扉"了。

综观全诗，既没有优美的画面，又没有华丽辞藻，语句极其平淡。对偶也不求工整，却极其自然，毫无斧凿痕迹。然而却把落第后的心境表现得淋漓尽致，颇为感人。言浅意深，颇有余味，耐人咀嚼。

碧涧别墅①喜皇甫②侍御相访

【唐】刘长卿③

荒村带返照④，
落叶乱纷纷。
古路⑤无⑥行客，
寒山独见君⑦。
野桥经雨断，
涧水向田分。
不为怜同病⑧，
何人到白云⑨。

注释

①碧涧（jiàn）别墅：诗人所居别墅，在长安城东灞陵。
②皇甫（fǔ）侍御：即皇甫曾，宫殿中侍御史，诗人好友。时贬为舒州司马。
③刘长卿：时因得罪观察使，贬为睦州司马。
④返照：夕阳的余晖。
⑤古路：乡村古道。
⑥无：没有。
⑦君：指皇甫侍御。
⑧怜同病：同病相怜，诗中用以表明与友人志同道合的心迹。
⑨白云：代指刘长卿住处。

作者名片

刘长卿（约726—786），字文房，河间（今河北河间）人，唐代诗人。开元进士。大历年间，官至鄂岳转运留后，为观察使诬奏下狱。官终随州刺史，"刘随州"之称即由此而来。刘长卿在上元、宝应年间以诗驰名，其诗多表现贬谪漂流的感慨、山水隐逸的闲情，以及怀古伤今。尤工五律，成就卓越，曾自言"五言长城"。著有《刘随州诗集》。

译文

荒凉的村落映照着淡淡的夕阳，纷飞的落叶在脚下乱成一片。

空荡荡的古道上再没有别的行人。冷清清的山脚下，唯一见到的就是你熟悉的身影。

前些时候下了一场大雨，把那座简陋的小桥给冲垮了，溪涧的水暴涨起来，不少田亩都遭淹没。

哎，要不是顾惜深厚的知己情谊，在这种时候，谁还会跑到这白云出没的山野来啊。

赏析

"荒村带返照，落叶乱纷纷。"起首二句竭力渲染深秋时节的萧瑟气氛：在荒僻的山村，一抹夕阳斜照着，树上的秋叶纷纷坠落，境界荒凉。诗人此时年逾花甲，也已到了人生的黄昏、生命的秋天。他一生坎坷，因不畏权贵，晚景凄凉，所以面对晚秋夕阳，心头自是感慨万端。秋色衰飒，落叶纷乱，是他心境不能平静的写照。首联描绘荒村返照、落叶纷纷和萧条景象，烘托了颔联友人来访的温暖和可贵。

正值内心思绪繁杂时，"古路无行客，寒山独见君"，他望见平日无人影迹的绵远古道上，自己的友人竟然孤身来访。"古路"与"寒山"极力渲染自己居处幽僻，人迹罕至，也言门前冷落，无人造访。诗人相识虽多，如今遭逢不幸，被诬贬谪，又居处山野，古道难行，唯有皇甫侍御却不避秋寒，甘冒风霜，攀山越岭来访。一个"独"字，足显出二个相知相念的深挚情谊，显出诗人内心激荡着喜悦之情。淡笔写来，上下二句对比，更显示人事寂寥中友情的可贵。

颈联"野桥经雨断，涧水向田分"，以野桥上承荒村、古道，又点出友人来访时的气候特征：一场秋雨之后，山野小桥被大水冲断，山涧中溪水暴涨，溢向岸边田地。而友人却不顾山路泥泞而来，引出下边"不为怜同病，何人到白云"。诗人与皇甫侍御乃是志气相投、同病相怜。尽管诗人幽居白云深处，与世隔绝，友人依然与他心息相通。语感既有欣喜，又有感慨。喜的是友人来访、知己重逢，同时又为二人同病相怜的意遇嘘唏慨叹。

全诗表现了对友人过访的惊喜。一个"喜"字说明，好友皇甫侍御来访的深情在刘长卿的心头荡漾，涌起了无限的感激之情。诗人精于造境，诗中先写荒寒、凄寂的晚景以此表现来客之稀，再写路途之难以见来客之情真。然诗中于衰败落景描写中，也写出了自己栖隐中失意的心境与避世心态，诗人写友人独能于此中寻找自己。他仿佛已能从中体会主人这一心绪，这则突出了他们之间共同旨趣，诗人以审美的态度将这一同病相怜的心理表现极有诗意。从艺术上说，含蓄蕴藉，不着痕迹，含感激与感慨之情于言外，是这首诗的魅力所在。除此之外，诗中所绘景物荒寂凄冷，但情味恬淡，意境幽清。

云阳①馆与韩绅②宿别③

【唐】司空曙

故人江海④别，
几度⑤隔山川。
乍⑥见翻⑦疑梦，
相悲各问年⑧。
孤灯寒照雨，
深竹⑨暗浮烟。

注 释

①云阳：县名，县治在今陕西泾阳县西北。

②韩绅：韩愈的四叔名绅卿，与司空曙同时，曾在泾阳任县令。

③宿别：同宿后又分别。

④江海：指上次的分别地，也可理解为泛指江海天涯，相隔遥远。

⑤几度：几次，此处犹言几年。

⑥乍：骤，突然。

⑦翻：反而。

⑧年：年时光景。

⑨深竹：一作"湿竹"。

更有明朝恨，

离杯⑩惜共传⑪。

⑩离杯：饯别之酒。杯，酒杯，此代
指酒。
⑪共传：互相举杯。

译文

自从和老友在江海分别，隔山隔水已度过多少年。
突然相见反而怀疑是梦，悲伤叹息互相询问年龄。
孤灯暗淡照着窗外冷雨，幽深的竹林漂浮着云烟。
明朝更有一种离愁别恨，难得今夜聚会传杯痛饮。

赏析

　　这是首惜别诗。诗写乍见又别之情，不胜黯然。诗一开端由上次别离说起，接着写此次相会，然后写叙谈，最后写惜别，波澜曲折，富有情致。"乍见翻疑梦，相悲各问年"乃久别重逢之绝唱，与李益的"问姓惊初见，称名忆旧容"也有异曲同工之妙。

　　上次别后，已历数年，山川阻隔，相会不易，其间的相思自在言外。正因为相会不易，相思心切，所以才生发出此次相见时的"疑梦"和惜别的感伤心情来，首联和颔联，恰成因果关系。

　　"乍见"二句是传诵的名句，人到情极处，往往以假为真，以真作假。久别相逢，乍见以后，反疑为梦境，正说明了上次别后的相思心切和此次相会不易。假如别后没有牵情，相逢以后便会平平淡淡，不会有"翻疑梦"的情景出现了。"翻疑梦"，不仅情真意切，而且把诗人欣喜、惊奇的神态表现得惟妙惟肖，十分传神。即使说久别初见时悲喜交集的心情神态，尽见于三字之中，也是不为过的。

　　颈联和尾联接写深夜在馆中叙谈的情景。相逢已难，又要离别，其间千言万语，不是片时所能说完的，所以诗人避实就虚，只以景象渲染映衬，以景寓情了。寒夜里，一束暗淡的灯火映照着蒙蒙的夜雨，竹林深处，似飘浮着片片烟云。

孤灯、寒雨、浮烟、湿竹，景象是多么凄凉。诗人写此景正是借以渲染伤别的气氛。其中的孤、寒、湿、暗、浮诸字，都是得力的字眼，不仅渲染映衬出诗人悲凉暗淡的心情，也象征着人事的浮游不定。二句既是描写实景，又是虚写人的心情。

结处表面上是劝饮离杯，实际上却是总写伤别。用一"更"字，就点明了即将再次离别的伤痛。"离杯惜共传"，在惨淡的灯光下，两位友人举杯劝饮，表现出彼此珍惜情谊和恋恋不舍的离情。诗人此处用一"惜"字，自有不尽的情意。综观全诗，中四句语极工整，写悲喜感伤，笼罩寒夜，几乎不可收拾。但于末二句，却能轻轻收结，略略冲淡。这说明诗人能运笔自如，具有重抹轻挽的笔力。

梧桐影①·落日②斜

【唐】吕岩

落日斜，秋风③冷。今夜故人④来不来？教人立尽梧桐影。

注 释

①梧桐影：词牌名。
②落日：一作"明月"。
③秋风：一作"西风"。
④今夜故人：一作"幽人今夜"。

作者名片

吕岩，字洞宾，唐代京兆人。唐末、五代道士。咸通（唐懿宗年号，860—874）举进士，曾两为县令。值黄巢起义，携家入终南山学道，不知所终。

译 文

太阳已经西斜，眼见就要下山了，秋风一阵阵袭来，觉得更冷寂了。等了这么长时间，老朋友怎么还不来呢？到底来不来啊？等了很久，夜幕已降临，月华满地。又不知过了多久，梧桐影子也变得萧疏了，连月影都没有了。

赏 析

"落日斜，秋风冷。"首先烘托出词中主人公所处的特定环境：落日余晖，秋风送寒。只有六个字，却字字珠玑。尤其着一"冷"字，不仅点染出秋天黄昏的冷寂，而且衬托出词人思念友人的凄切感情，更为下文"今夜"蓄势，巧妙地伏下一笔。

"今夜故人来不来？教人立尽梧桐影。"从全文分析，词人与友人早已相约在先，而且从"落日斜"时，兴冲冲地等待友人到来，一直等到"立尽梧桐影"，等待的时间久了，黄昏而入夜，而月上东楼。"梧桐影"显然是明月所照映。"影子"尽了，意味着月亮落了，天也快亮了。等待友人欢会共语，久久不见到来，自然等急了，个中不无抱怨情绪。"今夜故人来不来？"是自问，还是问人，抑或问天地星月？是啊，词人殷切地等待友人，从"落日斜，秋风冷"，如今已是夜深人静，银河星稀，明月西落，不只见出等待之久，更见出那焦急烦怨中的思念之深、盼望之切。这是一种特定环境中特有的人物的特殊感情。如果说这一问是抒情主人公脱口而出、所未经意，那么末句"立尽梧桐影"则意蕴极深，"含不尽之意于言外"。寥寥五字，字字传神，处处含情，说明等待友人的确时间很长很长了。词人借一"影"字，写出了月华满地，不能不勾起思念友人的深情；对月孤影，不能不触动孤独寂冷的感受；梧桐萧疏，月影已尽，不能不引起虚掷欢聚之良宵的幽怨而又切盼的思念之情。

全词二十个字，"落日""秋风""梧桐影"，词人极善于借助外物环境来烘托人物内心的情思，达到境与情谐、景与情通的至境。这种渲染烘托、借景抒情的手法，在晚唐五代词中堪称上乘。吕岩的词，正如传说中他的神仙踪迹，飘忽无定、不可捉摸。

贫交行①

【唐】杜甫

翻手作云覆②手雨，
纷纷轻薄③何须数。
君不见管鲍④贫时交，
此道今人弃⑤如土。

注 释

①贫交行：描写贫贱之交的歌。
②覆：颠倒。
③轻薄：行为轻佻，言语浮薄，不敦厚。
④管鲍：指管仲和鲍叔牙。现在人们常用"管鲍"来比喻情谊深厚的朋友。
⑤弃：抛弃。

译 文

有些人交友，翻手覆手之间，一会儿像云的趋合，一会儿像雨的分散，变化多端，这种贿赂之交、势利之交、酒肉之交是多么地让人轻蔑愤慨、不屑一顾！

难道你没看见，古人管仲和鲍叔牙贫富不移的君子之交，却被今人弃之如粪土。

赏 析

此诗感伤世道浅薄，世态炎凉，人情反复，所谓"人心不古"。全诗通过正反对比手法和过情夸张语气的运用，反复咏叹，造成了"慷慨不可止"的情韵，吐露出诗人心中郁结的悲愤之情。

开篇"翻手作云覆手雨"，就给人一种势利之交"诚可畏也"的感觉。得意时的趋合、失意时的分散，翻手覆手之间，忽云忽雨，其变化迅速无常。"只起一语，尽千古世态。"（浦起龙《读杜心解》）"翻云覆雨"的成语，就出在这里。所以首句不但凝练、生动，统摄全篇，而且在语言上是极富创造性的。

虽然世风浅薄如此，但人们普遍对交友之道毫不在意，"皆愿摩顶至踵，瀝胆抽肠；约同要离焚妻子，誓殉荆轲湛（沉）七族"，"援青松以示心，指白水而旌信"（刘峻《广绝交论》），说穿了，不过是"贿交""势交"而已。第二句斥之为"纷纷轻薄"，诗人说"何须数"，轻蔑之极、愤慨之极。寥寥几个字，强有力地表现出诗人对假、恶、丑的东西极度憎恶的态度。

这黑暗冷酷的现实使人绝望，于是诗人记起一桩古人的交谊。《史记》载，鲍叔牙早年与管仲交游，知道管仲的贤能。管仲贫困，曾欺负鲍叔牙，而鲍叔牙却始终善待他。后来鲍叔牙辅佐齐国的公子小白（即后来齐桓公），又向公子小白荐举管仲。管仲终于辅佐齐桓公成就了霸业，他感喟说："生我者父母，知我者鲍叔牙也。"鲍叔牙对待管仲的这种贫富不移的交道是感人肺腑的。

"君不见管鲍贫时交"，当头一喝，将古道与现实作一对比，给这首抨击黑暗的诗篇添了一点理想光辉。但其主要目的还在于鞭挞现实。古人以友情为重，重于磐石，相形之下，"今人"的"轻薄"越发显得突出。"此道今人弃如土"，末尾三字极形象，古人的美德被"今人"像土块一样抛弃了，抛弃得十分彻底。这话略带夸张意味。尤其是将"今人"一概而论，范围过大。但只有这样，才能把世上真交绝少这个意思表达得更加充分。

这首诗"作'行'，止此四句，语短而恨长，亦唐人所绝少者"（见《杜诗镜铨》）。其所以能做到"语短恨长"，是由于它发唱惊挺，造型生动，通过正反对比手法和过情夸张语气的运用，反复咏叹，造成了"慷慨不可止"的情韵，吐露出诗人心中郁结的悲愤。

徒步归行

【唐】杜甫

明公①壮年值时危，

经济②实藉英雄姿。

国之社稷③今若是，

武定祸乱④非公谁。

凤翔⑤千官且饱饭，

衣马不复能轻肥⑥。

青袍⑦朝士最困者，

白头拾遗⑧徒步归。

人生交契⑨无老少，

论交何必先同调⑩。

妻子山中哭向天，

须公枥上追风骠。

译　文

明公你在壮年时遭遇了时局的危难，奋不顾身急国家之难。

国家的社稷像今天这样糟，只有靠你用军事手段来平定祸乱。

凤翔的众多官员们勉强能吃得饱饭，但不再有轻裘肥马的安逸生活了。

我算得上是朝廷低级官员里面最困难的，身边拾遗却只能徒步回家。

人与人之间的交往无关于年龄，只要志趣相投，目标一致，又何必要求两个人的才情风格完全一样。

家中的妻儿都在盼着相见，因此我需要向老朋友借一匹良骥，驰骋返回。

赏析

"明公壮年值时危，经济实藉英雄姿。国之社稷今若是，武定祸乱非公谁。"诗的开头四句是对李特进的赞誉。意思是：明公您在壮年时候遭遇了时局的危难，急国家之难全靠你的英雄身影；国家社稷像今天这样糟，通过军事手段平定祸乱不靠你靠谁呢？天宝六年（747），李嗣业随四镇节度副使高仙芝击败小勃律国；天宝十年（751），再随高仙芝讨平石国、突骑施，击败吐蕃军队。"明公壮年值时危，经济实藉英雄姿"盖指于此。"国之社稷今若是，武定祸乱非公谁"，这两句是指安史之乱给国家社稷造成的灾难。

"凤翔千官且饱饭，衣马不复能轻肥。青袍朝士最困者，白头拾遗徒步归。"中间这四句写安史之乱下的朝廷和自己的窘况。现在凤翔的众多官员们勉强能吃得饱饭，但不再有轻裘肥马的安逸生活了；我算得上是朝士低级官吏里面最困难的，身为拾遗却只能徒步回家。"拾遗"是唐代谏官名，杜甫被肃宗授为左拾遗。

"人生交契无老少，论交何必先同调"，是诗人对自己和李特进之间友情的感慨议论。意思是：人生的交情情谊是不分老少的，说到交友何必先志趣相同呢。

"妻子山中哭向天，须公枥上追风骠"，现在老婆孩子在山中盼望相聚，我需要向明公借一匹良骥。"追风"是秦始皇的名马，这里用"追风骠"是对李特进马的美称。

此诗开头叙李公戡乱之才，接着自叙徒步之由。公往行在，麻鞋谒帝，有青袍而无朝服。《旧书》：至德二载二月，议大举收复，尽括公私马以助军，故惟徒步而行。末言白行须马之意。无老少，见忘年之交。何同调，见忘形之交。时李特进守邠州，公便道经邠，作诗赠李，就借乘马也。

春日忆李白

【唐】杜甫

白也诗无敌，
飘然思不群①。
清新庾开府②，
俊逸鲍参军③。
渭北④春天树，
江东⑤日暮云。
何时一樽酒，
重与细论文⑥。

注　释

①不群：不平凡，高出于同辈。这句说明上句，思不群故诗无敌。
②庾开府：指庾信。在北周官至骠骑大将军、开府仪同三司（司马、司徒、司空），世称庾开府。
③鲍参军：指鲍照。南朝宋时任荆州前军参军，世称鲍参军。
④渭北：渭水北岸，借指长安（今陕西西安）一带，当时杜甫在此地。
⑤江东：指今江苏省南部和浙江省北部一带，当时李白在此地。
⑥论文：即论诗。六朝以来，通称诗为文。细论文：一作"话斯文"。

译　文

李白的诗作无人能敌，他那高超的才思也远远地超出一般人。

李白的诗作既有庾信诗作的清新之气，也有鲍照作品那种俊逸之风。

如今，我在渭北独对着春日的树木，而你在江东远望那日暮薄云，天各一方，只能遥相思念。

我们什么时候才能同桌饮酒，再次仔细探讨我们的诗作呢？

赏析

　　杜甫同李白的友谊，首先是从诗歌上结成的。这首怀念李白的五律，主要就是从这方面来落笔的。开头四句一气贯注，都是对李白诗的热烈赞美。首句称赞他的诗冠绝当代。第二句是对上句的说明，是说他之所以"诗无敌"，就在于他思想情趣卓异不凡，因而写出的诗出尘拔俗，无人可比。接着赞美李白的诗像庾信那样清新，像鲍照那样俊逸。庾信、鲍照都是南北朝时的著名诗人。这四句笔力峻拔、热情洋溢，首联的"也""然"两个语助词，既加强了赞美的语气，又加重了"诗无敌""思不群"的分量。

　　对李白奇伟瑰丽的诗篇，杜甫在题赠或怀念李白的诗中，总是赞扬备至。从此诗坦荡直率的赞语中，也可以看出杜甫对李白的诗作十分钦仰。这不仅表达了他对李白诗的无比喜爱，也体现了他们的诚挚友谊。这四句是因忆其人而忆及其诗，赞诗亦即忆人。但作者并不明说此意，而是通过第三联写离情，自然地加以补明。这样处理，不但简洁，还可避免平铺直叙，而使诗意前后勾连，曲折变化。

　　表面看来，第三联两句只是写了作者和李白各自所在之景。"渭北"指杜甫所在的长安一带；"江东"指李白正在漫游的江浙一带地方。"春天树"和"日暮云"都只是平实叙出，未作任何修饰描绘。分开来看，两句都很一般，并没什么奇特之处。然而作者把它们组织在一联之中，却有了一种奇妙的紧密的联系。也就是说，当作者在渭北思念江东的李白之时，也正是李白在江东思念渭北的作者之时；而作者遥望南天，唯见天边的云彩，李白翘首北国，唯见远处的树色，又见出两人的离别之恨，好像"春树""暮云"，也带着深重的离情。两句诗，牵连着双方同样的无限情思。回忆在一起时的种种美好时光，悬揣二人分别后的情形和此时的种种情状，这当中有十分丰富的内容。这两句看似平淡，实则每个字都千锤百炼；语言非常朴素，含蕴却极丰富，是历来传颂的名句。《杜臆》引王慎中语誉其为"淡中之工"，极为赞赏。

　　上面将离情写得极深极浓，这就引出了末联的热切希望："什么时候才能再次欢聚，像过去那样把酒论诗啊！"把酒论诗，这是作者最难忘怀、最为向往的事，以此作结，正与诗的开头呼应。说"重与"，是说过去曾经如此，这就使眼前不得重晤的怅恨更为悠远，加深了对友人的怀念。用"何时"作诘问语气，把希望早日重聚的愿望表达得更加强烈，使结尾余意不尽，回荡着作者的无限思情。

送朱大①入秦②

【唐】孟浩然

游人③五陵④去，
宝剑值千金⑤。
分手脱⑥相赠，
平生一片心。

注 释

①朱大：孟浩然的好友。
②秦：指长安。
③游人：游子或旅客。
④五陵：地点在长安，唐朝的时候是贵族聚居的地方。
⑤值千金：形容剑之名贵。
⑥脱：解下。

译 文

朱大你要到长安去，我有宝剑可值千金。

现在我就把这宝剑解下来送给你，以表示今生我对你的友情。

赏 析

送别之作，贵在写出真性情。孟浩然的这首诗，感情挚厚，神采激扬，在孟诗中别具一格。

诗首句由题切入，"字字有关会"（清王士禛《唐人万首绝句选评》）。"游人"照应"朱大"，"五陵"勾锁"秦"，"去"扣"入"，"送"乃诗人要表现的主要内容，于此虚存一笔，然虚中有实，涵盖全篇，以下均写送别时情景。

第二句从写人忽然转入写物，似乎接得突兀，但与上句有着内在联系。此为曹植《名都篇》之成句，描写京洛游荡少年的豪奢生活。孟浩然借用之而赋予了更丰富的内容。从结构上看，宝剑为送别时赠物，逗引出"送"，关联诗题，化虚为实，从含义上看，宝剑之贵重，不仅仅在其经济价值，更体现了二人交往关系的社会价值。因之，诗便紧紧围绕"宝剑"展开，从"宝剑"去申发人物的心理特征，去表现送者与被送者之间的思想交流。

后二句便写赠剑时的情感活动。临别之时，解剑相赠，这把剑凝聚了诗人极为复杂的情绪，寄托了厚意、希望与勉励。千金之剑，分手脱赠，大有疏财重义的慷慨之风。这场景很像一个著名的故事，那便是"延陵许剑"。《史记·吴太伯世家》记载，受封延陵的吴国公子"季札之初使，北过徐君。徐君好季札剑，口弗敢言。季札心知之，为使上国，未献。还至徐，徐君已死，于是乃解其宝剑，系之徐君冢树而去。"季札挂剑，其节义之心固然可敬，但毕竟已成一种遗憾。"分手脱相赠"，痛快淋漓。最后的"平生一片心"，语浅情深，似是赠剑时的赠言，又似赠剑本身的含义——即不赠言的赠言。只说"一片心"而不说一片什么心，妙在含混。却更能激发人海阔天空的联想。那或是一片仗义之心，或是一片报国热情。总而言之，它表现了双方平素的仗义相期，令人咀嚼，转觉其味深长。

"莫信诗人竟平淡，二分梁甫一分骚"，这是龚自珍论陶潜的名言。同样，孟浩然性格中也有豪放的一面。唐人王士源在《孟浩然集序》中称他"救患释纷，以立义表"，"交游之中，通脱倾盖，机警无匿"，《新唐书·文艺传》谓其"少好节义，喜振人患难。"那么，这首小诗所表现的慷慨激昂，也就不是偶然的了。

金缕曲①·赠梁汾

【清】纳兰性德

德也狂生耳。偶然间，缁尘②京国，乌衣门第③。有酒惟浇④赵州土，谁会成生此意。不信道、遂成知己。青眼⑤

高歌俱未老，向尊前、拭尽英雄泪。君不见，月如水。

共君此夜须沉醉。且由他，娥眉⑥谣诼⑦，古今同忌。身世悠悠⑧何足问，冷笑置之而已。寻思起、从头翻悔。一日心期千劫在，后身缘、恐结他生里。然诺重，君须记。

注 释

①金缕曲：词牌名。又名《贺新郎》《乳燕飞》，亦作曲牌名。
②缁（zī）尘：黑尘，喻污垢。
③乌衣门第：东晋王、谢大族多居金陵乌衣巷，后世遂以该巷名指称世家大族。
④浇：浇酒祭祀。
⑤青眼：指青春年少。
⑥娥眉：亦作"蛾眉"，喻才能。
⑦谣诼（yáo zhuó）：造谣毁谤。
⑧悠悠：遥远而不定的样子。

作者名片

纳兰性德（1655—1685），叶赫那拉氏，字容若，号楞伽山人，满洲正黄旗人，清朝初年词人，原名纳兰成德，一度因避讳太子保成而改名纳兰性德。纳兰性德的词以"真"取胜，写景逼真传神，词风"清丽婉约，哀感顽艳，格高韵远，独具特色"。著有《通志堂集》《侧帽集》《饮水词》等。

译 文

我原本也是个狂妄的小子。我在京城混迹于官场，这不过是因为出身于高贵门第和命运的偶然安排罢了。我真心仰慕平原君的人品，并希望能有赵国平原君那样礼贤下士、喜好交友的品格，可是却没有谁会理解我的这片心意。万万没有想到，今天竟然遇到了你这位知己。今天，趁我们还不算老，擦去感伤的眼泪，纵酒高歌，把精神振作起来。您不见，月色如水。

今天我们一定要开怀畅饮，一醉方休。从古到今，才干出众、品行端正的人遭受谣言中伤，这都是常有的事，姑且由他去吧。人生岁月悠悠，难免遭受点挫折苦恼，这些都没必要放在心上，思过之后冷笑一声放在一边就完事儿了。若总是耿耿于怀，那么从人生一开始就错了。今天我们一朝以心相许，友谊便地久天长，可以经历千万劫难。同时，彼此相见恨晚，只好期望来世补足今生错过的时间。这个诺言是很沉重的，你一定要牢牢记在心里。

赏 析

词一开篇，纳兰就写道："德也狂生耳。偶然间，缁尘京国，乌衣门第。"在友人面前，纳兰并没有以贵族公子自居，而是自诩"狂生"来打消友人的顾虑，使其不至于因为身份、地位上的悬殊而不敢接近自己，而且纳兰还用"偶然间"三字来表明自己如今所取得的荣华富贵纯属"偶然"，言外之意是希望出身寒门的顾贞观能够理解他，以常人对待他。

接下来纳兰用李贺《浩歌》"买丝绣作平原君，有酒惟浇赵州土"成句，进一步表明自己仰慕平原君的人品，并有平原君那样礼贤下士、喜好交友的品格，但是纳兰感到并没有人能够理解自己的这一片苦心，因此发出"谁会成生此意"的感慨，其中所透露出孤寂之情，也就不言而喻了。

词到此，纳兰的笔锋突然一转，"不信道、遂成知己"，正当纳兰深感知音难觅时，想不到竟然遇到了顾贞观，"不信"与"竟"的连用，表现出纳兰意外得到知己后的狂喜之情。

随后，纳兰开始写两人相逢时的情景。"青眼高歌俱未老，向尊前、拭尽英雄泪"，相传阮籍能"青白眼"，碰到他尊敬的人，则两眼正视，露出虹膜，为"青眼"，碰到他厌恶的人，则两眼斜视，露出眼白，为"白眼"，这句中，纳兰用到了"青眼"的典故，是说自己与顾贞观彼此青眼相对，互相器重。

上片尾句以景结尾，那一夜，月色如水，照彻晴空，这不仅象征着两人纯洁的友谊，也营造了一种高洁的氛围。

下片首句中的"沉醉"，表明纳兰要和顾贞观一醉方休，甚至要醉得不省人事。之所以要这样做，一是因为"酒逢知己千杯少"，二是因为"且由他，娥眉谣诼，古今同忌。"在这里，纳兰劝慰顾贞观不要把小人的造谣中伤放在心上（顾贞观在此前三年曾遭人陷害而被罢官），因为这种卑鄙的事自古以来就屡见不鲜，不合理的现实既已无法改变，那只好与知己一醉方休、以求解脱。

接下来纳兰由好友想到了自己，"身世悠悠何足问，冷笑置之而已"，纳兰认为，在这个污浊的社会中，自己显贵身份完全不值得一提，只需冷笑置之即可，这也就照应了上片的"偶然间，缁尘京国，乌衣门第。"正是因为对荣华富贵的蔑视和对现实社会的不满，纳兰才会产生"寻思起、从头翻悔"的想法。

在激动之余，纳兰把笔锋拉回，与友人开始正面订交。"一日心期千劫在，后身缘、恐结他生里"，纳兰对顾贞观郑重地承诺：我们一日心期相许，成为知己，即使横遭千劫，情谊也会长存的，但愿来生我们还有交契的因缘。

尾句"然诺重，君须记"，紧承前两句之意，纳兰表明自己一定会重信守诺，不会忘记今天的誓言。

重别周尚书

【南北朝】庾信

阳关①万里②道，
不见一人③归。
惟有河④边雁，
秋来南向⑤飞。

注 释

①阳关：在今甘肃敦煌市西，汉朝时地属边陲，这里代指长安。
②万里：指长安与南朝相去甚远。
③一人：庾（yǔ）信自指。
④河：指黄河。
⑤南向：向着南方。

作者名片

庾信（513—581），字子山，小字兰成。南阳郡新野县（今河南新野）人。南北朝时期文学家。与徐陵一起任萧纲的东宫学士，成为宫体文学的代表作家，其文学风格被称为"徐庾体"。庾信是由南入北的最著名的诗人，他饱尝分裂时代特有的人生辛酸，却结出"穷南北之胜"的文学硕果。他的文学成就也昭示着南北文风融合的前景。

译文

阳关与故国相隔万里之遥，年年盼望却至今不能南归。
只见河边有鸿雁，秋天一到就往南飞。

赏析

诗的开头写自己独留长安不得南返的悲哀。"阳关"在今甘肃敦煌市西南，自古与玉门关同为通往西域的必经之地。庾信在这里是借用，因为阳关已成了"大道"的代称，如同我们把"阳关道"与"独木桥"对举。诗中的"阳关万里道"是喻指长安与金陵之间的交通要道。下句"不见一人归"的"一人"指庾信自己而言，这两句说在长安至金陵的阳关大道上，有多少南北流离之士已经归还故国了。只有我一人不能归故土，这是令人伤心的事。

"惟有河边雁，秋来南向飞"两句，"河边雁"喻指友人周弘正，这不是眼前的实景，而是一种虚拟，是庾信的内心感觉借助外物的一种表现形式。前已指出，庾、周分别是在早春，这时不可能出现秋雁南飞的实景，即使九尽春回，也只能看到鸿雁北去的景象。这两句诗有两层含义：一是把归返的周弘正比作南归之雁，大有羡慕弘正回南之意；二是鸿雁秋去春来，来去自由，而自己却丧失了这种自由，以见自己不如鸿雁。沈德潜评这首诗说"从子山时势地位想之，愈见可悲。"这是知人论世之见，于诗歌鉴赏尤为重要。

此诗表现手法有两个特点：一是借代手法，开头即用"阳关万里道"借指长安至金陵的交通大道，此种手法增加了诗的含蓄美。另一艺术手法是虚拟，"唯有河边雁，秋来南向飞"两句便是虚拟的景物，这种带象喻性的虚拟，使诗歌形象的含蕴更加丰富。可以想见，庾信在长安看到秋去春来的大雁已经二十多个春秋了，他自己不如大雁来去自由的感受已经隐藏多年了。送友人南归时，这种多年积淀在心头的情感一触即发，其内涵非三言两语所能说尽。只有细味庾信的良苦用心，才能欣赏此诗谋篇遣词之妙。

饯别①王十一②南游

【唐】刘长卿

望君烟水③阔，
挥手泪沾巾。
飞鸟④没何处⑤，
青山空向人⑥。
长江一帆远，
落日⑦五湖⑧春。
谁见汀洲⑨上，
相思愁白蘋⑩。

注 释

①饯别：设酒食送行。
②王十一：名不详，排行十一。
③烟水：茫茫的水面。
④飞鸟：比喻远行的人。
⑤没何处：侧写作者仍在凝望。没，消失。
⑥空向人：枉向人，意思是徒增相思。
⑦落日：指王十一到南方后，当可看到夕照下的五湖春色。
⑧五湖：这里指太湖。
⑨汀（tīng）洲：水边或水中平地。
⑩白蘋（pín）：水中浮草，花白色，故名。

译 文

望着你的小船驶向茫茫云水，频频挥手惜别，泪水沾湿佩巾。
你像一只飞鸟不知归宿何处，留下这一片青山空对着行人。

江水浩浩一叶孤帆远远消失，落日下你将欣赏五湖之美。

谁能见我伫立汀洲上怀念你，望着白蘋心中充满无限愁情。

赏析

　　这是首送别诗，写与友人离别时的情景。友人已乘舟向烟水迷蒙的远方驶去，但诗人还在向他洒泪挥手送别。渐渐地，看不见友人的旅舟了，江面上鸟在飞着，不知它们要飞往何处；远处只有青山默默地对着诗人。朋友乘坐的船儿沿长江向远处去了，诗人在斜阳里伫立，想象着友人即将游五湖的情景。就这样离别了，不知有谁知道诗人对朋友的悠悠相思。诗人借助眼前景物，通过遥望和凝思，来表达离愁别恨，手法新颖，不落俗套。

　　诗题虽是"饯别"，但诗中看不到饯别的场面，甚至一句离别的话语也没有提及。诗一开始，他的朋友王十一（此人名字不详）已经登舟远去，小船行驶在浩渺的长江之中。诗人远望着烟水空茫的江面，频频挥手，表达自己依依之情。此时，江岸上只留下诗人自己。友人此刻又如何，读者已无从知道，但从诗人送别的举动，却可想象到江心小舟友人惜别的情景。笔墨集中凝练，构思巧妙。诗人以"望""挥手""泪沾巾"这一系列动作，浓墨渲染了自己送别友人时的心情。他没有直抒心中所想，而是借送别处长江两岸的壮阔景物入诗，用一个"望"字，把眼前物和心中情融为一体，让江中烟水、岸边青山、天上飞鸟都来烘托自己的惆怅心情。

　　第三句是虚实结合，诗中"飞鸟"隐喻友人的南游，写出了友人的远行难以预料，倾注了自己的关切和忧虑。"没"字，暗扣"望"。"何处"则点明凝神远眺的诗人，目光久久地追随着远去的友人，愁思绵绵，不绝如缕。真诚的友情不同于一般的客套，它不在当面应酬，而在别后思念。诗人对朋友的一片真情，正集聚在这别后的独自久久凝望上。这使人联想到《三国演义》描写刘备与徐庶分别时的情景。

然而，目力所及总是有限的。朋友远去了，再也望不到了。别后更谁相伴？只见一带青山如黛，依依向人。一个"空"字，不只点出了诗人远望朋友渐行渐远直至消失的情景，同时烘托出诗人此时空虚寂寞的心境。回曲跌宕之中，见出诗人借景抒情的功力。

五、六两句，从字面上看，似乎只是交代了朋友远行的起止：友人的一叶风帆沿江南去，渐渐远行，抵达五湖（当指太湖）畔后休止。然而，诗句所包含的意境却不止于此。友人的行舟消逝在长江尽头，肉眼是看不到了，但是诗人的心却追随友人远去一直伴送他到达目的地。在诗人的想象中，他的朋友正在夕阳灿照的太湖畔观赏明媚的春色。

诗的最后，又从恍惚的神思中折回到送别的现场来。诗人站在汀州之上，对着秋水蘋花出神，久久不忍归去，心中充满着无限愁思。情景交融，首尾呼应，离思深情，悠然不尽。

衡阳与梦得分路赠别

【唐】柳宗元

十年憔悴①到秦京②，
谁料翻为岭外行。
伏波故道③风烟④在，
翁仲⑤遗墟草树平。
直以慵疏⑥招物议⑦，
休将文字占时名⑧。
今朝不用临河⑨别，
垂泪千行便濯缨。

注 释

① 十年憔悴：指被贬十年的屈辱与痛苦生活。憔悴，面貌惨淡，亦指艰难困苦。
② 秦京：秦都咸阳，此处代指唐都长安。
③ 故道：指"伏波将军"马援率领军队攻打交趾曾走过的路。
④ 风烟：风云雾霭。
⑤ 翁仲：秦时巨人。
⑥ 慵疏：懒散粗疏，这是托词，其实是说不愿与腐朽势力同流合污。
⑦ 遭物议：遭到某些人的批评指责。
⑧ 时名：一时的名声。
⑨ 临河：去河边。

译 文

永州十年艰辛，憔悴枯槁进京；长安三旬未尽，奉旨谪守边庭。

踏上汉时故道，追思马援将军；昔日石人何在，空余荒草野径。

你我无心攀附，奸佞诽谤忠臣；诗文竟致横祸，劝君封笔隐名。

今日生离死别，对泣默然无声；何须临河取水，泪洒便可濯缨。

赏 析

　　此诗首联两句，有回顾，有直面，起伏跌宕，贮泪其中。始"伏"而"起"，旋"起"而又"伏"，短短十四个字，把两位诗人十几年来的坎坷命运集中凝练地表现了出来，引发读者无穷的联想和遐思："永贞革新"失败后，"二王八司马"们死的死，病的病。两位诗人总算万幸，只是外放而已。但十年时间过得是囚徒般的生活，身心均受伤害。为官乃徒有虚名，治民又力不从心，持家实艰难异常。作者到永州后，老母爱女相继弃世，自己因水土不服而染病在身，所居处所凡四遭火，差点被烧死。名为六品官员，实则"弼马温"而已。故"颜色憔悴，形容枯槁"，不足为怪。好不容易等到皇恩浩荡，大赦天下，终于得以与友人在长安相见。"到秦京"为一"起"，心境也稍微好一点。谁知好景不长，到长安不到一个月，圣旨下，又把他们明升暗降地外放至更为荒僻的州郡做刺史，"谁料翻为岭外行"乃再一"伏"。此刻，一切希望都化为泡影，如海市蜃楼般顷刻之间无影无踪，本是"憔悴"的面容又蒙上厚厚风尘，更显其"憔悴"。这一年柳宗元44岁，刘禹锡45岁，正是为国效力的大好年华，奈何贬谪远州，英雄失路，宁不哀哉。

　　颔联以伏波将军马援的故事暗点"古道西风瘦马"之意，令人瞻望前途，不寒而栗。作者说：想当年，伏波将军马援率领大军南征到此，叱咤风云，威风八面，战旗猎猎，金鼓声声，似在目入耳，可睹可闻；后人将其铸成石像，立于湘水西岸将军庙前，如巨人翁仲铜像立于咸阳宫门外一般，供人瞻仰，何其光灿。而今踏上这条古道，只见将军庙前荒草遍地，断壁残垣，不觉怆然泪下，虽是季春，却有《黍离》之悲。物已如此，人何以堪。想想自己的境遇，看看唐王朝的倾颓，则又平添了几分愁思，多加了一层愤懑。这一联妙在借古讽今，即景抒情。写伏波风采，叹自己身世；描故道荒凉，讽当朝衰微，从而再表"憔悴"之意，可谓一石双鸟，言在此而意在彼也。此联失粘，仓促成章之未暇订正，或竟不以律害辞，不以辞害意。亦见唐人知律而不为律所缚也。

李白诗云："总为浮云能蔽日，长安不见使人愁。"对于柳、刘二人来说，头顶上就不只是一片浮云，而简直是满天乌云了，"信而见疑，忠而被谤"的事如幽灵般伴其左右。据传刘梦得"十年憔悴到秦京"以后曾写诗两首嘲讽新贵，其中"玄都观里桃千树，尽是刘郎去后栽"（《元和十年自朗州承召至京戏赠看花诸君子》）两句讽喻十年以来由于投机取巧而在政治上愈来愈得意的新贵们不过是他被排挤出长安后才被提拔起来的罢了，而"百亩庭中半是苔，桃花净尽菜花开"（《再游玄都观》）二句则暗刺朝廷政治危机，旧宠新贵们一"花"不如一"花"的现实情况。由于两诗"语涉讥刺，执政不悦"，新贵们于是大进谗言，一时间风云突变，厄运又至，两位诗人再度遭贬。作者告诉老朋友，他们似失之慵疏。"慵疏"者，非懒散粗疏也，意谓迂直，坚持操守，固其本性也，无怪乎新贵与你我冰炭不相容。颈联"直以慵疏招物议，休将文字占时名"，妙在正话反说，寓庄于谐，似调侃，类解嘲。言下之意是：倘若我们能违心地歌功颂德，趋炎附势，少写几句讥讽的诗文，也不至于再度遭贬南荒吧。

尾联两句，表友情之深厚，叹身世之悲凄，将全诗的感情推向高潮。诗人以汉代苏武去国离乡，李陵赠别苏武的诗句来比他与刘禹锡的分路，与苏李相比，"怅悠悠"则同，但他们用不着"临河"取水，这流不尽的泪水便足以濯缨洗冠了。这看似乖谬，实则在理。这艺术上的夸张同样给读者以丰富的想象和深沉的思考。彼时彼地的两位诗人，命运坎坷，前途渺茫，可垂泪；生离死别，无缘再见，可垂泪；英雄失路，报国无门，可垂泪；新贵弄权，国力日衰，亦可垂泪。即使"垂泪千行",也不足以表达其悲痛、愤懑、伤感、失落、依恋、忧郁互为交织的复杂感情。王勃云"无为在歧路,儿女共沾巾",劝慰之中,尚有勉励,读之令人胸襟开阔,格调颇高,堪为千古名句;而此诗结句从苏李赠别诗中翻出无穷之意。尾联乃表两个断肠人相别,将国事家事融为一体,可忧可叹,形象地表达了诗人的真情实感,同样脍炙人口,且有令人潸然泪下的艺术效果。

赋得暮雨送李曹

【唐】韦应物

楚江①微雨里,
建业②暮钟时③。
漠漠④帆来重,
冥冥⑤鸟去迟。
海门⑥深不见,
浦树⑦远含滋⑧。
相送情无限,
沾襟⑨比散丝⑩。

注 释

①楚江:长江三峡以下至濡须口一段,古属楚国,称楚江。
②建业:战国时楚地,与楚江为互文。治所今江苏南京。
③暮钟时:指敲暮钟的时刻。
④漠漠:水气迷蒙的样子。
⑤冥冥:天色昏暗。
⑥海门:长江入海处,在今江苏省海门市。
⑦浦树:水边的树。
⑧含滋:湿润,带着水汽。
⑨沾襟:打湿衣襟。意指雨、泪。
⑩散丝:细雨,这里喻指流泪。

译 文

　　楚江笼罩在细细微雨里,建业城到了敲响暮钟之时。雨丝繁密船帆显得沉重,天色昏暗鸟儿飞得迟缓。

　　长江流入海门深远不见,江边树木饱含雨滴润滋。送别老朋友我情深无限,沾襟泪水像江面的雨丝。

赏析

这是一首送别诗。首联写送别之地，扣紧"雨""暮"主题。二、三两联渲染迷离暗淡景色；暮雨中航行江上，鸟飞空中，海门不见，浦树含滋，境界极为开阔，极为邈远。末联写离愁无限，潸然泪下。全诗一脉贯通，前后呼应，浑然一体。虽是送别，却重在写景，全诗紧扣"暮雨"和"送"字着墨。

首联"楚江微雨里，建业暮钟时"，起句点"雨"，次句点"暮"，直切诗题中的"暮雨"二字。"暮钟时"，即傍晚时分，当时佛寺中早晚都以钟鼓报时，所谓"暮鼓晨钟"。以楚江点"雨"，表明诗人正伫立江边，这就暗切了题中的"送"字。"微雨里"的"里"字，既显示了雨丝缠身之状，又描绘了一个细雨笼罩的压抑场面。这样，后面的帆重、鸟迟这类现象始可出现。这一联，淡淡几笔，便把诗人临江送别的形象勾勒了出来，同时，为二、三联画面的出现，涂上一层灰暗的底色。

下面诗人继续描摹江上景色："漠漠帆来重，冥冥鸟去迟。海门深不见，浦树远含滋。"细雨湿帆，帆湿而重；飞鸟入雨，振翅不速。虽是写景，但"迟""重"二字用意精深。下面的"深"和"远"又着意渲染了一种迷蒙暗淡的景色。四句诗，形成了一幅富有情意的画面。从景物状态看，有动，有静。动中有静，静中有动：帆来鸟去为动，但帆重犹不能进，鸟迟似不振翅，这又显出相对的静来；海门、浦树为静，但海门似有波涛奔流，浦树可见水雾缭绕，这又显出相对的动来。从画面设置看，帆行江上，鸟飞空中，显其广阔；海门深，浦树远，显其邈远。整个画面富有立体感，而且无不笼罩在烟雨薄暮之中，无不染上离愁别绪。

闻乐天授①江州②司马

【唐】元稹

残灯无焰影幢幢③，
此夕闻君谪④九江。
垂死⑤病中惊坐起，
暗风吹雨入寒窗。

作者名片

元稹（779—831），字微之，河南府河南（今河南洛阳）人，唐朝宰相、著名诗人。北魏昭成帝拓跋什翼犍十世孙，父元宽，母郑氏。元稹聪明机智过人，年少即有才名，与白居易同科及第，并结为终生诗友，二人共同倡导新乐府运动，世称"元白"，诗作号为"元和体"。但是在政治上并不得意，元稹虽然一度官至宰相，却在觊觎相位的李逢吉的策划下被贬往外地。晚年官至武昌节度使等职。

译 文

残灯已没有火焰，周围留下模糊不清的影子，这时听说你被贬官九江。

在垂死的重病中，我被这个消息震惊得忽地坐了起来。
暗夜的风雨吹进我窗户，感觉分外寒冷。

赏析

　　这首诗创作于作者得知白居易遭贬之后。此诗以景衬情，以景写情，叙事抒情，表现作者对白居易的一片殷殷之情。首句描写了自己所处之阴暗的背景，衬托出被贬谪又处于病中的作者心境的凄凉和痛苦；次句点明题意；第三句写当听说白居易被贬的消息时的情景，表现了诸多的意味；末句，凄凉的景色与凄凉的心境融洽为一，情调悲怆。全诗表达了作者知道好友被贬后极度震惊和心中的悲凉。

　　元稹贬谪他乡，又身患重病，心境本来就不佳。此时忽然听到挚友也蒙冤被贬，内心更是极度震惊，万般怨苦，满腹愁思一齐涌上心头。以这种悲凉的心境观景，一切景物也都变得阴沉昏暗了。于是，看到"灯"，觉得是失去光焰的"残灯"；连灯的阴影，也变成了"幢幢"——昏暗的摇曳不定的样子。"风"，本来是无所谓明暗的，而今却成了"暗风"。"窗"，本来无所谓寒热的，而今也成了"寒窗"。只因有了情的移入、情的照射、情的渗透，连风、雨、灯、窗都变得又"残"又"暗"又"寒"了。"残灯无焰影幢幢""暗风吹雨入寒窗"两句，既是景语，又是情语，是以哀景抒哀情，情与景融会一体、"妙合无限"。

　　诗中"垂死病中惊坐起"一语，是传神之笔。白居易曾写有两句诗："枕上忽惊起，颠倒着衣裳"，这是白居易在元稹初遭贬谪、前往江陵上任时写的，表现了他听到送信人敲门，迫不及待地想看到元稹来信的情状，十分传神。元稹此句也是如此。其中的"惊"，写出了"情"——当时震惊的感情；其中的"坐起"，则写出了"状"——当时震惊的模样。如果只写"情"不写"状"，不是"惊坐起"而是"吃一惊"，那恐怕就神气索然了。而"惊坐起"三字，正是惟妙惟肖地摹写出作者当时陡然一惊的神态。再加上"垂死病中"，进一步加强了感情的深度，使诗句也更加传神。既曰"垂死病中"，那么，"坐起"自然是很困难的。然而，作者却惊得"坐起"了，这样表明：震惊之巨，无异针刺；休戚相关，感同身受。元、白二人友谊之深，于此清晰可见。

此诗的中间两句是叙事言情，表现了作者在乍一听到这个不幸消息时的陡然一惊，语言朴实而感情强烈。诗的首尾两句是写景，形象地描绘了周围景物的暗淡凄凉，感情浓郁而深厚。

虞美人·有美堂赠述古

【宋】苏轼

湖山信是东南美，一望弥千里。使君①能得几回来？便使樽前醉倒、且徘徊。

沙河塘②里灯初上，水调③谁家唱？夜阑④风静欲归时。惟有一江明月、碧琉璃。

注 释

①使君：对州郡长官的称呼，此处指陈襄。
②沙河塘：位于杭州东南，当时是商业中心。
③水调：曲调名，隋炀帝开汴渠，曾作《水调》。
④阑：残，尽，晚。

译 文

登高远眺，千里美景尽收眼底。大自然的湖光山色，要数这里最美。你这一去，何时才能返回？请痛饮几杯吧，但愿醉倒再不离去。

看，沙塘里华灯初放。听，是谁把动人心弦的《水调》来弹唱？当夜深风静我们扶醉欲归时，只见在一轮明月的映照下，钱塘江水澄澈得像一面绿色的玻璃一样。

赏析

上片前两句极写有美堂的形胜，也即湖山满眼、一望千里的壮观。此二句从远处着想，大处落墨，境界阔大，气派不凡。

"使君能得几回来？便使樽前醉倒且徘徊"，这两句反映了词人此时此刻的心情：使君此去，何时方能重来？何时方能置酒高会？他的惜别深情是由于他们志同道合。据《宋史·陈襄传》，陈襄因批评王安石和"论青苗法不便"，被贬出知陈州、杭州。然而他不以迁谪为意，"平居存心以讲求民间利病为急"。而苏轼亦因同样的原因离开朝廷到杭州，他自言"政虽无术，心则在民"。他们共事的两年多里，能协调一致，组织治蝗，赈济饥民，浚治钱塘六井，奖掖文学后进。他们在力所能及的范围内，确实做了不少有益于人民的事。此时即将天隔南北，心情岂能平静？

过片描写华灯初上时杭州的繁华景象，由江上传来的流行曲调而想到杜牧的扬州，并把它与杭州景物联系起来。想当年，隋炀帝于开汴河时令制此曲，制者取材于河工之劳歌，因而声韵悲切。传至唐代，唐玄宗听后伤时悼往，凄然泣下。而杜牧在《扬州》一诗中写道："谁家唱水调，明月满扬州。"直到宋代，此曲仍风行民间。这种悲歌，此时更增添离怀别思。离思是一种抽象的思绪，能感觉到，却看不见、摸不着，对它本身作具体描摹很困难。词人借助灯火和悲歌，既写出环境，又写出心境，极见功力之深。

结尾两句，词人借"碧琉璃"喻指江水的碧绿清澈，生动形象地形容了有美堂前水月交辉、碧光如镜的夜景。走笔至此，词人的感情同满江明月、万顷碧光凝成一片，仿佛暂时忘掉了适才的宴饮和世间的纷扰，而进入到人与自然融为一体的美妙境界。这里，明澈如镜、温婉静谧的江月，象征友人为人高洁耿介，也象征他们友情的纯洁深挚。

此词以美的意象，给人以极高的艺术享受。词中美好蕴藉的意象，是作者的感情与外界景物发生交流而形成的，是词人自我情感的象征。那千里湖山，那一江明月，是作者心灵深处缕缕情思的闪现。

梦后寄欧阳永叔①

【宋】梅尧臣

不趁②常参久，
安眠向旧溪③。
五更④千里梦，
残月一城鸡⑤。
适往⑥言犹在，
浮生⑦理可齐。
山王今已贵，
肯听竹禽啼。

注 释

①永叔：欧阳修的字。
②趁：跟随。常参：宋制，文官五品以上及两省供奉官、监察御史、员外郎、太常博士每天参加朝见，称常参官。梅尧臣回乡前官太常博士，得与常参。
③旧溪：指家乡宣城。宣城有东西二溪。
④五更：中国古代把夜晚分成五个时段，用鼓打更报时，此为第五个时段，即天将明时。千里梦：梦到了千里外的京城。
⑤一城鸡：满城鸡鸣。
⑥往：指梦中赴京华与欧阳修相会。
⑦浮生：人生。这是梅尧臣自嘲的说法，指自己大半生虚度。

作者名片

梅尧臣（1002-1060）字圣俞，北宋著名现实主义诗人。汉族，宣州宣城（今属安徽）人。宣城古称宛陵，世称宛陵先生。初试不第，以荫补河南主簿。50岁后，于皇祐三年（1051）始得宋仁宗召试，赐同进士出身，为太常博士。以欧阳修荐，为国子监直讲，累迁尚书都官员外郎，故世称"梅直讲"、"梅都官"。曾参与编撰《新唐书》，并为《孙子兵法》作注，所注为孙子十家著（或十一家著）之一。有《宛陵先生集》60卷，有《四部丛刊》影明刊本等。词存二首。

译 文

我已经离开朝廷很久，安心地居住在故乡。

晚上忽然做了个梦，梦中又回到了千里外的京城，与你相会；梦醒时已是五更，鸡鸣阵阵，落月照着屋梁。

回味梦中，欢叙友情的话还在耳边回响，想到这人生，不也和一场梦一样？

老朋友啊，你如今已登显贵，是不是还肯像过去同游时，再听那竹禽啼唱？

赏 析

诗题是"梦后"，诗的重点也是抒发梦后感怀，但诗先从未入梦时写，交代自己的情况，作为梦的背景。首联实写，随手而出，说自己离开朝廷已经很久，安居在故乡。这联很质朴，实话实说，但对后面写梦起了重要作用。唯有"不趁常参久"，与友人离别多日，所以思之切，形诸梦寐；唯有"安眠向旧溪"，满足于现状，才会有下文感叹人生如梦，唯适为安，希望欧阳修富贵不忘贫贱之交的想法。接下去，"五更千里梦，残月一城鸡"两句，转入"梦后"情景。

这首诗之所以见称于人，主要就在这三四两句，特别是第四句，写景如画，并含不尽之意。一些文学史就以它作为梅尧臣"状难写之景，含不尽之意"的范例。

梅尧臣提出这一名论时，他以"鸡声茅店月，人迹板桥霜"为例，认为"道路辛苦、羁旅愁思，岂不见于言外？"梅尧臣这时"安眠向旧溪"，并没有"道路辛苦、羁旅愁思"；然而，他在梦中走过"千里"（在梦中走到京中，见到欧阳修），"五更"时醒来，看到的是屋梁"残月"，听到是满城鸡啼。这种眼前光景与梦境联系起来，就有了说不尽之意。

杜甫《梦李白》中写到梦后时说："落月满屋梁，犹疑照颜色。"那是把要说的"意"说了出来（也还含有未尽之意）。这里"残月"

二字实际上概括了杜甫那十个字。这里的"一城鸡"与茅店的鸡声不一样，因为那是催人上道，而这里却还在"安眠"之中。但"残月"虽在，而不见故人"颜色"，耳边唯有"一城鸡"声，离情别绪涌上心头。不特如此，"鸡唱"还是催人上朝的信号。《周礼·春官·鸡人》即利用鸡的"夜呼旦，以叫百官，王维诗也说："绛帻鸡人报晓筹"。梅尧臣"不趁常参久"，在梦回闻鸡时，又会想到"汉殿传声"（《春渚纪闻》语）。所以，这一句不仅写出在"安眠向旧溪"时的梦醒情景，而且寄托着去国（离开京城）、思友之深"意"。

第五句的"往"，指梦中的魂"往"到京城与欧相见，是承"千里梦"而来的。"言犹在"是梦后记忆。杜甫的梦李白，写梦李白来；此诗则写诗人"往"；杜甫对梦中情景描写较多；而此则仅以"言犹在"三字概括过。这是因为两诗所要表现的重点不同，详略自异。梦中"言犹在耳"，顷刻间只剩下"残月"、鸡声，这使诗人想到"人生如梦"，因之而觉得得失"可齐"之"理"。这就是第六句"浮生理可齐"的含意。关于"人生如梦"，有人斥为消极，但这只是一方面；从身在官场者说，看轻富贵功名之得失，才能保持廉节、操守，因而还是未可厚非的。

最后两句，由梦中与欧阳修相会，想到了现实中的交往。诗用竹林七贤中山涛、王戎来比欧阳修，因为欧阳修当时已擢官翰林学士，因此梅尧臣希望他虽然已处高位，但不要忘记当年朋友之间的交往。诗以听竹禽啼鸣为往日萧散自在、相互脱略形骸的生活的代表，以问句出之，正是深切希望欧阳修莫改初衷，与诗人保持友情，珍惜过去。方回认为末联是说欧阳修已登显贵，要忙于朝政，已经无法享受高眠之适，也是一种合理的解释。

山涛保荐嵇康，而嵇康却写了《与山巨源绝交书》；梅尧臣却希望欧阳修保荐自己，有人认为这样太庸俗了，是贬低了梅尧臣。其实，当时的时代、事情不同，不能一概而论。梅尧臣原本不是山林隐士，而宋朝制度，官吏考绩又要看保荐者多少。而且，梅尧臣在诗中先说"不趁常参久"，再说到"梦后"的满城鸡声；又说到他对官场得失并不十分介意，然后再微示求助之意，正是老老实实说话。既不是遗世脱俗，也不是汲汲富贵，这样反而表现出梅尧臣的品格。另外，写此诗的那一年八月，梅尧臣返回京城；第二年（1056年，即嘉祐元年）便由欧阳修与赵概的联名奏荐，而得官国子监直讲。

论人必须顾及"全人"，讲诗也必须顾及全诗。如果寻章摘句，再加抑扬，反而会失去真实。

渔家傲①·和程公辟②赠别

【宋】张先

巴子③城头青草暮。巴山④重叠相逢处。燕子占巢⑤花脱树⑥。杯且举，瞿塘⑦水阔舟难渡。

天外吴门⑧清霅⑨路。君家正在吴门住。赠我柳枝情几许。春满缕⑩，为君将入江南⑪去。

注释

①渔家傲：词牌名。
②程公辟：名师孟。
③巴子：指渝州，周代为巴子国，即今之巴县。
④巴山：指巴子一带。
⑤占巢：相传燕子在立春后清明前从南海飞回我国。燕子有飞回原栖息地住旧巢的习性。
⑥花脱树：指花开后花瓣从树枝上落下。
⑦瞿塘：瞿塘峡。
⑧吴门：今苏州市。
⑨清霅（zhà）：指霅溪，在今浙江吴兴。
⑩春满缕：指刚折下的柳枝，春意盎然。
⑪江南：泛指二人的家乡。

作者名片

张先（990—1078），字子野，乌程（今浙江湖州吴兴）人。北宋时期著名的词人，曾任安陆县的知县，因此人称"张安陆"。
天圣八年进士，官至尚书都官郎中。晚年退居湖杭
之间。曾与梅尧臣、欧阳修、苏轼等游。善作慢词，与
柳永齐名，造语工巧，曾因三处善用"影"字，世称张
三影。

译 文

　　渝州城头碧草萋萋，远望重峦叠翠，那是我们相逢之处。燕子
觅巢，春花辞树，人事变迁，亦复如此。再喝一杯酒吧。瞿塘江自
古行舟困难，旅途平安。

　　吴门与清雪相隔不远，你家恰好住在吴门。希望你折柳送我真
是情深义重。我要把它带回草长莺飞的江南。

赏 析

　　这是作者为友人程公辟赠别之作而写的和词，也是一首富含民歌
风味的词。

　　上片点染相别的时地景象。"巴子城头"，点出送别的地点。
青草萋萋，天色向晚，点明送别的季节、时间。下两句宕开渲染。巴
山重峦叠嶂，渲染词人与友相逢相别地方的景象。燕子觅巢，春花辞
树，既渲染了分别时节的景象，亦隐喻彼此的一去一留。杂花生树，
落英缤纷的景色，也只以"花脱树"一语尽之。"脱"字避熟就生，
亦有妙趣。相逢在异乡，相别又当春暮。"杯且举"两句，述临歧殷
勤劝酒并话及旅途险恶。瞿塘峡山高水急，自古行舟艰难。暗示双方
入川出川之不易，倍增此时的感慨。

　　下片抒写惜别的情怀，首言自己所去之地。古代交通不便，从四
川到江、浙，道路遥远，方觉如在天外。下句点出友人家园所在。宋
平江军吴郡和湖州吴兴郡同属两浙路，隔太湖南北相望。从道阻且长
写到家乡密迩，不仅上下片意脉连贯，更便于巧妙地为全篇作结。他

首先感谢友人的赠柳情深。接着表明珍重这一友谊，要将春意盎然的柳枝带回到彼此的故乡——江南，让它发荣滋长，象征着友谊长青。结尾三句宛转其意。作者自注曰："来词云'折柳赠君君且住'。"折柳赠别，意挽留。作者为了感激其深情厚谊，所以要把所赠的柳枝和无限乡思带回那草长莺飞的江南。这里的"江南"，承上"君家正在吴门住"句，意指"吴门"。

该词语言真挚，明白流利而词句却委婉，多低回不尽之意，情意深厚有余。

送魏二①

【唐】王昌龄

醉别江楼橘柚香，
江风引雨入舟凉。
忆君遥在潇湘月②，
愁听清猿③梦里长。

注释

①魏二：作者友人。排行第二，名字及生平均不详。
②潇湘月：一作"湘江上"。潇湘，潇水在零陵县与湘水汇合，称潇湘。泛指今湖南一带。
③清猿：即猿。因其啼声凄清，故称。

译文

江楼上醉饮话别，橘柚正飘香，江风吹洒细雨带给小船凄凉。
想象你独自远在潇湘明月下，满怀愁绪，梦里静听猿啼悠长。

赏析

首句"醉别江楼橘柚香"是点明送别魏二的饯宴设在靠江的高楼上，空中飘散着橘柚的香气，环境幽雅，气氛温馨。这一切因为朋友即将分手而变得尤为美好。这里叙事写景已暗挑依依惜别之情。"今日送君须尽醉，明朝相忆路漫漫"（贾至《送李侍郎赴常州》），首句"醉"字，暗示着"酒深情亦深"。

"寒雨连江"则是表明气候已变。次句字面上只说风雨入舟，却兼写出行人入舟；诗中不仅写了江雨入舟，然而"凉"字却明白地表现出登舟送客的惜别场景来，"凉"字既是身体上的感触，更暗含诗人心中对友人的不舍和对离别的伤怀。"引"字与"入"字呼应，有不疾不徐、飒然而至之感，善状秋风秋雨特点。此句寓情于景，句法字法运用皆妙，耐人涵咏。凄凄风雨烘托诗人惜别知音，借酒消愁的悲凉心情。

三、四句"忆君遥在潇湘月，愁听清猿梦里长。"以"忆"字勾勒，从对面生情，为行人虚构了一个境界：在不久的将来，朋友夜泊在潇湘之上，那时风散雨收，一轮孤月高照，环境如此凄清，行人恐难成眠吧。即使他暂时入梦，两岸猿啼也会一声一声闯入梦境，令他睡不安恬，因而在梦中也摆不脱愁绪。诗人从视（月光）听（猿声）两个方面刻画出一个典型的旅夜孤寂的环境。月夜泊舟已是幻景，梦中听猿，更是幻中有幻。所以诗境颇具几分朦胧之美，有助于表现惆怅别情。

末句的"长"字状猿声相当形象，有《水经注·三峡》中描写猿声的意境："时有高猿长啸，属引凄异，空谷传响，哀转久绝。""长"字作韵脚用在此诗之末，更有余韵不绝之感。

这首诗运用了虚实结合的手法。前两句写景，寓情于景，情景交融；后两句想象魏二梦里听见猿啼，难以入眠。诗歌表面写好友分别后愁绪满怀，实际上是写作者送别魏二时感叹唏嘘的情感。全诗虚实结合，借助想象，拓展了表现空间，扩大了意境，深化了主题，有朦胧之美，在艺术构思上颇具特色。

送狄宗亨①

【唐】王昌龄

秋在水清山暮蝉②，

洛阳③树色鸣皋④烟。

送君归去愁不尽，

又惜空度凉风天。

③洛阳：唐朝的东都，今河南省洛阳市。
④鸣皋：山名，又名九皋山，在今河南嵩县东北。

译文

秋天的傍晚天气晴朗，尚有蝉在鸣叫。洛阳的枫林如火，鸣皋山上烟云笼罩。

送你离开这里我充满了不尽的忧愁，只我一人度过这凉风习习的天气又多么令人惋惜。

赏析

这是一首送别朋友的诗，全诗内容是诗人对朋友真挚情谊的表达，抒发的是惜别之情。

"秋在""暮"字可以看出送行的时间是秋天的傍晚。"水清"说明天晴气爽，"暮蝉"是说黄昏的时候还有蝉在鸣叫。"洛阳"是诗人与狄宗亨惜别的地方，也就是今河南省洛阳市；"鸣皋"，狄宗亨要去的地方，在河南省嵩县东北，陆浑山之东有"鸣皋山"，相传有白鹤鸣其上，故名。又称九皋山，山麓有鸣皋镇。本句中的"树色"和"烟"是写景，暮色苍茫中洛阳"树色"依稀可辨，这是实写；在洛阳是看不到鸣皋的"烟"的，但与朋友惜别时，向朋友要去的地方望去，烟雾朦胧，这是虚写。

诗的后两句直抒情怀。"愁不尽"说明两人情谊非同一般和作者的依依不舍之情，后句侧重点是"空度"，他说，你走了我很惋惜无人与我做伴，只能白白度过这个凉风飒飒、气候宜人的秋天。这两句语意浅近，而诗人与狄宗亨的深厚情谊却表现得十分深刻，即所谓"意近而旨远"。

这首诗语言通俗流畅，含意隽永深沉，虽然只有四句，但却以情取景，借景抒情，委婉含蓄，意余言外。因为一首"七绝"只有二十八个字，表现的思想感情又较复杂，这也就难怪诗人惜墨如金，用一字而表现丰富的内容，如第二句以"烟"字概括说明想象中的鸣皋景物，第三句以"愁"字表现诗人对狄宗亨的感情之深，皆是妙笔。

江楼月①

【唐】白居易

嘉陵江②曲曲江池③，
明月虽同人别离。
一宵④光景潜⑤相忆，
两地阴晴⑥远不知。
谁料江边怀我夜，
正当池畔望君⑦时。
今朝共语方同悔，
不解多情先寄诗。

注 释

①江楼月：本诗是白居易写给元稹的赠答诗，时元稹在外任职，曾作七律《江楼月》寄白居易。
②嘉陵江：长江支流。时元稹使东川（今四川会东、广元一带），在嘉陵江畔。
③曲江池：故址在今西安城南，原为汉武帝所建，唐时扩建整修，成为著名游赏胜地。
④宵：指入夜时刻。
⑤潜：隐藏，不表露。
⑥阴晴：借用天气变化，欲指时局变化莫测。
⑦君：指好友元稹。

译 文

一个在嘉陵江岸，一个在曲江池畔；虽是同顶一轮明月，却不能聚在一起共同观赏。

往事记忆犹新，如今两地相隔，无从知晓彼此的消息。

没想到你在江边思念我的夜晚，我也正伫立在池畔想着你。

今天说到此事很是后悔，若知如此，就该早点寄诗抒怀。

赏析

这是白居易给元稹的一首赠答诗。元和四年（809）春，元稹以监察御史使东川，不得不离开京都，离别正在京任翰林的挚友白居易。他独自在嘉陵江岸驿楼中，见月圆明亮，波光荡漾，遂浮想联翩，作七律《江楼月》寄乐天，表达深切的思念之情。后来，乐天作《酬和元九东川路诗十二首》，在题下注云："十二篇皆因新境追忆旧事，不能一一曲叙，但随而和之，唯予与元知之耳。"这首七律《江楼月》是其中第五首。

诗的前半是"追忆旧事"，写离别后彼此深切思念的情景。"嘉陵江曲曲江池，明月虽同人别离。"明月之夜，清辉照人，最能逗引离人幽思：月儿这样圆满，人却相反，一个在嘉陵江岸，一个在曲江池畔；虽是同顶一轮明月，却不能聚在一起共同观赏，见月伤别，顷刻间往日欢聚赏月的情景浮现眼前，涌上心头。"一宵光景潜相忆，两地阴晴远不知。"以"一宵"言"相忆"时间之长；以"潜"表深思的神态。由于夜不能寐，思绪万千，便从人的悲欢离合又想到月的阴晴圆缺，嘉陵江岸与曲江池畔相距甚远，能否都是"明月"之夜呢？离情别绪说得多么动人。"两地阴晴远不知"在诗的意境创造上堪称别具机杼。第一联里离人虽在两地还可以共赏一轮团圆"明月"，而在第二联里却担心着连这点联系也难于存在，从而表现出更朴实真挚的情谊。

诗的后半则是处于"新境"，叙述对"旧事"的看法。"谁料江边怀我夜，正当池畔望君时"，"正当"表现出元白推心置腹的情谊。以"谁料"冠全联，言懊恼之意，进一层表现出体贴入微的感情：没想到你在江边思念我的夜晚，我也正伫立在池畔想着你。"今朝共语方同悔，不解多情先寄诗。"以"今朝""方"表示悔寄诗之迟，暗写思念时间之长，"共语"和"同悔"又表示出双方思念的情思是一样的深沉。

这首诗，虽是白居易写给元稹的，却通篇都道双方的思念之情，别具一格。诗在意境创造上有它独特成功之处，主要是情与景的高度融合，看起来全诗句句抒情，实际上景已寓于情中，每一句诗都会在读者脑海中浮现出动人的景色，而且产生联想。当你读了前四句，不禁眼前闪现江楼、圆月和诗人在凝视吟赏的情景，这较之实写景色更丰富、更动人。

临江仙①·记得金銮②同唱第

【宋】欧阳修

记得金銮同唱第，春风上国③繁华。如今薄宦④老天涯。十年歧路，空负曲江花⑤。

闻说阆山⑥通阆苑，楼高不见君家⑦。孤城⑧寒日⑨等闲斜。离愁⑩难尽，红树远连霞。

注 释

①临江仙：原为唐教坊曲，后用作词牌名，双调小令，共六十字。
②金銮：帝王车马的装饰物。这里指皇帝的金銮殿。
③上国：指京师。
④薄宦：卑微的官职。有时用为谦辞。
⑤曲江花：代指新科进士的宴会。
⑥阆山：即阆风巅。山名，在昆仑之巅。
⑦君家：敬辞。犹贵府，您家。
⑧孤城：边远的孤立城寨或城镇。
⑨寒日：寒冬的太阳。
⑩离愁：离别的愁思。

译 文

还记得当年刚刚进士登第时，春风得意，自以为前途似锦。可如今却是官职卑微身老天涯。多年在人生的岔路口徘徊，一事无成，白白辜负了当年皇上的隆恩和风光荣耀。

听说你要去赴任的阆州和神仙的住处相通，今后再难相见，就算我登上高楼也望不到你的家。独处孤城寒日无端西斜，离别愁绪难以说尽，只见那经霜的红树连接着远处的红霞。

赏 析

此词蕴含了词人丰富的情感：久别重逢的喜悦、宦海沉浮的悲怆无奈和离别在即的愁绪。全词想象奇特，虚实相生，处理得当，境界缥缈开阔，语言洒脱灵动，富有浪漫色彩。

此词上片抚今追昔。

先怀念过去。久别的朋友来访，词人无比喜悦地与朋友畅谈从前：当年自己与朋友一同参加科举殿试，同榜及第，金銮殿上一同被皇上唱报名次，然后一同跨马游街，到琼林苑赴宴赏花，在繁华的汴京，自己和朋友都觉得春风得意、前程似锦。

再感慨现在。分别十年，岁月沧桑，如今自己却远离京城、身贬滁州、官职低微，多年在人生的岔路口徘徊，无所成就，徒然辜负了当年皇上的隆恩和风光荣耀。过去的得志与现在的失意形成鲜明的对比，抒发了词人对过去春风得意的岁月的怀念与留恋，对自己宦海浮沉、如今遭受贬谪的境遇的郁闷与悲叹。

下片抒写对朋友的情意。

先写对朋友的留恋与关心。听说朋友要去赴任的阆州和神仙的住处相通，那么自己今后就再也见不到朋友了，即使登上高楼也够不着神仙之地，看不到朋友的家。久别重逢，自是喜悦，但离别在即，分别难再相见，怎能不让人依恋不舍；何况朋友任职的四川阆州与自己的贬所滁州相比，是更偏远、蛮荒之地，自己和朋友"同是天涯沦落人"，朋友也要善自珍重啊。

再想象朋友离开后自己的离愁别绪。朋友的离去，使滁州似乎变成了孤城，太阳不再令人温暖，一天天的日子显得空虚、难以打发，生活孤单、清冷、无聊，心里充满无尽的离愁，只能将思念赋予那些经霜的红树以及与它们相连的远处的红霞。

此词风格飘逸。首先，多重时空转换变化，有重聚的现在、有同榜及第的十年前，还有即将到来离别之后；有词人与朋友都风光得意的汴京，有词人"薄宦老天涯"的滁州，有朋友即将赴任的阆州，还有神仙居处的阆苑，境界开阔。

其次，多处用虚笔，回忆过去，想象朋友的去处，想象朋友离开后自己在滁州的情形，笔触灵动超逸。最后，想象奇特，词人忽发奇想，将人间僻地的阆州点化为天上仙境阆苑，赋予阆州以神奇、浪漫、缥缈的特点，具有神话色彩。

再次，境界缥缈开阔，语言洒脱灵动。"阆山"通"阆苑"，"滁州"望"阆州"，展现了多重时空的组合变化。"闻说"二字导入传说，忽又接以"楼高"句设想将来，灵动超逸，挥洒自如。

满江红·送李正之①提刑②入蜀

【宋】辛弃疾

蜀道登天，一杯送、绣衣③行客。还自叹、中年多病，不堪离别。东北看惊诸葛表，西南④更草相如檄⑤。把功名、收拾付君侯⑥，如椽笔⑦。

儿女泪，君休滴。荆楚⑧路，吾能说。要新诗准备，庐江山色。赤壁矶头千古浪，铜鞮陌⑨上三更月。正梅花、万里雪深时，须相忆。

注 释

①李正之：李大正，字正之。
②提刑：提点刑狱使的简称，主管一路的司法、刑狱和监察事务。

③绣衣：西汉武帝时设绣衣直指官，派往各地审理重大案件。这里借指友人李正之。

④西南：川蜀地处西南。

⑤檄（xí）：檄文，即告示，指《喻巴蜀檄》。

⑥君侯：汉代对列侯的尊称，后泛指达官贵人，此指李正之。

⑦如椽（chuán）笔：如椽（架屋用的椽木）巨笔，指大手笔。

⑧荆楚：今湖南、湖北一带，为李由江西入蜀的必经之地。

⑨铜鞮陌：代指襄阳。

作者名片

辛弃疾（1140—1207），原字坦夫，改字幼安，别号稼轩，汉族，历城（今山东济南）人。南宋词人。出生时，中原已为金兵所占。21岁参加抗金义军，不久归南宋。历任湖北、江西、湖南、福建、浙东安抚使等职。一生力主抗金。曾上《美芹十论》与《九议》，条陈战守之策。其词抒写力图恢复国家统一的爱国热情，倾诉壮志难酬的悲愤，对当时执政者的屈辱求和颇多谴责；也有不少吟咏祖国河山的作品。题材广阔又善化用前人典故入词，风格沉雄豪迈又不乏细腻柔媚之处。由于辛弃疾的抗金主张与当政的主和派政见不合，后被弹劾落职，退隐江西带湖。

译文

蜀道攀登难于上青天，一杯薄酒为你饯行。正是祖国被侵占的时候，自己又有才能去驱除外侮，却非要闲置如此。希望借着这首《喻巴蜀檄》让金人闻风心惊。你文才出众，希望大展身手，为国立功建业。

君莫要流泪伤心，倒不如听我说一说你要去的荆楚这一路的风光吧？请用诗写下一路美好景色：庐山的风姿，赤壁的激浪，襄阳的明月。正是梅花花开、大雪纷飞季节，务必相互勉励，莫相忘，并不断传递消息。

赏析

南宋淳熙十一年（1184），稼轩以"凭陵上司，缔结同类"的罪名，罢居上饶已经将近三年了。所以词中处处把李之入任，与己之罢闲，双双对照写来，一喜一忧，缠绵悱恻，寄意遥深，感人心肺。

起两句，"蜀道登天，一杯送、绣衣行客"，点出李之入蜀与己之送行，双双入题，显得情亲意挚、依依难舍。"登天"虽借用李白诗句："蜀道之难，难于上青天"，其实却暗含此行之艰难；虽是王命，何尝又不是小人的挟嫌排挤，有如远谪？所以他这阕词写得极其沉郁，这开头无异已定下了全词的基调。"一杯"，何其简慢；看似淡语，然而却是至情的无间；流露出君子之交，一杯薄酒足矣。没有华筵歌妓，也没有清客的捧场；只有两个知心的朋友一杯相对，则这"一杯"二字，不仅写出了友情之深，亦且写尽了世态之薄。笔墨之力量如此，则这"一杯"也就不少了。

"绣衣"，是对"提刑"的美称。汉武帝时，派使者衣绣衣巡视天下，操有生杀之大权，称为绣衣直指。李正之提点刑狱公事，也负有司法和监察的任务，所以稼轩也借以称他为"绣衣使者"。

三、四句："还自叹、中年多病，不堪离别。"点出"中年"，是时稼轩45岁，正是"不惑之年"，大有作为的时候。然而"多病"，这一"病"字，包含就多了，更何况"多病"。稼轩正当中年，而一放就是三年。又正是祖国被侵占的时候，自己又有才能去驱除外侮，却非要闲置如此，内忧外患，不能不"病"。所以他才用"还自叹"三字领起下面两种难堪：已是自己闲置生愁，怎当堪用的同志又遭远调，离开了中央，这一来抗战派淘汰将尽矣。所以这种离别，不止友情，更关系国家的命运，才是最大的痛楚。

五、六两句，按词律要求，是要用律句的对仗格式。他巧妙地安上了诸葛亮的《出师表》和司马相如的《喻巴蜀檄》，都是关于蜀的故事。切题已难，而寓意得妙更难。他却举重若轻，正是有一肚子的学问。"东北看惊"者，是东北方的大好河山，沦入异族之手，正应当像诸葛亮请求出师那样，"鞠躬尽瘁，死而后已"。着一"惊"

字，有三层意思：惊山河之破碎；惊投降派的阻挠；以至惭愧得都怕（惊）读诸葛亮的《出师表》了。然而却反其"道"而行之，让李正之去西南的巴蜀"更草相如檄"。据《史记·司马相如传》载："唐蒙使略通夜郎西僰中，发巴蜀吏卒……万余人，用兴法诛其渠帅，巴蜀民大惊恐。上闻之，乃使相如责唐蒙，因喻告巴蜀民以非上意。"这里着一"更"字，透露出了不出师东北之恨未已，而又要被强迫到西南去镇压人民。恨上加恨，这个"更"字把一个南宋小朝廷的那种对敌和、对己狠的心态暴露无遗，非常生动而有力。

七、八两句，"把功名、收拾付君侯，如椽笔"。正是双方的小结。自己废置无聊，而李又任非其所。而"把功名、收拾付君侯"的，是因为他毕竟还是守土有责的，和稼轩自己只能耕种以自适的"稼轩居士"不同，终究还是可以期望以"功名"的。然而稼轩之所以期望于李的功名，不是铁马金戈，不是临刑的鬼头刀，而是如椽之笔！因为李正之是提刑，他那红笔一勾，是要人命的，虽不能法外开恩，也要慎之又慎。所谓"况钟之笔，三起三落"。在这六年前，稼轩也曾有过"按察之权"，而他当时却向皇帝上过《论盗贼札子》，他就曾非常精辟地说过剿"贼"之害。他说："民者国之根本，而贪浊之吏迫使为盗，今年剿除，明年扫荡，譬之木焉，日刻月削，不损则折，臣不胜忧国之心，实有私忧过计者。欲望陛下深思致盗之由，讲求弭盗之术，无恃其有平盗之兵也。"用笔，即亦"无恃其有平盗之兵"。能如此，那于国于民也就算是功名了。言来令人欲泪。

下片起首四句："儿女泪，君休滴。荆楚路，吾能说。""儿女泪"是用王勃《送杜少府之任蜀川》诗末两句："无为在歧路，儿女共沾巾"之意。"能"，这里读去声，宁可的意思。这里是说：与其有做儿女哭泣的时间，倒不如听我说一说你要去的荆楚这一路的风光吧？以此换头，过度到下阕，一荡上阕愁闷的情绪。用"要新诗准备"贯串"庐山色""赤壁浪""铜鞮月"。不过这看似闲情逸趣，何等潇洒。其实这正是上阕的"表"与"檄"的内含。下阕怜南，也正是上阕的思北。"荆楚路"这一带是没有被敌人占领的，如此美景，宜爱宜惜。爱，就要珍重它；惜，就要保护它。特别作为北方的游子，当提到这些南方的美景时，不能不有一些思乡的酸楚夹杂于胸中。总之，只因是一个分为两片的祖国横亘在胸中，所谓"新诗"，当也是长歌之恸。以此相勉，是轻松的调侃，其实正是痛心的变异。以此寄人，不仅见趣，亦且见志。多么委婉而深厚有致。

最后点明时间。李正之是十一月入蜀的，所以他说"正梅花、万里雪深时，须相忆！"是彼此双方的互勉，仍以双双作结。

这一段看似白描，似乎没有多少深意。其实如果联系历史背景，是仍然可以感到话外之音的。"正梅花、万里雪深"，"梅花"是他们，又是传递消息的暗示。所谓"折梅逢驿使，送与陇头人"。"万里雪深"是写彼此的间隔，也是彼此的处境。所以是地理的，也是心理的。但不论地理的或心理的，造成可以间隔而寂寞的，终归是政治的原因。是投降派对于他们的打击。那么，在这样个废弃与远戍的道路上，他形象地即情即景，用"万里雪深"，彼此的一切俱足以包之了。而要相互勉励莫相忘并不断传递消息的，那当然是人，所以"须相忆"是彼此的。既是人，又是事。而这人事，正是他们"志"的结集，所"须相忆"者，仍是祖国恢复之大业。因此，这是一场特殊的斗争，即抗战派在被迫流离失所时，仍在呼喊着团结。甚至可以说，通篇都是在告诫着不要忘了抗战的事业。这样分析是有心理依据的。在共同斗争中因失利而不得不分手的战友，临岐执手勉励莫相忘时，他们思想里起作用的第一要素应是斗争失利的耻辱与磨砺以须的豪情。

鲁郡东石门①送杜二甫②

【唐】李白

醉别复几日，
登临遍池台③。
何时石门路，

注　释

①石门：山名，在今山东曲阜县东北。
②杜二甫：即诗人杜甫，因排行第二，故称他为杜二甫。
③池台：池苑楼台。

225

重有金樽开④。

秋波落泗水⑤,

海色明徂徕⑥。

飞蓬⑦各自远,

且尽手中杯。

④金樽开:指开樽饮酒。
⑤泗水:水名,在山东省东部。
⑥徂(cú)徕(ái):山名。徂徕山在今山东泰安市东南。
⑦飞蓬:一种植物,茎高尺余,叶如柳,花如球,常随风飞扬旋转,故名飞蓬,又称转蓬。

译文

离痛饮后大醉而别还有几日,我们登临遍附近的山池楼台。
什么时候在石门山前的路上,重新有我们在那里畅饮开怀?
漾漾的秋波摇荡在眼前泗水,熠熠的海色映亮了远山徂徕。
我们就如飞蓬一样各自飘远,且来个淋漓痛快饮尽手中杯!

赏析

李白于天宝三载(744)被诏许还乡,驱出朝廷后,在洛阳与杜甫相识,两人一见如故,来往密切。天宝四载,李杜重逢,同游齐鲁。深秋,杜甫西去长安,李白再游江东,两人在鲁郡东石门分手,临行时李白写了这首送别诗。题中的"二",是杜甫的排行。

"醉别复几日",没有几天便要离别了,那就痛快地一醉而别吧!两位大诗人在即将分手的日子里舍不得离开。"醉眠秋共被,携手日同行",鲁郡一带的名胜古迹,亭台楼阁几乎都登临游览遍了,"登临遍池台"说的就是这个意思。李白多么盼望这次分别后还能再次重会,同游痛饮:"何时石门路,重有金樽开。"石门,山名,在山东曲阜东北,是一座风景秀丽的山峦,山有寺院,泉水潺潺,李杜经常在这幽雅隐逸的胜地游览。这两句诗也就是杜甫所说的"何时一樽酒,重与细论文"的意思。"重有金樽开"这一"重"字,热烈地表达了李白希望重逢欢叙的迫切心情,又说明他们生活中有共同的乐趣，富有浓烈的生活气息，读来令人感到亲切。

李杜同嗜酒，同爱游山玩水。他们是在秋高气爽、风景迷人的情景中分别的："秋波落泗水，海色明徂徕。"这里形容词"明"用如动词，赋予静态的自然色彩以运动感。不说徂徕山色本身如何青绿，而说苍绿色彩主动有意地映照徂徕山，和王安石的诗句"两山排闼送青来"（《书湖阴先生壁》）所采用的拟人化手法相似，这就把山色写活，显得生气勃勃而富有气势。"明"字是这句诗的"诗眼"，写得传神而生动。在这山清水秀、风景如画的背景中，两个知心朋友难舍难分，依依惜别："飞蓬各自远，且尽手中杯！"好友离别，仿佛转蓬随风飞舞，各自飘零远逝，令人难过。语言不易表达情怀，言有尽而意无穷，那么，就倾尽手中杯，以酒抒怀，来一个醉别吧！感情是多么豪迈而爽朗。结句干脆有力，李白对杜甫的深厚友情，不言而喻而又倾吐无遗。

这首送别诗以"醉别"开始，干杯结束，首尾呼应，一气呵成，充满豪放不羁和乐观开朗的感情，给人以鼓舞和希望而毫无缠绵哀伤的情调。诗中的山水形象，隽美秀丽，明媚动人，自然美与人情美——真挚的友情，互相衬托；纯洁无邪、胸怀坦荡的友谊和清澄的泗水秋波、明净的徂徕山色交相辉映，景中寓情，情随景现，给人以深刻的美感享受。这首诗以情动人，以美感人，充满诗情画意，是脍炙人口的佳作。

待储光羲[①]不至

【唐】王维

重门[②]朝已启，
起坐听车声。
要欲[③]闻清佩[④]，

注 释

①储光羲：与王维交好。唐玄宗开元十四年（726）进士，与王维同为唐代田园山水诗派代表人物。

方将⑤出户迎。

晚钟鸣上苑⑥，

疏雨过春城。

了自⑦不相顾，

临堂空复情⑧。

②重门：层层设置门户。汉张衡《西京赋》："重门袭固，奸宄是防。"

③要欲：好像。

④清佩：佩玉清脆的声响。

⑤方将：将要，正要。

⑥上苑：皇帝的官苑，皇家的园林。

⑦了自：已经明了。

⑧空复情：自作多情。

译 文

清早就已打开层层的屋门，坐立不安地盼着友人，竖耳倾听有没有车子到来的声音。

以为听到了友人身上玉佩的清脆响声，正要出门去迎接，哪知原来自己弄错了。

晚钟在皇家的园林里响起，细雨从春城的上空轻轻拂过。

已经明白他顾不上过来，是自己太过急切想要见到他。

赏 析

此诗写出了诗人很渴望和友人见面的心情。重重门户从清早就打开，这样还不够，还要坐着，想听听载着友人到来的马车发出的声音，这一个细节，写活了抽象的友情。当然，光听见车声还不行，还要等到友人身上的玉佩因步行而发出的清脆的撞击声时，才是出户迎接的绝好时机。首联写动作，颔联写心情，其实都是写渴望和渴望中些微的焦急，在这一切的核心是爱。颈联一转，从写心情转移到写景。这是一个很自然的跳跃。通常在候人不至之时，为了避免焦虑，等候者会自然地把注意力转移到别处，即便是最枯燥的风景，也看得津津有味。颈联恰好表达出了等待者久候人不至的心情。时间已经不早，晚钟已经响起，诗人已经等待了一天，但是友人未至，而且又下起小雨。可以想象自然的光线已逐渐暗下去，雨在若有若无地降落，在这种阴郁、潮湿、幽暗而又寂静的环境和氛围中，愁绪在以喷泉的速度生长。尾联十字，一声长叹，写已明知友人不来，而期待之情仍萦绕于怀，经久不去。

王维此诗颈联侧重于听觉，陈与义的《春雨》里也有相似的句子："孤莺啼永昼，细雨湿高城"，其实细较之下，也可以觉出很大的不同。王维的两句，晚钟鸣响，用耳朵听，自不必说，雨过春城，当然也是用听，两句都是表现一个感官所攫到的效果。反观陈与义的诗，莺啼是听觉，而雨湿高城，却与王维的雨过高城不同。过，只写雨的一种状态，运动的状态，但是湿，却写出了雨过所产生的效果。这大概也是在《泊船瓜洲》中王安石把春风"又到""又过"，最终改为"又绿"的原因。但是王维的这两句不能从原诗中孤立出来，此联的"晚钟"是和首联的"朝已启"相照应的，而"过"字，表达的也许是因春雨已过对友人还不来的一种埋怨之情。

这首诗的深层意思其实在前四句，即肯定储光羲的值得人敬爱的为人，所以才写作者期待之殷切。

三江①小渡

【宋】杨万里

溪水将②桥不复回，
小舟犹倚短篙开。
交情得③似山溪渡④，
不管风波去又来。

注 释

①三江：古代各地众多水道的总称。
②将：本义行、进，此处引申为流过。
③得：应该。
④山溪渡：常年设在山中溪水上的摆渡（船）。

译 文

溪水经过小桥后不再流回，小船还得依靠着短篙撑开。
交情应像山溪渡恒久不变，不管风吹浪打却依然存在。

赏析

　　杨万里于绍兴二十四年进士及第，绍兴二十六年授赣州司户参军，绍兴二十九年调任永州零陵县丞，隆兴元年赴调临安因张浚之荐除为临安府教授，乾道三年赴临安上政论《千虑策》，乾道六年除为隆兴府奉新知县，乾道六年因虞允文之荐除为国子博士，淳熙元年除知漳州，淳熙四年除知常州，皆不在吉水。唯有隆兴二年至乾道二年因其父之病西归吉水，为父丁忧与淳熙元年至三年养病期间居于吉水，故此诗应作于此二时期之一。

　　隆兴二年正月，杨万里因其父之病西归吉水。同年八月四日，杨万里之父逝世，杨万里开始了为期三年的丁父忧时期。在此之前，杨万里方才于绍兴二十四年进士及第，开始初次进入南宋官场，并由地方小吏一步步入职京城（因张浚之荐除为临安府教授），这正是一个读书人可以借机施展"齐家治国平天下"的政治理想和实现个人价值的好时机。忽闻其父之病，出于孝道，不得已放弃大好机会，西归故里，这在政治上对于杨万里来说不吝于一个打击。同时，其父之病在亲情上也是一个打击。然而西归故里吉水之后，同年八月其父逝世的打击则更加沉重。根据封建礼法的要求，父母之死皆应为之守孝三年，对于一个适才走上宦途不久，又有一定前途的读书人来说，这三年是极为艰难的，以前在官场上的一切都将归于破灭，一时前功尽弃，极易生出失意之感。古代讲求孝道，父母之死，特别是父亲之死，对于其子女来说是失怙般的痛楚，这极易造成一种愁苦的心情。

　　在这般官场失意、亲人离去的愁苦心情中，却又是为友人送别之时，在三江小渡口，杨万里作了本诗。此诗前两句，作者简单描绘了三江小渡口周边的环境，营造了一种送别友人、依依不舍的氛围。后两句，作者直抒胸臆，使用比喻手法将"交情"比作"山溪渡"，并以自然界"风波"象征社会风浪，然后用"不管风波去又来"一句与首句"溪水将桥不复回"进行对比，深刻地表达了全诗的主旨。